收服小蠻妻

上

一染紅妝 著

風文創 454

目錄

自序

—染紅妝

哈囉！廣大的讀者朋友們好。

茫茫人海中，能以這樣的形式與你們交流，真是很奇妙的緣分。

我是一個自小想法就天馬行空的姑娘，不時會在腦海中幻想著許多故事，而故事中的男、女主角會如何地相愛、相怨，再添上一盆狗血，潑得那叫一個痛快。

當然每次都會把故事想得越來越偏，狗血的情節還沒有想完，就開始幻想著下一個情節，攔都攔不住。有時因為一些無厘頭的幻想，我可以發一整天的呆，那時候總覺得時間過得特別快，明明到了該睡覺的時候，卻還沈浸在我的幻想世界中，以至於隔天早上總是掛著一雙睡意矇矓的眼！

我不但是個愛幻想的姑娘，還喜歡把自己幻想的情節寫下來，我希望藉由我幻想出來的故事，能夠帶給別人一種不同於現實生活的體驗，哪怕只是一時的歡愉與愜意。

生活中的壓力往往讓我更嚮往古時的田園生活，安逸寧靜卻溫馨滿滿。在一座房子前面有一個小院，圍著籬笆，與鄰里閒話家常，大家都日出而作，日落而息，當這些畫面閃現在我腦海中時，往往令我不能自已。

因此《收服小蠻妻》這本書，便是以田園生活為背景，說的是一位現代孤女穿越到古代，靠著一手刺繡絕活與好手藝發家致富，養活弟弟、妹妹們，順便捕獲一隻忠犬男主角的故事。

我喜歡脾氣好的女主角，偏偏本書的女主角在與男主角初遇時，略顯刁蠻了些。在寫作過程中，一切彷彿帶著生命一般，時常讓我覺得不是我在寫書，而是書中的世界在引領著我如何創作出一個完整的故事。

「采菊東籬下，悠然見南山。」在這樣的美詩、美景下，能有一個與你白首不相離的人陪伴著，是人生中再幸福不過的事了！

希望我的故事，能帶給親愛的讀者朋友們一段美好的時光。

第一章

陳蕾睜開眼睛時，入眼的便是黑漆漆的屋樑，眼裡矇矓片刻，眨了眨眼才明亮許多。她活動了下筋骨，這才艱難地從炕上爬起來，手不禁摸著隱隱作痛的額頭，上面被纏了一層棉布。

一位婦人正好走進屋來，那婦人看到陳蕾醒了，急忙擔心地問道：「哎喲，阿蕾妳可醒來了，怎樣？頭還疼不？」

陳蕾還未說話，發現門口站了三個小孩，看到她醒來，都滿臉委屈地跑到炕邊。

那婦人嘆口氣，衝著沈默不語的幾個孩子說道：「阿薇，領著妳弟弟和妹妹先出去玩，妳姊還要休息，別打擾她，啊。」

三個小孩看了看陳蕾，依依不捨地走出屋子。陳蕾看著三個孩子，也不禁嘆口氣。

婦人抹了抹眼淚說：「阿蕾，現在別多想，來，喝碗紅糖水再躺一會兒，飯我先做給阿薇他們吃，妳再養兩天。」

陳蕾張了張嘴，卻發不出聲音來，那婦人又忙說道：「行了，妳別說話了，省省力氣，趕快好起來。來，快把這紅糖水喝了。」

陳蕾感覺嗓子乾得很，接過紅糖水，慢慢地喝完後，又試著說道：「謝謝三嬸了。」

聽著陳蕾虛弱的聲音，那婦人滿眼關愛，並沒注意到陳蕾激動的表情。

那婦人接過陳蕾手中的瓷碗後，便說：「阿蕾，妳躺著休息，我去給阿薇他們做飯去。」一說完就走出屋子。

陳蕾躺在炕上，身下是硬邦邦的土炕，看著已被煙熏得發黑的牆壁，這般差的環境沒讓她感到半分不適，反倒是滿眼的希望，臉上也揚起了一絲笑意。

陳蕾在現代時是個啞巴，生出來沒幾個月便被扔到孤兒院門口，此後那便是她的家。孤兒院的小孩子因為她不會說話，都不想跟她玩，好在她天生開朗，沒有養成孤僻的性子。

到了十八歲，又因為她是啞巴，出去打工都沒人要，更不用提存錢上大學了。

孤兒院的院長看她可憐，介紹她去揚州一家刺繡老店裡當學徒，學一門手藝倒也能不愁吃喝；但她是個啞巴孤兒，再加上相貌平平，因此到了二十五歲，仍沒談過一次戀愛。

好在老天終於看到這個被遺忘的孩子，一場車禍讓她穿越到了古代。

陳蕾來到古代其實已經兩天，因為身體不適一直昏迷不醒，昏睡的時候和這副身子主人的記憶不停地在腦中交錯著，腦子迷糊得不行，乾脆罷工兩天，直到今兒個才清醒過來。

陳蕾閉上眼，細細回想已經消化了的記憶。說來這副身子原本的主人今年才十三歲，名字也叫陳蕾，不過父母都叫她大丫，應該是小名。

大丫家裡原本爹娘都在的，因馬上要過年了，今年的收成還不錯，但家裡的豬卻丟了，所以她爹便拿起打獵的工具去山裡，想打些肉食回來過年，沒想到意外碰上大黑熊，被人發現時，只剩下屍骨和破爛的棉布衣服，還有壞了的工具。

大丫的娘哀慟欲絕，大病一場後也跟著去了，一時原本幸福快樂的家庭，只剩下大丫和三個弟弟、妹妹們。雪上加霜的是，大丫的舅舅得知此事，立即上門說她爹娘還欠了他二十兩銀子沒還，大丫雖然才十三歲，在古代卻也算是大姑娘了，舅舅家時不時還要靠大丫家接濟，她爹娘怎麼可能會欠舅舅的錢。

大丫不服氣便跟舅舅爭論起來，沒想到舅舅竟發狠，硬是將她一把推到了灶臺上，接著便要拿走他們家裡值錢的東西。

三個孩子被嚇壞了，其中年紀大一點的二丫頭阿薇，性子倒是強一些，知道要攔著舅舅；年紀較小的弟弟跑到大丫身邊，準備扶起她。大丫的額頭涓涓地流著血，嚇得躲在後面那年紀最小的三丫頭阿芙，直接大哭起來。

這時還在屋裡胡攪蠻纏的舅舅，才發現大丫已然昏迷不醒，看那半邊臉都是血跡，他腿一軟，轉身溜了。

屋裡只剩下三個小孩，大丫的弟弟呆愣在原地一動也不動，阿芙只會哇哇大哭。阿薇緊咬著嘴唇，連棉鞋都沒來得及穿，光著腳便跑了出去，她不顧外面的嚴寒，踩著冰雪跑到三叔家，把大人叫了過來。

待搶救過來後，大丫已是換了魂魄，讓陳蕾穿了過來。

想到這，陳蕾眼裡充滿了怒氣，想著大丫舅舅的所作所為，一顆心涼了半截，怎會有這樣不知感恩的人！

這舅舅一家也算是奇葩，一家子的人從小到老沒一個勤奮踏實的，不好好種田，還好高騖遠，沒啥本事就跑去做生意，結果錢一分也沒賺到，甚至連一家老小的吃食都種不出來；若不是大丫的爹娘接濟他們，舅舅一家早就餓死了。

陳蕾越想越氣，這次若不是自己受傷，恐怕舅舅早已把家裡值錢的東西都拿光了。平靜了下心情，她不禁感到好笑，自己才穿越過來兩天，已把這裡當成自己的家了。

廚房裡傳來弟弟、妹妹的聲音，陳蕾仔細聽了聽，像是弟弟小松和二丫頭在說話。

小松用稚嫩卻略帶恐懼的聲音問道：「二姊，大姊不會也像爹娘他們那樣，丟下我們不管了吧？」

阿薇正在給爐子添柴火，聽到弟弟說的話，手一頓，心酸得眼睛發紅，卻強忍著不讓眼淚掉下來。

陳家三嬸看著兩個孩子，眼裡也紅了幾分，她開口安慰道：「你們大姊都醒了，躺著再養個兩天就沒事了，你們別擔心，啊。」

小松聽了這話才安心下來，坐在他身邊才四歲的阿芙，眨著眼睛迷濛地看著他們。

阿薇抬起手擦了擦眼睛，繼續往爐子裡添柴，一句話也沒說。

三嬸看阿薇這樣，不禁嘆口氣，又轉回身繼續切菜。

陳蕾聽著廚房傳來的話語，心裡暖暖的，在這裡她有了親人，雖然依舊沒有父母緣，卻有了相同血脈的弟弟、妹妹們，還能開口說話了。陳蕾揚起嘴角，她已經很幸運了，以後一定要把日子過得好好的。

陳蕾自從醒來心情就格外的好，趁著養身子，她慢慢把大丫的記憶都回想一遍，也不怕見到認識的人認不出來。

養了幾日，陳蕾的身子就已經沒有大礙。她起身下炕，試著走幾步路，發現不再感到暈眩後，便打算去廚房給弟弟、妹妹們做飯。

陳蕾來到廚房，恰好三嬸也走了進來，看到站在廚房裡的她，忙叫道：「妳這是做什麼，快回去躺著，飯我來做。」

陳蕾搖搖頭，笑著對三嬸說：「三嬸，我沒事了，這都快要過年了，哪裡還好意思麻煩您呢。」

說來村子裡過年都是講究熱鬧的，家家戶戶年前便開始包起餃子，炸些小果子、小丸子，還要炒瓜子什麼的，光是準備年貨就得十來天。陳蕾這一病，三嬸便照顧他們家幾個孩子將近十天，現在她身子好了，怎麼好意思再煩勞人家。

三嬸嘆道：「打小妳就是個懂事的，妳爹娘……孩子，聽嬸子一句話，這人呀，無論遇到什麼困境都得好好活著，要有念想地活著。」

陳蕾點頭一笑。「三嬸，您放心，這道理我曉得，倒是這幾天給您添麻煩了。」

「唉，不說這個，阿蕾，妳身子可是真的好了？」三嬸問道，面上卻有些猶豫，畢竟再沒幾天就要過年了，她家裡還有些年貨要準備，但老二家的這幾個孩子若不照顧，良心上也過不去。

陳蕾在現代的時候，看過許多人的臉色，三嬸此刻臉上的猶豫她自然看得出來，忙笑著說道：「三嬸不用擔心我，家裡我照顧得過來，您趕快回去忙吧。今年過年，我們就不好去您那了。」

村裡對紅、白喜事的講究頗多，像陳蕾一家剛逢喪事，大過年去別人家裡會招人嫌。

三嬸聽了這話，眼中一暖，滿是慈愛地看著陳蕾，又關心了幾句才回家。

陳蕾看阿薇幾個不在，以為他們是出去玩了，便在廚房東翻西找，打算看看家裡還剩些什麼。

櫥櫃裡有顆大白菜，地上有一小筐馬鈴薯，陳蕾又翻了米缸和麵粉缸，還好家裡之前的存糧本就充足，這米、麵還能吃上一陣子。

坐在凳子上，陳蕾想了想，又回到屋子裡開始翻找起來，憑著記憶找到一串鑰匙，順手拿了火摺子便出了屋。

雖然在大丫的記憶裡看過陳家小院，但實際上看來還是有差別的。陳家不算窮，院子周圍的牆都是用石頭堆砌的，約有兩公尺高。主屋蓋在院子正中央，前面是小院，後面蓋了豬圈和雞棚，還拿竹子圍了個菜園子，可見大丫的爹娘都是能幹的。

村裡蓋的房子都是差不多的結構，中間是主屋，裡面除了正堂，還隔了兩、三間可以住人的房間和一間廚房，主屋旁邊再蓋個小倉房，一般人家還會在倉房裡挖個地窖，冬天好存放蔬菜和肉。

陳蕾在院子裡轉了一圈，心想原本這一家人過得幸幸福福的，不料……嘆口氣，她輕聲說：「放心，我會替妳好好活著，養好妳的弟弟、妹妹們。」

陳蕾來到倉房門口，拿出鑰匙，再拿起門上的鎖頭，她小心翼翼地朝左右兩邊看了下，突然覺得自己好笑，像個偷兒似的。打開門進去，便看到一些農具整齊地擺放在倉房角落，另一邊則放了半屋子的煤，她眼睛一亮，沒想到在古代的村子裡竟然會有煤。

大丫雖說算是個大姑娘了，在家裡卻十分得寵，憑著一雙巧手，靠繡活就能掙錢，賺得不多，卻也是家中的收入之一，因此農活、家務都不讓她動手；倒是十歲的阿薇，比她這個姊姊懂得多，也能幹些。因此，在大丫的記憶裡，對家務活沒多少印象，自然也不會知道家裡有煤了。

有了這些煤，冬天就不用擔心受凍了。

陳蕾很是開心地又看了看倉房裡還有什麼。她發現兩個一公尺餘的水缸，打開草蓆蓋，原來是一缸米和一缸麵粉，應該足夠他們一家過這個冬天。

又翻了翻，見倉房裡再也沒其他糧食了。陳蕾想起家裡也有地窖，於是開始找地窖入口，在離門口一公尺左右的地面上，找到一扇木頭門，她急忙上前打開，便看到黑漆漆的地窖。

不得不佩服古人的智慧，這麼早就發明了地窖。

她順著木梯子來到地窖裡，一股發酵的腐朽味道撲鼻而來，聞起來頗難受，點起火摺子，這才微微有點亮光。陰濕的空氣讓陳蕾身上起了一層雞皮疙瘩，不免有些害怕，趕忙走到牆邊點上燭臺，地窖才整個亮了起來，柔和的燭光讓她鬆了口氣。

地窖裡多是馬鈴薯和白菜，陳蕾又翻了翻，還有一堆青蘿蔔和胡蘿蔔。她輕聲嘆息，這個時代似乎還沒有白蘿蔔，看著僅有的四樣蔬菜，無奈地搖搖頭，這個冬天只能吃這些了。

心有不甘，陳蕾抿著嘴又翻找了一遍，沒啥收穫，又因地窖裡的空氣不好，讓她本來還有些虛弱的身子，開始覺得頭暈。

就在暈眩的一瞬間，腦中傳來機械化的聲音。「系統與身體融合完畢。」

陳蕾扶著牆壁，勉強支撐著不倒下去，緩過來時，眼前出現了一個電子螢幕，細看螢幕上的三大區塊，分別標示著作坊、商鋪、倉庫等字樣。

呃，這是什麼？

這時耳邊又傳來剛才的聲音。「妳好，我是小作坊助理，很高興為妳解惑，妳現在所看到的，便是作坊系統頁面，妳可以選擇螢幕上面的三個選項。」

陳蕾在現代也看過幾本小說，心想這難不成是穿越後附贈的系統？

「嗯，算妳命好，恰好被系統捕捉靈魂，系統在與靈魂融合時，順便捕捉到了最適合妳靈魂的身體，所以依照妳的說法，算是穿越吧。」

陳蕾恍然大悟，點點頭。她突然發現只要她心裡有什麼想法，不用說出來小助理便能知道，不禁疑惑，難不成小助理可以知道她的想法？

「是的。」

得到回答，陳蕾放心了不少，以後不用擔心會在別人面前自言自語了。

看著眼前的螢幕，她點開了作坊，進入作坊頁面後有許多格子，卻只有第一個格子是亮的，點開後便彈出一個小頁面，頁面上有個正方形格子，下面則有類似條碼的畫面，根據她在現代的遊戲經驗，陳蕾點了下這個格子。

「如需製作奶糖，請到商鋪買奶糖原料。」

咦？奶糖？陳蕾仔細看了下頁面，發現頁面最上方有一個標示著製作奶糖的按鈕，她好奇地問道：「這個作坊是用來製作奶糖的？」

「是的，隨著系統升級，作坊會增加其他食品的製作方法。」

只能製作食品嗎？沒有其他的？

「是的，針對妳的喜好，作坊設定為食品作坊。」如果仔細聽，會發現小助理的語氣不似剛才那般機械化，只是陳蕾沒有發現，因為她正糾結在難道自己是個吃貨不成的想法裡。

陳蕾好奇地點開商鋪，發現裡面的商品少得可憐，只有白砂糖和原味奶糖原料。陳蕾點了下原味奶糖原料，卻顯示——餘額不足，請加值。

暈眩感又一次襲來，陳蕾知道不能繼續在地窖裡待著了，趕緊退出系統，又看了眼地上的蔬菜，就算冬天只能吃這些，也夠他們姊弟幾人吃了，頓時安心了不少。

陳蕾回屋後，就看到阿薇抱著阿芙坐在廚房裡。

說起來，陳蕾來到古代後的這幾天，還沒和幾個孩子說過話。記憶裡大丫也是整天待在屋子裡忙著刺繡，又怕弟弟、妹妹淘氣弄亂了她的絲線，便不允許他們進屋。

爹娘也怕孩子們會弄亂絲線，浪費銀錢，便讓阿薇看著弟弟、妹妹們。阿薇又要做家務，又要照顧弟妹，看著大丫什麼都不用做，整天都待在屋子裡，心裡自然有怨言，所以沒什麼要緊事的話，她是一句話也不會跟大丫說的，日子久了，姊妹兩人也不怎麼親了。

陳蕾張了張嘴，看著緊抿嘴角的二妹，一時心酸起來，這個二妹在她眼中也不過是個孩子，現在沒了爹娘，和家中最大的姊姊關係又不好，怕是她心裡也不安吧。

她不禁語氣輕柔地問：「回來了，小弟呢？」

陳蕾不知道，在阿薇眼裡，她一直是個不中用的，她早就不指望這個大姊能養家活口，爹娘沒了後，她就在想以後要怎麼養活弟弟和妹妹。當初大夫過來看阿蕾時，搖頭說讓他們要有個準備，她當時倒是希望炕上那個人就這樣死掉算了，反正也指望不上，還不如省些糧食和銀錢；可一想到如果連大姊也不在了，心裡又彷彿失了依靠般的感到無助，阿薇這會兒的心情可說是極為複雜。

「去上茅房了。」阿薇生硬地回道。

記憶裡阿薇對大丫說話便是這般語氣，可能承接了大丫的習慣，聽到這樣的語氣，她也沒有感到不愉快。陳蕾過去是孤兒，多少能理解阿薇心中的憤怒、不平與委屈，知道這不是一時半刻就能化解得了的，她們是至親的姊妹，以後總會好的。

「你們剛才出去幹什麼了？」

阿薇有些吃驚地看著陳蕾，以前她若是用這種語氣和大姊說話，她肯定是不發一語的回到屋裡，不再搭理自己。

陳蕾被看得有些不安，生怕阿薇看出了什麼，正好小松走了進來，看到大姊能下床走動了，便歡喜地問道：「姊，妳好了呀？」

陳蕾轉身笑著說：「嗯，姊好了，小松不用擔心了。」

小松看大姊的精神還不錯，忙得意地說：「今天我和二姊去河邊抓魚，準備給大姊妳補補身子呢，喏，妳看盆子裡有兩條活魚喲。」

陳蕾順著小松指的方向看去，還真看到了地上的盆子裡，有兩條小魚在裡面游著。外面冰天雪地的，她不禁有些心疼道：「外面這麼冷，以後不許去抓魚了，著涼了可怎麼辦。」

小松聽完，眼睛一紅，大姊以前從沒說過關心自己的話，一時有些感動。

陳蕾怕他們又去抓魚，便轉身對阿薇說：「二妹，以後不准帶弟弟、妹妹們去抓魚了，他們還小，禁不住涼氣，妳是個女孩，現在也不能著涼啊。」

阿薇抿嘴，靜靜地看著一臉關心神色的陳蕾，彆扭地說：「大姊這腦袋一磕，倒是磕得會心疼人了。」

陳蕾聽了覺得好氣又好笑，不管阿薇是不是在嘲諷她，依舊關心地說道：「你們都上炕上暖暖身子，我來弄飯。」

「妳會？」阿薇一臉不屑。

陳蕾頓時語塞，看著爐灶，還真不知道該怎麼生火。

阿薇用一副「我就知道」的表情看著陳蕾，瞪了她一眼，冷冷地說：「妳帶小松和阿芙去炕上玩，飯我來弄。」

陳蕾心一酸，她畢竟不真的是一個十三歲的姑娘，看得出阿薇眼裡的關心，她應該是想讓自己多多休息，卻又不願直接說出來。

陳蕾對小松說道：「小弟，你帶著妹妹去炕上玩，我和你二姊一起做飯。」

六歲的小松在爹娘還在的時候，是個野孩子，卻因家裡的變故，一夜之間懂事聽話了起來，聽見大姊的吩咐，他牽起妹妹就去屋裡玩了。

陳蕾看著小弟和三妹進屋了，便轉身對阿薇說：「這爐火我不會生，但飯菜我還是會做的。」

阿薇撇了撇嘴，不大相信，卻沒說話，自顧自地生起爐火來。

陳蕾無奈地搖搖頭，農家生活正式開始了。

第二章

拿著菜刀削好了三顆馬鈴薯，放到盆子裡洗乾淨後，再熟練地切成絲。

阿薇看著陳蕾切菜時嫻熟的刀法，不禁疑惑。

切好馬鈴薯絲，陳蕾又看了眼掛在牆上的辣椒，想到小妹似乎不怕吃辣，便摘了根紅通通的辣椒，放在砧板上切碎。

「家裡有蔥蒜沒？」陳蕾詢問道。

阿薇翻了個白眼，從櫥櫃底下翻出大蔥來，扒掉外面的枯皮，把一根白嫩水靈的大蔥遞給陳蕾。

陳蕾看阿薇轉身繼續添柴燒水，心想家裡應該是沒蒜了，便把蔥切成蔥花。

又轉身看了下還在盆子裡游來游去的魚，仔細一瞧，是鯽魚！她心裡高興，鯽魚最補血，做成湯給他們幾個補一補身子，再好不過了。

陳蕾剛要拿刀收拾魚，身後便傳來阿薇冷冰冰的聲音。

「妳去燒水煮飯吧，這魚妳哪裡會弄。」說完，便蹲下來，把陳蕾手中的刀搶了過去，端著盆子到一旁收拾魚去了。

陳蕾看著阿薇的背影搖搖頭，但在看到她被冷水凍得通紅的雙手時，卻不禁紅了眼眶。

陳蕾趕緊一邊燒水，一邊開始淘米，把飯鍋放上爐灶蒸後，她在另一個灶口放上鍋子，從爐灶旁邊桌上擺的瓶瓶罐罐裡，找到一罐豬油，不免皺皺眉，她不大愛吃豬油，怕胖。

阿薇正好弄完了兩條魚，放在砧板上，看見陳蕾拿著油罐皺眉，問道：「怎麼了？」

陳蕾回神，搖了下頭，挖了一匙豬油放到鍋裡，才說道：「家裡只有豬油嗎？」

「前陣子家裡不是包餃子嗎？娘把肥肉煎了才有這豬油，就沒去老張家榨油了。」

陳蕾一愣。「餃子？」

阿薇莫名其妙地問道：「前段時間不是包了餃子嗎，妳忘了？」

陳蕾搖搖頭，畢竟她只是消化了原主的記憶，不是真正地經歷過，有好多事還沒記住呢！她訕訕地說：「剛才我在倉房裡沒看到。」

阿薇點點頭，了然道：「妳一整天又不怎麼幹活，家裡的東西妳能找到幾樣？」

陳蕾在心裡暗罵「死孩子」，瞪了阿薇一眼，便把過了水的馬鈴薯絲放到鍋裡，開始翻炒。她對阿薇說：「我知道妳現在心裡不服我，妳等著看，看我會不會做好家中的長姊。」

阿薇顯然不信，撇撇嘴，不理陳蕾，轉身回屋去了。

陳蕾有些無奈，伸手抓了一小撮鹽放入鍋中，用鍋鏟炒兩下，洗好的馬鈴薯絲不容易沾鍋，好炒得很。她又找到醋，放了兩勺，醋味一下子就出來了，香氣四溢。

陳蕾突然覺得又氣又好笑，她忘了放辣椒啦！都是這倒楣孩子鬧的。

馬鈴薯絲炒好盛盤後，陳蕾順手把盤子放到灶臺上，又洗好了鍋，轉頭看到魚身上已經劃好了刀口，搖頭一笑，這阿薇還真是個彆扭的姑娘。

陳蕾在現代時，沒有多餘的錢到餐館吃飯，想吃什麼都要自己研究，倒是練就了一手好廚藝。她認為只是簡單的調味就能把菜做得好吃，像這魚湯講究的便是鮮甜，調味料可不能下太多。

不過，看著家裡寥寥無幾的調味料，陳蕾還是嘆了口氣，看來往後考驗她廚藝的日子多著去了。

魚湯做好後，阿薇正好走出屋子，二話不說就要把魚湯端走。

陳蕾趕忙攔下。「妳別端這魚湯，端那馬鈴薯絲去。」

阿薇愣了下，只看陳蕾拿了塊布墊在手上，端起魚湯就急忙地往屋裡走。她抿了抿嘴，端著一盤馬鈴薯絲也跟著進了屋裡。

待盛好飯後，小松和阿芙已是餓得不行，小松早已拿起筷子開始大吃起來，阿芙還小不會用筷子，勺子又不好舀菜，急得淚汪汪的。以前都是他們的娘餵阿芙吃飯，現在娘不在了，這幾天都是由阿薇餵阿芙吃飯的。

就在阿薇準備抱起阿芙時，陳蕾已經把阿芙抱了起來，順勢坐下。

「妳去吃飯，我來餵小妹。」陳蕾對阿薇說道。

阿薇一怔，想了下還是把阿芙從陳蕾懷中抱走。「妳過兩天再餵小妹。」

從上午到現在，陳蕾跟弟弟、妹妹們都沒吃什麼東西，小孩子體力雖然消耗得快，吃食跟不上一、兩頓也就是覺得餓而已，但對於失血過多的陳蕾來說，身子確實吃不消。

看著阿薇清秀瘦削的瓜子臉，陳蕾心中一暖。

幾個孩子本來就已經餓了，再加上飯菜可口，吃得一乾二淨不說，小松還一個勁兒地誇說大姊做的飯比二姊做的好吃多了。

聽得陳蕾直笑，阿薇則是冷眼看著姊弟兩人，呆萌的阿芙也跟著開心地點著頭，像是贊同似的，壓抑多日的家，這會兒才再度有了生氣。

吃過飯後，陳蕾回到自己房裡，從衣櫃裡翻出個小匣子，打開鎖釦，看到裡面果然放了銅錢，趕忙倒在炕上，數了一下，總共有四百枚銅錢，是原主一點一滴攢下的。

陳蕾心想，作坊裡的金錢加值，不知是不是要用這古代的銅錢？才剛想玩便隨即聽到小助理說：「是的。」

陳蕾翻了下白眼，果然如此，便打開作坊系統，點開商鋪。

該怎麼加值呢？

「最右下角有選項，點擊加值。」

點了加值後，還真的把四百枚銅錢全都存了進去，看著空空如也的手，覺得頗神奇。待系統中有了錢，陳蕾趕忙點開商鋪，又點了原味奶糖原料，最多可購買五十文錢的原味奶糖，買完後商鋪所有物品進入冷卻時間。她仔細一看，冷卻時間竟然要一天，這便是限制購買了？

「嗯，系統升級會增加購買數量。」

陳蕾頗是無奈，買完原料後，又點開了作坊，原本黑色的格子已顯示為原料的圖案，下面的製作也亮了起來，點了下製作，便開始讀取條碼，讀完後，什麼也沒出現，愣了片刻，她怒叫道：「我的糖呢？」然後又圍著炕找了一圈，連糖渣都沒有，陳蕾立刻不幹了。

「奶糖已放入倉庫。」

聽小助理說完，陳蕾的眉毛都快擠在一起了，抱怨著小助理不早說，卻換來一陣沈默，顯然小助理無視她了。

她打開倉庫，看到五個小格子，有一個格子上是白色的糖塊圖案，陳蕾暗自嘀咕著說：「要怎麼把糖取出來啊？」

小助理問道：「請問是否全部取出？」

陳蕾回了聲「當然」之後，一包奶糖便出現在她的手中。打開油紙包取出一塊糖，糖上還包裹著糯米紙，看起來跟現代的牛軋糖差不多，只不過沒有包裝紙而已。放到嘴裡，一股甜味立刻蔓延開來，可能是剛做出來的緣故，奶香味十足，嚼起來不硬，還很有彈性，跟小時候吃的牛奶糖類似。

陳蕾瞇著眼，享受奶糖帶來的兒時回憶，再看看手裡的奶糖，掂了掂重量，似乎有二兩沈的樣子，又回到頁面把剩下的原料用完，才發現倉庫裡的圖示下面有一行很小的字，標著四兩。陳蕾將第二次做好的奶糖全部取了出來，看著炕上又多了兩個油紙包，算了一下，買原料花了五十文錢，作坊的製作費花了十二文錢……她之前看言情小說時，曾好奇在網上查過，古代的兩文錢大約等於現代的一塊錢，換算下來六兩奶糖花了六十二文錢，也就是三十一塊錢，不算特別便宜，就是不知這糖在古代能賣出什麼價錢來。

她有些失落，把奶糖又收回了倉庫，現在還不好給弟弟、妹妹們吃這糖，解釋不清楚來源不說，還不知道古代有沒有奶糖呢！得先打聽、打聽。

「我說小助理，你這系統一點也不強大，看看人家小說裡的系統，那都是……」

「作坊系統是根據主人自身的能力，來決定功能強弱的。」不等陳蕾抱怨完，小助理百般無奈地說道，語氣裡還含有一絲絲的幽怨，彷彿覺得自己被分配到一個沒用的主人似的。

陳蕾的臉色一變，決定不和小助理一般見識，離開房間去了正堂，看著三個孩子在炕上玩成一團，心情立刻好轉了不少。這一世能擁有親人，她就應該滿足了，怎麼還奢望別的？陳蕾暗罵自己太過貪心了。

阿薇看陳蕾走了過來，沒說什麼，小松倒是看出大姊的臉色不太好，關心道：「姊，是不是不舒服，我們吵到妳休息了？」

以前的大丫吃完午飯後，便會回房裡睡一會兒，幾個孩子玩耍時吵到她，爹娘都是要罵的，今天小松看到大姊變得親切許多，一時沒注意，聲音大了一些。

陳蕾一愣，搖搖頭，溫和道：「不是。」又看向阿薇問道：「二妹，我們家之前包好後凍起來的餃子，放在哪了？」

「就在後院的小倉棚裡。」

陳蕾點點頭，準備出去看看，阿薇怕她找不到，下炕穿上鞋，也跟了出去。

來到後院的小倉棚，門上也有把鎖，陳蕾拿出鑰匙遞給阿薇。

阿薇瞪了她一眼，找出鑰匙開了鎖，兩人走進去後才稍微暖和點，卻也跟外面的溫度差不了太多。

小倉棚裡也擺了幾口大缸，阿薇指了其中一口大缸說：「喏，這缸裡放著凍餃子。」

陳蕾打開草蓆蓋，驚呼道：「這麼多？」裝得滿滿的一整缸餃子，個個小巧玲瓏，這得包多久才包得完？

阿薇冷笑一聲，說：「以前咱們家包的餃子還要更多呢！」說完，眼神瞬間黯淡下來。

村裡過年時，若家裡來了客人，都要煮上一盆餃子吃。且過年期間，從初一到十五，習俗也是要多吃餃子的，這邊的餃子包得跟元寶一樣，所以多吃餃子就等於多吃元寶，是來年會有好收入的象徵。

本來大丫的娘還準備等陳老爹打完獵，回來再包點肉餡多些的餃子，留著自家吃，只是老爹沒能回得來。

陳蕾無力一笑，不知該怎麼安慰阿薇了。她又打開另一口缸，發現是拔好毛的全雞，還有三條大鯉魚，和幾塊豬肉，又翻了翻，還有些粉條和一支豬肘子。

「這些都是要留著過年吃的，妳可別動了啊。」阿薇在一旁囑咐道。

陳蕾點點頭，阿薇又暗自嘀咕地說：「本來雞棚裡還有幾隻母雞，是要留著下蛋的，不過那天全被舅舅給偷走了。」

說來大丫的舅舅真是個奇葩，把外甥女弄傷了就跑，出了門又想著自己不能白來一趟，便溜到陳家後院順手抓走了幾隻母雞。

陳蕾得知此事，張了張嘴，真不知該說什麼好了。

她又看了另一口缸，裡面放了半缸的凍梨子和紅彤彤的野果子，心裡細算了下，今年怕是沒人會來他們家了，這些食物也夠他們過冬了。現在該想想以後要如何賺錢來養活一家四口，想著如今她有了弟弟、妹妹，不再是孤單一人，即便是每天粗茶淡飯，陳蕾也願意，過去那般境況她都能過得好好的，又何懼現在？只要勤奮，日子總是會好起來的。

「我們家會好起來的。」陳蕾充滿自信地對阿薇說。

阿薇看著她臉上自信的笑容，一時失了神。也許真的會好起來吧……

清點完家中的吃食，陳蕾回到屋裡，坐了一會兒後，突然想起什麼，起身跑到他們爹娘的房裡，開始翻箱倒櫃。

阿薇皺著眉頭問道：「翻什麼呢？」

陳蕾這會兒已快把大半個身子埋進衣櫃裡，她在櫃子裡問：「爹娘把錢放哪了？」

「妳快出來吧，不在那裡。」

陳蕾這才從衣櫃爬了出來，問道：「在哪呢？」

阿薇指著衣櫃最下面的隔層說：「妳把下面的小木門打開就知道了。」

陳蕾蹲下來，打開隔層木門，發現這個隔層裡還分了好幾個小隔層，每一層都有個小門，上面還帶著鎖，看著這麼小的鎖頭，這才想到怪不得那串鑰匙上有好幾把小鑰匙呢！

陳蕾翻找出錢匣子，高興地拿到炕上。

阿薇在一旁直翻白眼，沒好氣地說：「舅舅把妳推傷後，請大夫就花了不少錢，大夫說妳需要吃補，買支山參就花了十兩銀子，爹娘又剛……辦完喪事，家裡沒剩多少銀子了。」說完，她皺著眉，嘆口氣，又擔憂起以後的日子該怎麼過下去。

陳蕾拍拍阿薇的手說道：「妳別愁，我會想辦法的。」

阿薇冷冷地說：「妳先看看還剩下多少銀子吧！」

陳蕾打開錢匣子，一塊碎銀也沒見到，不免失望。她來到古代，還沒見過銀子長什麼樣呢！把銅錢倒了出來，姊妹倆一起數，也不過一千文錢。

姊妹倆不免惆悵，弟弟、妹妹長得快，這衣裳怕是每過一陣子就要做新的，她們兩個也是長身子的時候，不說衣裳、鞋子，就是家裡的油、鹽、醬、醋，樣樣都要花錢。

陳蕾看到阿薇愁苦的樣子，安慰道：「別愁了，總會好的，我去隔壁王嬸家問問什麼時候有集市，看能不能到鎮上賣掉我之前繡的帕子。」

阿薇點點頭，低垂著腦袋，覺得自己沒用，掙不到一文錢。

陳蕾看到她這樣，有些心疼，嘆口氣，輕聲地說：「等這次我去集市上，挑些彩線教妳打絡子，弄好了也是能賣點錢的。」

阿薇抬起頭看著陳蕾的側臉，眼裡鬆動了幾分，許是被陳蕾的自信感染了，也覺得這日子還是能好好過下去的，臉上一時輕快了幾分。

陳蕾來到隔壁，敲了敲王家的大門，一位婦人穿著厚厚的黛色棉襖走了出來，打開門看到是陳蕾，便笑道：「是阿蕾呀，快進來。」

陳蕾知道村裡的習俗，快過年了，她家裡剛辦喪事，哪裡好意思進人家家裡，忙說道：「不了，嬸子，我就是想問問什麼時候趕集去，我也想跟著去一趟。」

王嬸聽了一愣，看見陳蕾額頭上還纏著布，擔心地問：「阿蕾有什麼要賣的，要不嬸子幫妳去賣，妳這傷若跟著去趕集，怕是扛不住吧？」

陳蕾笑著搖搖頭，說：「沒事，早就好了，我這次也想去鎮上看看有什麼好的繡鋪，看看以後的刺繡能不能賣個好價錢。」

王嬸點點頭，這才說道：「這樣啊，那後天妳早點起來，我收拾好就叫妳，妳跟我走就行了。」

陳蕾客氣道：「那謝謝嬸子了，您快進去吧，這天冷的，倒是麻煩您了。」

王嬸是個熱心腸的，知道阿蕾現在不容易，哪裡會怪這個，忙說道：「妳這孩子真是客氣，快回去吧，別冷到了。」

陳蕾應了一聲，就趕忙跑回家裡。她原本住在揚州，沒見過幾次雪，剛來到古代那一會兒，看見冰天雪地的場景本還稀罕著，不過待了片刻，便領會到北方冬天的嚴寒。

王嬸看著陳蕾小跑步的背影，搖搖頭，回屋後跟丈夫王權說：「隔壁的大丫過來問趕集的事，唉，還是個孩子，就要養活一家子。」

王權拿起煙桿抽了一口，嘆道：「這就是命。」

王嬸又搖搖頭，可惜道：「那大丫倒是個懂事明理的丫頭，我剛才讓她進來，她還不進來呢。」

王權默默地點了點頭，抽了兩口煙後，才慢悠悠地說：「以後也儘量幫幫他們就是，但再多的咱們也管不了。」

兩口子又說了幾句，便不再提陳家了。說來古人還是較為淳樸善良的，若是誰家有個難處，一個村裡的人大多也會幫襯著些。

陳蕾又做了一天量的奶糖，到了趕集那天也有一斤二兩的奶糖可賣。她過去在揚州買菜時，計算單位用的都是市斤，一市斤是十兩；但她不知道古代的一斤跟台斤一樣，有十六兩，而小作坊系統正是按著古代的規制計算的，顯然小助理沒有提醒她的意思。

到了趕集這天，陳蕾一大早起來，先把米淘了放在鍋裡煮好後蓋上，便聽到王嬸在門口喊她，趕忙拿起包裹出去，把門關好，便跟王嬸去了村口。

一路上王嬸跟她說了些鎮上的事，陳蕾聽得滿眼好奇，頗是愛聽，讓王嬸心裡得意了好一會兒。

到了村口，便看到陳老三家的兒子陳左正坐在牛車上等她們，這個陳左是王嬸的親哥哥，他們這個村子叫趙陳村，因此村裡多半都是姓陳或姓趙的。

陳左看到自家妹子帶著陳蕾過來，說道：「妳們可來得早了一些，昨兒個說要去集市的幾個人，現在還沒來呢！」

王嬸有些不高興地說：「那幾個懶傢伙，這都啥時候了，還不過來。」

陳蕾跟陳左打了聲招呼後，又陸陸續續地來了幾個婦女和老婆子，沒等多久，眾人便坐滿了牛車。

村裡人都心好，誰也沒多問一句陳蕾家裡怎麼樣，或是讓她節哀順變的話，可能都知道說了這個反倒惹人家難受，一路上大家說說笑笑的，時間過得也快。

坐了將近一個時辰的牛車才進到鎮裡，王嬸下了車便問道：「阿蕾，妳打算只去繡鋪？若是只去繡鋪，不如先跟我賣完東西，我再陪妳去。」

陳蕾本打算先逛逛看看，找找有沒有賣糖果的店家，再探查下市價，有王嬸陪著反倒不好拿出奶糖來賣，便笑著搖搖頭說：「不了，我一個人沒事的。」

王嬸急著要占攤位賣山貨，便點點頭，囑咐道：「那妳小心點，逛完就過去攤子那邊找我，要不在這等我，集市散了咱們都是聚在這等牛車回去的。」

陳蕾點點頭，說：「知道了，那嬸子，我先走了。」

第三章

陳蕾獨自一人走在街巷，看著路邊店鋪門前擺著許多雜貨小攤，頗是熱鬧，再往前走幾步，也有很多賣吃食的小攤。

接近年節，路上人多，陳蕾好奇地左看看、右瞧瞧，正好她看到一家蒸著白麵皮肉包子的小攤，香味正濃，她忍不住多看兩眼，走路的方向也有些偏斜，一不小心踩到別人的腳，撞到了前方的人身上。

陳蕾的身材嬌小瘦弱，這一撞彷彿撞到一堵牆似的，還彈了回來，她後退兩步又撞到另一個人身上，只聽身後傳來什麼東西掉落在地上的聲音，一陣刺耳的話語便傳來。

「妳這丫頭沒長眼睛呀？我的雞蛋全被妳撞碎了，妳是怎麼走路的？」

待陳蕾站穩後，便看到眼前有一位身材高壯、劍眉星目的男子，正靜靜看著自己。

陳蕾鼓起腮幫子，瞪了那人一眼，心想都是因為撞到這個男子，才害得她碰壞了人家的雞蛋。不過，看著那男子渾身散發著冷冽的氣息，她有些怕了，這事畢竟是她理虧，若碰到個氣勢弱的，沒準兒她還敢耍賴要人家一起賠雞蛋。

「這人的肉是石頭做的不成，這麼硬還會反彈呢！」陳蕾只敢小聲嘀咕著，偏偏那男子耳力甚好，已是聽清了眼前這小丫頭的抱怨。

在她轉過身時，男子不禁揚起嘴角，看著那嬌俏的背影，表情也柔了幾分。

一回頭，陳蕾馬上堆起滿臉笑容，對著被自己撞到的婦人說：「大娘，對不起啊！」

「呸，我有那麼老嗎？」那婦人臉色鐵青地說道。

陳蕾聽著這尖酸刻薄的聲音，本以為該是個中年婦人，不想一望過去，竟是個二十歲左右的小媳婦，她趕忙陪笑道：「大姊，是妹子看錯了，妳莫怪啊！」

身後傳來男子的輕笑聲，清清涼涼的。陳蕾心裡直罵這人撞到她就算了，還敢站在那裡看笑話！她早已忘記是她撞了人家、自己還被彈了出去的事實。

那小媳婦冷哼一聲，生氣地說：「我這一大筐的雞蛋怎麼辦？」

陳蕾忙回道：「大姊妳說個價，我們商量商量，就當妳把雞蛋賣給我了。」

小媳婦的臉色這才和緩了許多。「這筐裡總共二十顆雞蛋，我算妳四文錢一顆就好，總共八十文錢。」

陳蕾一聽不樂意了，剛才車上的張大娘就是來賣雞蛋的，一顆雞蛋才要兩文錢，這女的分明以為她不識行情。「大姊妳這是在搶錢呀！」

小媳婦一聽大叫道：「我怎麼搶錢了，妳撞壞我的雞蛋還不賠呀?我要的夠少了。」

陳蕾一聽，覺得又氣又好笑。「妳這是當我傻，不懂價錢嗎？」

那小媳婦眼睛瞬間瞪得老大，嚷道：「妳這丫頭好不講道理，我告訴妳，今天這雞蛋必須賠我，休想賴帳，不然有妳好看的。」

陳蕾看著眼前如母老虎一般的女人，悄悄地往後退了兩步，要是人家真的撒潑起來，她如今這身板肯定頂不住。待她退了兩步後，身後又傳來一聲嗤笑，陳蕾不用想都知道是那撞了她的男人在笑！

這位大哥撞到人還看起熱鬧來了！一想到這，陳蕾更不開心，翻了個白眼，才理直氣壯地說：「哼，妳一顆雞蛋要討四文錢，我肯定賠不了，妳也看見了，我才這般年紀，沒那麼多錢給妳。」

快要過年了，誰也不想惹一身的不痛快，那小媳婦暗自想了下，看這丫頭也不像個有錢的，又不怎麼怕自己，旁邊人多也不好做得太過，反倒會惹來閒言碎語，有理的反倒沒理了。於是她瞪了陳蕾一眼，凶道：「年前雞蛋可都漲價了，我買的時候是三文錢一顆，這二十顆雞蛋妳少說得賠我六十文錢，一文都不能少了去。」

陳蕾皺了下眉頭，同村的張大娘說是賣兩文錢一顆，可過年前確實是什麼東西都要漲價的。看那小媳婦凶悍的樣子，她嘆口氣，自認倒楣，只能破財消災了。不捨地拿出六十文錢給了那小媳婦，平白無故的丟了錢，讓陳蕾感到一陣心疼。

小媳婦接過錢，看著一臉惆悵的陳蕾樂道：「妹子，以後走路可得好好看路，我剛才說的那價格也不是假的，年節將至，沒準兒過一會兒我再買雞蛋，就是四文錢一顆了呢。」

聽到這話，陳蕾的臉都黑了，心裡彷彿嘔了一口熱呼呼的血。「大姊妳以後拿著雞蛋，可要抓穩點，這也就是我講理，不講理的誰知道妳那筐裡是多少顆雞蛋，哪能妳說多少就是多少。」一說完，她心裡瞬間舒服了不少。

小媳婦立即變臉，也不想再自討沒趣，冷哼一聲便轉身走了。

陳蕾看著她的背影撇撇嘴，回過頭便見到一雙滿是戲謔的眼。這人看戲還看不完了！瞪了那男子一眼，她哼了一聲，驕傲地離去了。

趙明軒看著小姑娘的背影，搖頭笑了笑，心想這姑娘也太逗了，真是有趣。

而走遠了的陳蕾此時一臉苦相，單手扶著額頭。她的六十文錢呀，六十文呀，家裡現在也不過才存了一千文，這件事若是讓阿薇那孩子知道……肯定慘不忍睹。

帶著哀怨的心情，陳蕾又逛了幾家小吃鋪子後，才發現這個時代沒有白砂糖，只有紅糖和冰糖，紅糖看起來色澤還過得去，冰糖卻不如現代那麼晶瑩，味道也不如現代的甜；而糖果更是只有一種叫糖角子的吃食，看顏色像是用蜂蜜和什麼東西熬製成的，色澤好的一文錢一塊，不怎麼樣的糖角子十塊也要價兩文錢。

陳蕾咋舌，就連紅糖和冰糖的價格也不便宜呢！想到這，便開心了不少，沒準兒她的奶糖在這個時代能賣上不錯的價錢。

普通人家肯定捨不得花錢買好的糖角子，若是想讓手中的奶糖賣上好價錢，還是得找個看起來不錯的店鋪才行。陳蕾又逛了一會兒，這才看到一家店面頗為氣派的糕點鋪，走進去後，顧店的小二看陳蕾穿著普通，便問：「小姑娘可是過來賣糕點的？」

「你怎麼知道我是來賣糕點的？」陳蕾好奇地問道。

小二樂道：「今天不是趕集的日子嗎？又是過年前，不少人從鄉下過來賣糕點。小姑娘我話可說在前頭，妳也看到我們這店面了，那些上不了檯面的糕點妳莫要拿出來。」

聽小二這般說，陳蕾點點頭。「我知道，我就是因為你這店面不錯才進來的。」

小二一聽，好奇地看著眼前的小姑娘。「可是有什麼特別的糕點？」

陳蕾取出一包奶糖，打開油紙包後，一股香醇的奶味蔓延開來。

小二看著陳蕾手中的奶糖，那色澤白瑩瑩的，聞著有一股香甜的味道，雖沒見過這樣的糖角子，卻也感覺得出這糖角子怕是比店裡的都要好上不少，便和氣地說：「小娘子妳等一會兒，我去找我家掌櫃的過來。」

待小二把掌櫃叫過來後，那掌櫃頗是有禮地問道：「姑娘，妳這糖角子我還真是從來沒見過，不知是用什麼做的？」

陳蕾看這掌櫃相貌端正，心裡的印象好了幾分，又見他說話有禮，全然沒有一絲不屑，便笑著回道：「這是家中的秘方，不好……」

掌櫃是聰明人，沒有再深問。「我看妳這糖角子賣相不錯，不知味道如何，可否讓我嚐一嚐？」

「掌櫃的你拿上一顆便是。」做生意自是不能小家子氣，不讓人嚐上一嚐，人家怎麼知道你的東西是好的。

那掌櫃嚐了一顆後，眼睛一亮。「妳家這糖角子怎麼這般香甜？」

陳蕾一時語塞，她可以說她也不知道為什麼嗎？

看著陳蕾不知該說什麼的表情，掌櫃的以為自己唐突了，這可是人家的秘方，怎能輕易說出口，便咳了一聲，繼而問道：「姑娘，妳這糖角子打算怎麼賣？」

「掌櫃的你們這邊平時進貨都是按斤算，還是按顆算的？」

「姑娘，這按顆賣的都是小打小鬧的鋪子，像我們這種大店鋪，都是依斤兩算的。說來我們店裡最好的糖角子也就是一兩一斤，妳這個糖角子雖然味道不錯，卻不知賣起來的景況會是如何，我們店鋪可以收，卻也不能給妳太高的價錢。」

陳蕾點點頭，她早就想過奶糖到了古代不一定會特別受歡迎，喜歡吃這個的多半是小孩和小姑娘們；不過不少大戶人家追求新鮮感，這種新出來的吃食，一開始應該不會太難賣。

「我這裡有些糖角子，掌櫃的秤一下，看能給多少錢。」陳蕾現在也不急於賣到多高的價錢，在她看來，這個時代最劣質的糖角子價格就已經很高了，只要掌櫃的價錢合理，往後在市場有了銷路，也不怕價格提不上來。

掌櫃讓小二接過糖角子，當著陳蕾的面秤過後，小二說：「掌櫃的，有十二兩。」

十二兩？為什麼不是說一斤二兩？陳蕾不解。

掌櫃的說：「嗯，姑娘妳這糖還沒到一斤，十二兩我便給妳五百文錢怎麼樣？」

「呃，十二兩還不到一斤，那一斤是多少兩？」陳蕾一時嘴快，脫口問了出來，說完後立刻後悔了，人家肯定以為她沒常識。

掌櫃沒想到她會不知道一斤有十六兩，雖有不解，也解釋道：「十六兩。」

陳蕾一愣。一斤有十六兩？這也太不划算了！

恰好此時小助理補充道：「因為主人到了古代，系統也融合了當代的制度，古代一斤是十六兩，但和現代的一市斤是十兩，其實重量都是相同的。」

陳蕾聽後，在心中怒吼。你為什麼不早說？

小助理清冷地說：「難道一斤的重量妳還掂量不出來？」

陳蕾覺得有些尷尬，摸了摸鼻子對掌櫃說：「我自小在家，不怎麼出門……」

掌櫃點點頭表示理解，沒準兒自家閨女也不知道一斤有多少兩。

陳蕾最後和掌櫃商量好，拿了五百文錢，算了一下奶糖製作總共花了四百文錢，這次的買賣也不算虧，就連雞蛋錢也賺回來了。一想到雞蛋……她好好的心情又沒了……

繼續在集市逛著，陳蕾挑了一家繡鋪走進去，在裡頭看見一幅花樣普通的牡丹富貴圖，配色一般，繡功卻是不錯，便問老闆娘多少錢。

老闆娘看了陳蕾一眼，心想小姑娘應該是來打聽價錢的，便說：「一般的刺繡也就兩百文錢，若是花樣出色的，可不止這個價錢。」

陳蕾琢磨著自己的手藝不差，應該能賣個好價錢。不過這次她拿來的都是原主繡的荷包和繡帕，手藝只能說是一般，配色、花樣也是平平，許是待在家中見識不廣，繡品不算好。

待陳蕾拿出繡品後，繡鋪的老闆娘連看都不看，數了數便說：「妳這手藝一般，一個荷包五文錢，繡帕算三文錢。」
陳蕾皺眉道：「老闆娘，這也太少了。」
老闆娘眼睛一瞪。「還嫌少？妳這手藝我肯收就不錯了。」
大概是今天出門沒看黃曆，諸多不順，罷了、罷了……想到原主攢了幾年的零用錢也不過四百文錢，估計也就是這個價位了。嘆口氣，過去她曾經靠刺繡為生，現在被人質疑手藝，心中真的是感到很委屈。
陳蕾心有不甘地點點頭，說：「老闆娘，就按這個價錢給吧。」
「閨女妳別不服氣，我跟妳說，要不是年前賣得順當，妳這繡品我還真不收，這個價錢給的可是再合理不過了。」老闆娘一臉正色地說。
陳蕾從老闆娘手中接過八十文錢，出了繡鋪後，發誓以後再也不來了。
沒走幾步，便看到了布行，陳蕾進去問了下絲線和彩線的價錢。因是在過年前，許多店鋪幾乎都漲了價，陳蕾多逛了幾家，才買到價位不錯、質量又好的繡線，她又挑了些碎布，三十文錢便沒了。
暗自算了一下，奶糖賺了一百文錢，繡品八十文錢，減去花銷今天也賺了九十文錢，比預想的好上不少，相信下次再來，賺的就不止這個價錢了。
陳蕾心情好了許多，原路返回又看到香噴噴的薄皮肉包子，不禁吞了下口水，自從穿來的這幾天，家裡吃的米飯都是摻了雜糧，口感粗糙不說，味道也不大好，麵更是用五穀雜糧做的，嘸一口都費勁。看著眼前的白麵包子，著實有點饞了。
「老闆你這包子怎麼賣？」
老闆爽朗地說：「兩文錢三個，純白麵肉餡的大包子，這條街可就我家包子最香了。」
「老闆，給我拿上六個，包好。」雖說貴了些，但買回家給弟弟、妹妹們解解饞也好。
「好咧！」老闆熟練地包好包子，遞給陳蕾，收了錢後樂呵呵地說：「姑娘慢走，可別再撞壞人家的雞蛋。」
唉……今天的日子一定不好！

第四章

陳蕾又逛了一會兒，估計時間差不多，趕忙回到集合的地方，只見不少人已經賣完東西回來，三三兩兩聚在一起話家常。

王嬸子看到陳蕾回來，問道：「阿蕾回來啦！繡品可賣出去了？」

「賣出去了，嬸子今天賣得怎樣？」陳蕾也關心地回問道。

因是過年前，王嬸子的貨品也跟著漲了不少錢，一臉笑容地說：「不錯，能過個好年了。」

一個小媳婦聽到王嬸子這般說，打趣道：「嬸子這是賺了不少吧？」

「哪裡能賺多少錢，不過是混口飯吃。」王嬸子是老實人，可不會漫天要價。

眾人也紛紛附和道：「可不是，雖說也沒多賺幾文錢，卻是賣得高興，討個吉利，過年時也有好心情。」

陳蕾看著村裡人淳樸的笑容，也跟著染上笑意，亮晶晶的眼睛彎成了月牙，也不覺得天氣寒冷了。跟著大家有說有笑的，心情舒暢了不少，望向天空剛飄下的雪花，還有周圍的人與景，真好，她再也不是一個人了。

騎著馬準備回家的趙明軒正好路過，恰巧看到早上碰到的小姑娘，見她一臉既慶幸又感動的神情，有些不解，再看看她弱不禁風的身子，心中莫名有了幾分心疼。趙明軒回過神，搖頭笑了笑，騎著馬揚長而去。

回到家門口時，天色已經暗下來。陳蕾看著家裡的煙囪炊煙裊裊，心裡暖融融的，在這間不起眼的房子裡，有著她的親人，有人在等她回家。

「阿蕾，有什麼事就找嬸子，不懂的就過來問我。」王嬸子臨別前跟陳蕾囑咐道。

「嗯，嬸子放心，我定不會把嬸子當外人的。」陳蕾歡快地說。

「那就好，快進去吧，這雪可大的，別凍壞了。」

「好喲！嬸子慢走。」

陳蕾剛進屋，就看見一道小影子撲了過來。

「大姊。」阿芙開心地叫著。

陳蕾順勢把阿芙抱了起來，小松也滿是開心的站在一旁，阿薇站在不遠處看向這邊，陳蕾知道他們是在等她進門，便微笑地說：「我回來了。」

阿薇瞬間紅了眼眶，撇過頭，說道：「快把身上的雪掃乾淨，我端飯菜到桌上，阿芙和小松說什麼也要等妳回來一起吃。」

「二姊也說了要等大姊回來才吃飯的。」阿芙眨著眼睛，甜甜地說。

陳蕾聽後，看著阿薇已經轉身，笑了笑，親了阿芙一口，表揚道：「真乖。」

很快到了臘月二十三過小年，陳蕾和阿薇早早地就起來，準備好祭祀灶王爺的供果後，陳蕾這才去把小松叫醒。

小松醒來時仍舊迷迷糊糊，待鑽出被窩，馬上被凍得清醒了，眼神才清亮不少，看著大姊準備幫自己穿衣服，不好意思地嚷嚷道：「大姊，我自己能穿，不用妳。」

陳蕾看著小弟彆扭的樣子，不禁一笑。「好，你快穿。」

阿薇走了進來，問道：「怎麼這麼慢，再晚一點灶王爺都走了。」

陳蕾雖然不迷信，不過還是願意入境隨俗的。「快了、快了，阿薇妳別催他。」

因村裡講究「男不拜月，女不祭灶」，身為家裡唯一的小男子漢小松，便承擔了此項重責大任。

小松來到爐灶前，對著灶王爺的畫像開始拜了起來，還不忘說著阿薇一早教他的話。「灶王爺，祢到了玉帝面前一定要為我們家說些好話，我們可是善良人家，請保佑我們一家和和樂樂的，別再出事了。」

陳蕾看著小松小小的人兒，跪在地上一副虔誠的樣子，不禁心酸，這個家真的是再也禁不起一點風霜了。

小松拜完，拿起筷子蘸了蜂蜜，給畫像上的灶王爺抹了嘴，讓灶王爺到了玉帝面前可以嘴甜甜、說好話，接著把畫像扔到爐子裡燒了，阿薇和陳蕾便開始燒水，準備煮餃子。

過小年時煮餃子，是為了給灶王爺送行的。陳蕾煮著凍餃子，跟阿薇說：「妳去把阿芙叫起來，我們吃完餃子還要去大伯那。」

阿薇點點頭，回房把阿芙叫醒，待餃子上桌，阿芙已經洗漱乾淨，坐在那裡等著吃餃子，陳蕾看她一臉饞樣，不禁好笑，掐了掐她肉乎乎的小臉，叮嚀道：「待會兒吃餃子得吃慢點，小心燙嘴。」

「嗯嗯，二姊已經教過我怎麼吃餃子了，先用湯匙把餃子切開一半，吹涼再吃就不會燙到了。」阿芙拿著小湯匙歡快地揮舞著，凳子下的兩條小短腿也晃來晃去的。

「阿芙真聰明。」陳蕾看著她開心的模樣，嘴角也忍不住勾起一抹微笑。

凍餃子一般包得口味偏淡，阿芙吃了一個就嚷嚷著要蘸蒜醬吃，但這個時代的醬油和醋都釀得不是很好吃，用來蘸餃子的話，味道反而不怎麼好。

「胡鬧，過小年是不能搗蒜的，好好吃妳的餃子。」阿薇訓斥道。

阿芙瞬間淚汪汪的，娘從來就不會凶她，不禁想起娘親來，又記得哥哥跟自己說不可以喊要娘親的話，心裡委屈極了，抿著小嘴，眼淚撲簌撲簌的就落下來。

阿薇一看到阿芙哭，心裡馬上後悔了，可話已經說出口，本就好強的她也不會去哄阿芙，一時緊抿著嘴不說話。

小松在凳子上挪著屁股，不安地看著阿薇，張了張嘴卻說不出話。他知道自從家裡出事後，二姊心裡一直不好過，嘴上也厲害了不少，其實她心裡是最不好過的。

陳蕾放下手中的筷子，抱起阿芙說：「妳倒委屈了，我和妳二姊一大早就起來煮餃子，餃子還沒吃上幾口，妳就挑剔起來。」對於該如何教育弟弟、妹妹們，陳蕾沒有經驗，但這次的事，陳蕾並不想去責怪阿薇對阿芙嚴厲，這是阿薇自己的教育方式，她知道阿薇是愛護弟妹的就好，如果有過分的地方，她會私下再和阿薇說。

阿芙聽了這話，心裡有點小小的愧疚，揪著手指，一副不安的神情。

阿薇看她這樣子，心疼得不得了，忙抱起她說：「是二姊不該凶妳，別哭了，過小年是不能搗蒜的，這樣家裡來年才可以一整年都和和睦睦的。」

阿芙的情緒緩和了不少，抓著阿薇的衣服說：「都是阿芙不好，不該挑食。」

陳蕾這才笑起來。「都快好好吃餃子，吃完了還要去大伯那呢。」

小松一直眼饞的盯著餃子，聽到大姊這麼說，鬆了口氣，開心地挾起餃子吃了起來。

過小年祭祀完灶王爺，便要祭祖，待姊弟四人吃完餃子，便匆匆忙忙地去了大伯家。

大伯娘見姊弟幾人過來，歡迎道：「阿蕾過來啦！早上可是拜過灶王爺了？」

陳蕾看著長得有幾分憨厚的大伯娘笑道：「讓小松祭拜了。」

三叔一家也正好進屋，大伯娘便大聲地說：「我就說什麼來著？阿蕾這丫頭也是個能幹的，這家裡有她，也能頂得住的，都這麼大的閨女了。」

三嬸子聽到這些話，臉色不怎麼好，瞪了大伯娘一眼，卻也沒反駁。家家都有本難唸的經，以她家裡的條件，是養不起這幾個孩子的。

大伯娘看到三嬸子吃癟的表情，眼裡愉悅。

陳蕾低下頭，摸摸鼻子，當作沒聽見，其實大伯和三叔不管他們幾個反倒好，寄人籬下的滋味，她已經嚐夠了。
蹲在一旁抽菸的大伯敲了敲煙桿子，說道：「既然都來齊了，準備祭祖吧。」
長輩們自是跪在前面，大伯家有兩個堂哥和一個堂妹，三叔家就只有一個堂弟，今年才七歲，比小松大一歲。幾位小輩跪在後面，大家恭恭敬敬的祭完祖後，大伯看著陳蕾，一副欲言又止的樣子，大伯娘看他這模樣，急忙上前戳了他一下，瞪他一眼後對陳蕾笑道：「阿蕾，你們快回去收拾屋子，這過小年可是要把屋裡的灰塵掃乾淨了，要不然來年說不定又會有什麼災禍。」
「妳這是在說啥呢？過小年的也不說句吉利話。」陳家大伯斥道，說完便轉身回屋了。
大伯娘皮笑肉不笑地又道：「瞧我這張嘴，總說那得罪人的話，阿蕾妳可別生大伯娘的氣啊！」
自從陳老二家出了事後，大伯娘就怕自家那口子想把幾個孩子接回家來，一直嚴防著，看到剛才自家那口子差點心軟，便故意說些難聽話，畢竟這幾個孩子剛死了雙親，接回來晦氣，待過了年後，事已成定局，就不信他還會有這心思。
遠親不如近鄰，陳蕾不想因為不必要的事得罪了大伯娘，裝糊塗本就簡單。「大伯娘說得嚴重了，我們這就回去收拾、收拾。」
大伯娘又順嘴一說：「收拾完屋子，你們姊弟幾個可要好好洗個澡，尤其頭髮，可得洗仔細了。」

身旁的阿薇臉色已難看起來，差點忍不住要爆發，陳蕾拉住她使了個眼色，阿薇這才點點頭，拉著弟弟、妹妹們離開。

不得不說，他們這個大伯娘，確實很會得罪人！

待幾個孩子走後，三嬸子收好牌位出來，冷笑道：「嫂子可真會打如意算盤。」

大伯娘扯了下嘴角。「怎麼，妳想要出頭？不如妳把老二家幾個孩子領回去養，難不成還想讓我養著，卻由妳當好人？妳是把我當傻子嗎？」

而阿薇回到家中後，便坐在炕上，一臉不快，看到陳蕾走進來，隨即不快地說：「妳剛才拉著我幹麼？」

「她說什麼也都是長輩，妳若是今天跟她吵了起來，明天便會傳出跋扈的名聲。」陳蕾過去聽慣了心口不一的話，大伯娘那些話都不算什麼。

「妳沒看她，她那話分明是不想……」

「不想怎樣？難不成妳想去大伯家？」陳蕾的表情嚴肅了幾分，若是阿薇有這樣的想法，說什麼也要扼殺了去，若去了大伯家，以後他們姊弟幾人的命運可就掌握在人家手裡了。古代本就是封建思想，婚姻更是由長輩作主，萬一為了彩禮就隨便把她們姊妹三人嫁了出去可怎麼辦？這跟看小說不一樣，是實實在在的過日子，每一步都要謹慎地走著。

阿薇看著陳蕾嚴肅的神情，撇開頭。「誰要去大伯家，只不過看不慣大伯娘的那張嘴臉罷了。」

陳蕾這才鬆口氣，只要阿薇沒有這想法就好，雖說大伯娘有點小人之心，可過日子也是要多想想的，四個孩子哪是能接過來養就養，平時四張嘴的吃食不說，便是姊弟幾人的嫁妝和聘禮，也都不是小數目。

「妳既然不想去大伯那，又何必為了大伯娘那話生氣，反正也沒影響到咱們什麼，倒是以後，還有很多地方要仰仗他們呢，現在鬧翻了可沒好處。」

雖說姊弟幾人可以關起門過日子，但難保不會有些個心黑的，欺負他們沒爹沒娘，若是有長輩的幫襯，他們的路能好走一些。

阿薇聽完，咬著嘴唇，雙眼泛紅地看著牆壁，不再說話。

待姊弟幾人齊心合力的把家裡從裡到外都打掃乾淨後，又開始燒水，把屋子燒得熱呼呼的。

洗澡是在屋子西側的一個隔間，隔間是靠著火牆圍起來的，足夠封閉，冬天把爐火燒起來，在裡面洗澡也不擔心受風，讓陳蕾放心不少。

姊弟四人都洗好後，個個臉色紅潤的坐到炕上。陳蕾放好炕桌，拿出紅紙和剪刀，與阿薇一起剪窗花，小松則在一邊看著阿芙，不讓她碰到桌角或是剪刀，看著大姊、二姊剪窗花，這才感覺有股過年的喜氣，臉上的笑容也多了不少。

陳蕾在現代也接觸過不少手工藝品，剪起簡單的窗花沒什麼問題，和阿薇把窗花剪好後，姊弟四人又開心地將窗花全都貼在窗戶上。

看著煥然一新的屋子，陳蕾滿是欣喜，這是她和家人的家。

過年期間不可起針，因此年前陳蕾只教阿薇打了絡子。由於古代訊息不發達，南北手藝無法融會貫通，北方這邊的絡子樣式就顯得單調許多，陳蕾會打不少絡子的樣式，也不怕打好後賣不出去，她認為，好看的飾品到哪裡都能受歡迎。

阿薇勉強會些女紅，陳蕾每天教她幾種編法後，她也能編出一些小物件，好在手巧，編出來的絡子也不差。

陳蕾想起今年是兔年，便挑出一些色彩鮮豔的彩線，打了條汗巾。

阿薇細看陳蕾手中打了一半的絡子，好奇地說：「妳這墜子可是隻兔子？」

陳蕾點點頭。「嗯，打算左右各打一隻，讓小孩子繫在腰上，好看又好玩。」絡子打成的汗巾可作腰帶用，繫在腰間當裝飾，而陳蕾打的絡子小巧，適合小孩子。

阿薇看著陳蕾靈活的手法，感嘆道：「難怪爹娘當初疼妳，妳打的絡子就是好看，估計也能賣得出去。」

陳蕾停下手中的活計望向阿薇，說：「兒女在爹娘心中都是肉，都是疼的。」手指都不一樣長了，何況人心，不過就是疼得多寡不同而已。

阿薇低頭沈默不語，陳蕾眼中無奈，這本就不是容易解開的結。

離過年還有三天，家家戶戶都張羅著吃食，忙得不亦樂乎。

陳家三嬸帶了些大米過來，陳蕾不好意思地說：「三嬸您能來看我們就很好了，還帶著東西過來做什麼。」

趙陳村家家戶戶種小麥，大米可貴了，便是吃大米也要摻著苞米碎粒一起煮著吃。

「今年妳三叔去鎮上買了不少大米，我想著給你們拿上一些，好好煮一頓吃。」三嬸子邊說邊坐到炕上，拿起陳蕾編好的絡子誇道：「這可是阿蕾打的？真好看。」

「哪有嬸子說得那麼好，取巧罷了，若是賣了錢，明年正好買種子、種些菜。」

三嬸點點頭。「這個好。」說完又四處看了看，發現幾個孩子不在，問道：「阿薇他們呢？」

「都出去了。」三嬸似乎有事的樣子，陳蕾又說：「三嬸可是找阿薇有事？」

三嬸擺擺手，鬆口氣。「他們不在我才好說。阿蕾，妳可還記得趙三大爺家？」

趙三大爺？阿蕾回憶了下原主的記憶，趙三大爺似乎和自家老爹關係不錯，平常兩家也是多有來往的，她點點頭，不解道：「怎麼了？」

三嬸臉色一沈，說：「他家的三小子，前天和隔壁村的姑娘訂了親。」

阿蕾心想別人家訂親，跟他們有什麼關係？突然間，她想到了什麼，不禁皺起眉頭。

「當初妳爹跟妳三叔說過，已經和趙老三私下商量好了，等妳訂了親，便跟趙家把阿薇和他家三小子的婚事訂下來，可沒想到趙家現在……妳說這叫什麼事，聽說他家二小子前陣子才剛從軍回來，這二兒子還沒訂親呢，就急匆匆地給小兒子訂親，這不是……」三嬸子說完，一臉的氣憤。

三嬸雖然沒把話說全，陳蕾也猜出了大概。這時代很是嫌棄無父、無母的姑娘，認為這樣的姑娘沒有福氣且命硬，就算不顧忌這點，大概也是怕阿薇拿不出像樣的嫁妝，以後又沒娘家可以互相扶持。

「要我說這肯定是趙老三家那後娘出的主意，不是一個娘生的就是不一樣，他家二兒子剛回來，就弄了件打臉的事，有了後娘、就有後爹，可是一點也沒錯。」

陳蕾回憶一下，趙老三現在的妻子是繼室，只有小兒子是她親生的。

「三嬸，我爹沒有再把這件事跟別人說吧？」若是自家老爹沒說出去過，這事便好辦了，想來趙家也不會鬧得到處說，真說出去了，他們也不見得會有多光彩。

「聽妳三叔那意思，就只跟自家人說過。」

「這樣的人家不要也罷，三嬸可別讓三叔說出去，也別讓阿薇知道，她那性子若是知道了，說不定會做傻事！」

「妳放心，這事妳三叔定是不會說的，妳大伯家那也不用擔心，若是阿薇名聲不好了，妳大伯家的姑娘也會受影響。唉，以前看趙老三家是個好的，沒想到他們會是這樣的人。」三嬸邊安慰著陳蕾，邊罵著趙老三家。

陳蕾頗無奈，卻也慶幸這事還沒發展到最壞的地步，要是真讓阿薇嫁過去，照他們家現在這般情景，再加上那樣的婆婆，日子肯定不會安寧。

三嬸又聊了幾句家常便離開了，陳蕾看著天色已晚，幾個孩子卻還沒回來。

生起爐火後，阿薇才帶著小松和阿芙回來。小松一進門便開心地說：「姊，我們抓了兩條魚回來，個頭可大了。」

陳蕾停下切菜的動作，皺著眉頭。「不是說了不要再去抓魚，這大冷天的凍壞了不說，要是掉進冰窟窿裡，救都救不上來。」

「我就說不讓你去，你偏不聽，挨罵了吧？」阿薇也責怪地看著小松。

小松有些不服，跟陳蕾解釋道：「趙三大爺家的趙二哥領著村裡好多小孩去打魚，他們都說趙二哥從過軍有本事，我才跟著去湊熱鬧。」

*怎麼又是趙三大爺家！*陳蕾緊皺眉頭，不悅道：「以後離他家遠點。」

小松和阿薇都不解地看向陳蕾，只有阿芙咬著手指，軟軟地說：「阿芙想吃魚。」

陳蕾看阿芙一臉小饞貓樣，臉色好了幾分。「都回炕上暖和去，以後別再去河邊了。」

「姊妳放心，我以後不去便是；其實河邊水淺，冬天魚傻好抓，真是掉進冰窟窿裡，也不會淹死我的。」小松一邊放著魚，一邊說道。

繼續切菜的陳蕾，把菜刀重重地剁在砧板上，回過頭瞪著小松生氣道：「哪來那麼多廢話，你若是把我當長姊就聽話，以後離河邊遠點。」

小松被陳蕾嚇了一跳，看著她陰沈的臉色，哪裡還敢說什麼。「姊，我以後不去就是了，妳別生氣。」說完就趕緊溜進屋裡。

陳蕾嘆口氣，果然每個小孩都有著野孩子的天性。

陳蕾做魚喜歡用南方的一種做法，不是把整條魚劃幾刀便拿去燉，而是把魚剁成塊，用油煎炒一會兒，再放兩勺酒糟進去，香味立刻蔓延開來。

這裡的醬油不怎麼好吃，所以她只放了一點調色，再把切好的一盤蔥絲也加進去翻炒，若是有白蘿蔔也可以放白蘿蔔絲，不過蔥絲也很不錯，最後加上一些辣椒，再倒入足夠的水燉煮，等入味後就可以上桌了。

鍋裡咕嚕咕嚕滾著，香氣四溢，阿芙已是按捺不住地跑了出來。「大姊做的魚好香。」陳蕾看著小萌娃快流出口水的樣子煞是可愛，忍不住捏了一下阿芙嫩嫩的小臉蛋。

「魚再一會兒就好了，阿芙先進去等等。」

因鍋大，陳蕾燉魚的時候還貼了些麵餅子烤，又炒了盤白菜，一家四口的晚飯便好了。看孩子們吃得香甜，陳蕾也不再提去河邊打魚的事，小松這才鬆了口氣。

古代沒什麼休閒活動，晚上睡得早，早上也起得早，陳蕾也是好幾天才適應過來。臨睡前，陳蕾又想起趙老三家的事，到底是怕阿薇會知道這件事，決定以後要離趙老三家遠點。

第五章

挑了一個空閒的時候，陳蕾坐在自己房裡算帳，上次去鎮裡賣東西回來，阿薇也不問她掙了錢沒有，現在家裡的錢都是放在她這裡。對她來說，阿薇不問她錢的事，讓她鬆了一口氣，否則還真不知道該怎麼跟她解釋奶糖的來源。

陳蕾不打算花爹娘剩下的那些錢來做奶糖，家裡要留點急用錢，賣奶糖才賺了一百文，著實不多，這要攢到何年何月去？

「笨蛋。」小助理突然忍無可忍地罵道。

「咦？你又活過來了？說我笨蛋幹麼？」這幾天陳蕾都忙著準備過年，又要教阿薇打絡子，也就沒進作坊系統，小助理更是那種「你不問我，我就裝死」的調調，若不是他今天說話，陳蕾可能都把小助理給忘了。

「提示主人，妳只製作了兩天的奶糖，作坊餘額還有兩百七十六文錢。」小助理說完後就不再理會陳蕾，顯然小助理的出現，是因為無法忍受陳蕾算錯了帳，竟還怪小作坊的食物不好賺錢。

陳蕾尷尬地撓了撓頭，這樣算下來，光是奶糖就賺了快四百文錢。陳蕾眼睛一亮，物以稀為貴，這麼好的奶糖就只有她在賣，雖估算不出這次能賣多少價錢，但也知道不會比上次賣的價格低了去，想了想，陳蕾決定把五百文錢和作坊剩餘的銅錢都做成奶糖。

她進入作坊系統，點開商鋪，把五百文錢加值進去後，陳蕾又看了下商鋪還有賣白砂糖和奶粉，好奇地問：「小助理，白砂糖和奶粉也有購買限制嗎？」

「每天只能買一斤。」

猶豫一下，陳蕾還是決定不買這兩樣東西了。奶糖可以說自家秘方熬製，她一天也不過製作六兩，白砂糖若一斤一斤的拿出去賣，估計會有人想方設法要打聽作法，萬一被人家發現什麼，把她當妖怪看怎麼辦？想到這，陳蕾皺了下眉頭，賣奶糖似乎也不是長久之計。

想起小助理說過，將作坊升級會多出其他食品的製作方法，她好奇地問：「小助理，系統要怎麼升級？」

「初次升級要一兩銀子。」

升級要銀子？陳蕾的眼睛瞪得老大，小助理則無視她的疑問。

陳蕾隨即無奈地搖了搖頭，作坊系統能給她帶來財富，就已經很幸運了，不管多寡都是賺的，不能因此而產生依賴，還是要靠自己的力量過日子。想通了，陳蕾也就舒展眉頭，決定暫時先不升級了。

到了除夕，一大早就有人家放起了鞭炮，村裡過年頗是講究，就算家裡再沒錢，也要買些鞭炮在過年時候放。

陳蕾被鞭炮聲吵醒，嘆口氣，過年最討厭的就是被鞭炮聲吵醒！

睡眼惺忪的穿好衣服，陳蕾發現小松早就起來了，看到她便滿眼發光地說：「姊，快把鞭炮拿出來給我。」

怕小松和阿芙淘氣，陳蕾把鞭炮放在她房裡，這會兒看著小松一副猴急的樣子，不禁好笑。「著什麼急，我這就給你拿去。」

待小松拿著鞭炮出去後，陳蕾掀開大房的門簾，看到阿薇已經醒了正在穿衣服，就放下門簾準備去生火做飯。

家裡總共有三間房，一間大房和兩間小房，陳蕾本打算讓阿薇、阿芙和自己一起住一間房，可後來想到自己身上的秘密，就打消了念頭，讓阿薇和阿芙住在大房，小松和她則分別住在另外兩間小房裡。

陳蕾想著開春就要讓小松去唸書，若是去唸書，自然是要有一間自己的房間。只盼著她能快點掙錢讓全家都過上好日子，最起碼衣食住行都要妥妥貼貼的。

阿薇穿好衣服便出來幫忙，正準備拿冷水洗漱時，被陳蕾叫住。「等我燒好水再洗臉，這種天氣用冷水洗臉哪受得了。」

阿薇一頓，回道：「嗯。」

姊妹相處了這幾天，阿薇已經不像之前那般彆扭，不知不覺間，陳蕾在她心中也有了長姊的地位，只是她心裡的疙瘩不是一時半刻就能解開的，對此陳蕾也不急，親姊妹之間有什麼化不開的。

小松放完鞭炮進屋後，就開心地問：「大姊、二姊可聽到咱們家鞭炮聲沒？今年咱們家的鞭炮可響了，明年一定紅紅火火的。」

看著小松凍得通紅的小臉，卻映著滿滿的快樂，陳蕾柔和地笑著回道：「嗯，聽到了，明年肯定紅紅火火的。」

阿薇已經拿熱水兌了些冷水，對小松說：「快過來洗臉。」

小松這才搓了搓凍紅的雙手。「今天可真冷。」

原本生活在冰冷的水泥城市中，突然來到古色古香的小鄉村裡，陳蕾很喜歡這種每天早早起來，一大家子邊聊天、邊幹活，熱熱鬧鬧的場景，讓她感覺到自己不再是一個人。一家人一起生活，是她期盼已久的念想，看著阿薇和小松在那說笑，陳蕾眼裡滿是幸福。

一家人吃完了早飯，鞭炮聲一直沒有斷過，小松早已坐不住了，又拿起一串鞭炮拆散了放進兜裡，便跑出去玩了。陳蕾只是囑咐他小心點別傷到自己，便也不管他了，野小子還是放出去的好，也不能太管著。

收拾好碗筷，姊妹三人坐在炕上，阿芙早上沒睡好，現在還迷迷糊糊的，那小腦袋瓜來回晃啊晃的，一睡著馬上又被鞭炮聲吵醒，逗趣的模樣讓阿薇和陳蕾看得笑呵呵。

姊妹倆商量著年夜飯要做些什麼，昨天夜裡陳蕾便把豬肘子煮熟了，等今天切片放到盤子上，再加點大豆醬和蔥花，就可以放進鍋裡蒸，蒸好後拌一拌，味道可好極了。

「要吃春捲。」阿芙打著哈欠說。

陳蕾笑了笑。「嗯，給妳炸春捲吃。」

除夕夜的菜色是越多越好，還不能做單數，但家裡就四個孩子，沒那麼會吃，阿薇和陳蕾商量一會兒，決定湊上十道菜。阿薇說了幾道自己會做的菜，陳蕾又添了幾道菜，姊妹倆就趕忙去倉房和地窖，把該拿的食材都拿出來，該解凍的也都先準備好了。

除夕當天看上去沒什麼事，可是做飯就花了大半天，因為是在這個家過的第一個年，陳蕾自是要好好地弄上一桌好菜。

滿桌子的大魚大肉中，也不能少了青菜。在古代的冬天，想吃新鮮蔬菜很難，因此陳蕾在幾天前先發好了綠豆芽，今天用滾水燙熟了放涼，又拿家裡剩下的馬鈴薯粉燙成粉皮，薄薄的粉皮切成寬絲，再把買來的豆腐乾切成細絲，最後將所有材料拌在一起，一盤可口的涼拌菜便完成了，美中不足的是，醋的味道不如現代的好。

想了想，陳蕾覺得應該在小作坊裡買點白砂糖放在家中，畢竟許多料理若是加了白砂糖，那美味的程度可就不同了。

看阿薇在那做春捲，她便裝作想起什麼似的匆匆忙忙地進了房裡，花十文錢買了一斤白糖，把白糖拿到廚房之後，對望向自己的阿薇說：「找個罐子把這糖裝起來。」

阿薇皺著眉，不悅道：「買糖做什麼？怪浪費錢的。」嘴上雖唸著，手卻沒停下來，找好罐子遞給陳蕾。

「上次去集市看到一個小商販在賣的，說是白糖，妳看看這糖可白了，那商販說這種糖特別甜，耐吃。」陳蕾一邊說著，一邊把油紙包裡的糖倒入罐子裡。

阿薇好奇地看了看。「怎麼這麼白？」

陳蕾搖搖頭，表示不知道。她伸手拿了一個水瓢，舀了開水，再兌一些白糖，便端到屋外，放在院子裡凍上，等結冰了鑿碎，就有冰棒吃了。

阿薇不知道她在幹麼，搖搖頭繼續包春捲。

有了白砂糖，陳蕾又弄了道拔絲野果子，酸酸甜甜的，小孩子都愛吃。

待姊妹兩人把一桌菜弄好後，天色已經暗下來，小松也回來了，紅撲撲的小臉喜氣洋洋的。

姊弟四人給父母的牌位奉了杯酒後，才坐到凳子上吃飯。其中數阿芙最開心，阿薇和小松多少因為祭酒時染了幾分傷感，看著年夜飯更是觸景生情，眼眶都隱隱的發紅了。

陳蕾抱著阿芙，看著傷心的兩人嘆口氣。「你們這是做什麼？大過年的就該開開心心，爹娘也不希望看到你們這樣。」

兩人聽了大姊的話之後，臉色稍微和緩一些，而飯桌上阿芙不時耍寶，陳蕾又說了幾句逗樂的話，這才讓兩人心情好了起來，一家人歡歡喜喜地吃著年夜飯。

年前陳蕾弄了些鍋巴，又炸了些小果子，待吃完飯，便把這些零嘴都搬到炕上，又從倉房拿出一些凍梨和野果子，一家四口坐在炕上邊玩邊吃。

從過小年起陳蕾就沒拿過繡針，要等到出了正月十五才能動針，她手癢得不行，但過年更是不能幹活，連打絡子也被阿薇制止了，陳蕾只能大眼瞪小眼地看著幾個孩子玩耍，好在也不是太悶。

玩沒多久，陳蕾和阿薇開始準備剁餃子餡，把餃子餡拌好，擀好餃子皮，姊妹倆便開始包起餃子。

阿芙則是坐在一旁嚷嚷道：「大姊，放鹽。」這孩子還記著家裡的凍餃子沒鹹味呢！

阿薇和陳蕾都不禁笑起來，小松玩了一天有些累了，在她們剁餃子餡時就睡著了。

姊妹兩人邊聊天邊包餃子，也不覺得無聊。

轉眼間快到時辰了，阿薇把小松叫醒，陳蕾則去廚房把水燒上，準備煮餃子。

有些心急的人家，已經開始放起鞭炮迎財神。小松一聽到鞭炮聲就醒了，拿起鞭炮猴急地跑了出去，阿芙則吵著要出去看鞭炮，阿薇無奈，只好把她抱出去看鞭炮。

等幾人放完鞭炮回來，都洗了把臉，才坐下吃餃子，除夕算是圓滿了。姊弟幾人吃著已經退了冰的凍梨，又鬧了一會兒便都撐不住了，全躺在炕上打起呼來；而陳蕾一整天都是笑容滿面，即便在睡夢中也是香甜的。

因家裡有喪事，陳蕾只帶著弟弟、妹妹們去大伯、三叔那拜年，然後姊弟幾人便沒再去過誰家。小松平時會跟著小夥伴在村子裡玩，阿芙總是嚷嚷著想跟哥哥出去玩，陳蕾怕小松玩的時候顧不上阿芙，便不給去，就這樣姊妹三人在家裡大眼瞪小眼，閒得發慌。

到了初五那天，陳蕾歡歡喜喜地拿著掃帚準備掃地，過年期間打掃說是會把錢財往外掃，因此到了初五才可以掃地。剛掃完地，就聽到門被推開的聲音，抬頭一看是一個長相刻薄的婦人進了屋，陳蕾一愣，仔細回想了下，應該是他們的舅媽。

「喲，掃地呢？阿蕾還是個勤快的閨女啊。」舅媽關上門，熟絡地說。

小松剛出去玩，院門也沒關，村裡白天也都很少關院門，一般婦人串門子的時候，都會在門口喊上一聲，問問有人在家嗎？顯然舅媽是覺得他們沒了爹娘，便連招呼也不打就直接進來了。陳蕾微皺眉道：「舅媽怎麼過來了？」

「妳這話是不歡迎我來呀？」舅媽大搖大擺地坐在炕上，還順手拿了野果子吃起來。「喲，妳家今年採的野果子真甜。」

阿薇原本在幫阿芙洗頭髮，剛把頭髮擦得差不多乾，抱著阿芙過來看看是誰來了，就看到坐在炕上大吃大喝的舅媽，臉色瞬間沈了下來。

舅媽看了阿薇和阿芙一眼，裝作沒看見阿薇的臉色，笑著說：「阿芙長得可真是越來越可愛了，過來讓舅媽抱抱。」

舅舅一家除了借錢，平時也不會來串門子，阿芙年紀小哪裡認得她，看著舅媽皮笑肉不笑的樣子，覺得有些怕，便轉過小腦袋趴在阿薇的懷裡躲起來。

舅媽有些尷尬，裝作沒事地說：「小孩子還真不懂事。」

舅媽打從進門就沒說過一句好話，陳蕾有點不開心了。「阿芙年紀小，記不住人，舅媽別怪她，我大伯娘有一陣子沒來我們家，上次見到，阿芙也是認不出呢。」

陳蕾在舅媽心裡一直是個唯唯諾諾的人，沒想到也會話中藏話，她忙說：「阿蕾這是在怪我沒來看你們吧？哎，年前妳舅舅在外面光忙著生意，家裡從小到老都是我伺候著，才沒時間過來看你們，妳別記恨啊。」

「什麼叫做倒打一耙我算是明白了。」阿薇頗是氣憤地說。

舅媽老臉一紅，忍不住要發作一番時，陳蕾擋在阿薇面前，一臉和悅地說：「舅媽這麼忙，今天來定是有事吧？」

伸手不打笑臉人，陳蕾本就是小輩，舅媽也不好意思太刁難，想起她今天來的真正目的，知道正事重要，阿薇這小蹄子以後有的是時間教訓，臉色變了變，冷哼一聲說道：「前陣子妳舅舅過來也說了，你們家還欠我家二十兩銀子，不知道打算什麼時候還？」

阿薇一聽頓時怒了，從陳蕾身後走上前，吼道：「這幾年舅舅哪次來不是要跟我娘借錢的？我娘都沒要你們還，還好意思說我們欠錢了？」

舅媽一聽立刻氣得跳腳。「啥？借錢？妳這小丫頭片子滿嘴胡說，可有誰看過妳舅舅拿了妳娘的錢？」

「那又有誰看到我們家借了妳家的二十兩銀子了？」阿薇不服地說。

不等阿薇再說些什麼，舅媽已經坐在地上悲嚎著。「哎喲，妳們姊妹倆這是要逼死我呀，妳舅舅做生意把家裡賠了個乾淨不說，人都不知道躲哪兒去了，那要債的上門一開口就要五十兩，妳們還想貪了我那二十兩，這是要逼死我們娘兒幾個呀！」

活了二十多年，陳蕾頭一次聽到如此抑揚頓挫的哭罵，從前看小說還沒什麼感覺，今天實際經歷了一次，真讓她永生難忘。什麼叫做黑心且不講理，她算知道了，看著賴在地上撒潑的舅媽，陳蕾額頭上的青筋直跳。

爹娘剛死的時候，舅舅便跑來討錢，若是她沒穿越過來，原主也死了，那阿薇姊弟三人不知道要被舅舅一家怎麼欺負，一想到這，陳蕾心中充滿怒氣，臉色瞬間沈了下來，以往她不是沒被欺負過，可欺負她的人也沒好日子可過！

陳蕾目光陰森地對舅媽說：「舅媽妳可是想清楚了，我們家是真的欠了你們二十兩？」

舅媽在看見陳蕾那幽暗的目光後，忍不住背後發涼，暗自嘀咕這小姑子家的大女兒何時變得這般陰沈了？記得以前可是好欺負的性子呢！

雖被陳蕾看得不怎麼舒服，舅媽心中的貪念仍沒有退卻，她從地上站了起來，硬著脖子喊道：「妳小孩子家的一整天就會在屋裡做繡活，自然是不知道妳娘從我這裡借錢的事，說起來，我可是有欠條的。」

「那請舅媽把欠條拿出來給我們看看。」陳蕾說完，心裡也有幾分不安，這古代村裡的婦人沒幾個識字的，就怕有可能是舅舅哄騙了娘，讓她在紙上按了手印。

「什麼？妳識字？」舅媽鄙視地看著陳蕾。「妳到底拿不拿錢出來，若是拿不出來便用這屋子和妳家那幾畝地，頂了那二十兩銀子，看妳沒爹、沒娘的也可憐，我就不計較吃不吃虧了。」話落，舅媽擺出一副大義凜然的樣子。

陳蕾冷笑一聲，原來是打這個主意，冰天雪地的過來搶房子，難道想凍死他們不成？「我不識字不打緊，自然有人識字，上次被舅舅磕破了頭，差點沒命，這事我已經去村長那說過，村長也記下了。舅媽這次來，不妨順便把我治病買山參的銀子算一算。」

阿薇想到大姊之前受的傷，瞬間紅了雙眼。「我姊說得沒錯，當初是看在親戚的分上沒去找舅舅算帳，現在看來也不必顧這一點情分了，我們這就去村長那討個公道，就是要鬧上衙門也不怕。」

陳蕾當初就是怕舅舅一家還會過來鬧，病一好就早早地去村長那把事情的前因後果都說了一遍。他們陳家是村裡土生土長的村戶，但舅舅一家卻都是外村人，若真的再過來鬧，村長肯定不會由著他們，不說村長，便是整個趙陳村也是不依的。當初陳家出了事，阿蕾被舅舅推傷，村裡誰人不知，阿薇買山參的時候也是挨家挨戶問過的，若真要計較起來，舅媽可是討不到一分的好。

舅媽原本以為依阿蕾那性子，還不是她想怎麼揉捏就怎麼揉捏，至於幾個小的更是好對付，嚇一嚇也就唬過去了，卻萬萬沒想到事情出乎她的意料之外，還想說什麼，便聽見門口傳來了刺耳的叫罵聲。「是哪個不知好歹的，敢來我們陳家欺負起人了？」

陳蕾和阿薇回頭一看，是大伯娘氣勢洶洶地走了進來，後面還跟著小松，小松看著兩位姊姊的目光滿是擔憂。

陳家大伯娘走了進來，一看屋裡站著孩子們的舅媽，冷笑道：「我以為是誰呢？原來是親家弟妹，妳來得正好，上次妳家那口子把我們家阿蕾給磕傷了，這事咱們算算吧！」

陳家大伯娘不僅長相憨厚，體型也頗壯實，加上長年種田，力氣不小，身子瘦弱的舅媽在氣勢上立即輸了，便對陳家大伯娘笑道：「嫂子這話可不對了，我們家那口子說阿蕾那頭是她自己不小心磕破的，可跟他一點關係都沒有，當時家裡就幾個孩子，還沒有一個說實話的，真是冤枉死我們嘍！」

阿薇和小松聽了這話，已忍不住想動手，陳蕾和大伯娘眼疾手快的馬上一人攔住一個。阿芙看著滿屋子的人，心中懼怕，卻也忍著不哭，不給姊姊們添亂。

舅媽看著幾個孩子冷笑，順勢對大伯娘說：「這不就前陣子我家小姑向我們家借了二十兩銀子，我正好有急用才過來討要，說來幾個孩子沒了爹娘，親家大哥是陳家老大，我還應該去大哥那說說這事才對，倒是我不懂規矩了。」她佯裝一臉歉意地說，又馬上接著道：「我真的急著要這筆銀子救命啊！照我說的，不如就把小姑家這房子和幾畝地賣了出去，賣多、賣少我都認了。大嫂子，若是妳能幫我把這銀錢弄一些回來，我也就咬咬牙，分妳一成怎麼樣？」

第六章

舅媽一說完，屋裡頓時寂靜無聲，陳蕾、阿薇和小松都用難以置信的眼神看著舅媽，姊弟幾人還是頭一次碰到這般黑心的人，一時愣住了。

陳家大伯娘雖說吃過不少鹽，卻也是第一次碰到這般沒良心的親戚。雖說她自己也有些貪小便宜，卻萬萬不會做這種缺德害人的事，這到了陰間都是要還的！再說她若真做了這種事，全村的人免不了都要戳她的脊梁骨，以後她家孩子還怎麼找親家？

「哼，妳不要臉可別拉上我。我看親家弟妹，妳還是跟我們去村長那說說，妳說的二十兩銀子我是沒聽我家二叔說過，妳若是有證據，也去村長那裡拿出來看看。」大伯娘話一說完，便抓著那舅媽的手，就要往村長家去。

阿薇和小松都一臉崇拜地看向大伯娘。

舅媽沒大伯娘力氣大，掙脫不開，那二十兩銀子也是捏造出來的，說有欠據也是嚇唬、嚇唬幾個孩子，本來今天都準備好了房屋良田的轉讓書，只待唬住幾個孩子後，讓阿蕾按上手印，到時候就是陳家老大過來也沒用了，沒想到一向好欺負的阿蕾，竟然轉了性子。

「哎喲，快來人喲，欺負人了！」舅媽眼看掙脫不開，順勢想坐到地上哭鬧一番。

大伯娘可不管她，半拉半拽地就把孩子們的舅媽拖到了院裡。

陳蕾看著舅媽的眼神滿是厭惡，這個親戚不要也罷！便走上前拽起舅媽的另一隻胳膊，作勢要和大伯娘一起拉著舅媽去村長那。

舅媽被自己的小輩拖著，頓時老臉一紅，滿臉凶惡地看著陳蕾。「妳個小沒良心的，我是妳舅母妳敢這般對我，妳娘咋教的？若知道妳家這般沒良心，我當初就不該借妳家錢。」

舅媽的聲音不小，村裡好多人家都圍過來看熱鬧，又不清楚事情經過，難免誤會，陳蕾怕自家名聲遭染，便說：「舅媽妳不必口口聲聲說那二十兩銀子，不說我爹娘生前接濟你們家多少銀錢，這二十兩銀子，我爹娘更是從沒跟家裡人提過，妳若一直死咬著是我們欠的錢，就去村長那好好說，說不清楚便去衙門說。」

舅媽一聽陳蕾要帶她去衙門就火了。「妳這丫頭心真是黑，我是妳的親舅母，妳卻想把我告上衙門，這還有沒有人情味？妳爹娘的死就是被妳心黑報應的……」

不等舅媽說完，陳蕾已經一個耳光搧了過去，不管在現代還是古代，沒有爹娘一直都是她的痛處，就是想得再開，被提及了還是會痛的，尤其聽到舅媽這麼說，她更是難以忍受。

舅媽的一句話就像點燃了炮竹，陳蕾此時理智全無，雙眼通紅地瞪著舅媽。

被小輩打了一耳光的舅媽眼睛也紅了，越發使勁的想掙脫大伯娘的束縛，她大聲吼道：「怎麼？妳這是惱羞成怒了？實話還不敢讓人說啊？妳那爹娘就是被妳……」

陳蕾看著舅媽那張惡人嘴臉，心裡的怒火越燒越旺，知道跟這種人講道理也講不清，憤怒到極點的她四處尋找打人利器，一隻結實有力的手適時遞來一根棍子，她頓時眼睛一亮，也不看是誰遞來的，接過棍子便氣勢洶洶地走向舅媽。

大伯娘看阿蕾紅著雙眼、高舉棍子，怒氣沖沖地走過來，連忙放開了拽住舅媽的手，往後退了好幾步。

舅媽本就是個欺善怕惡的，剛才不過是被打了一耳光，覺得面子掛不住，一時嘴快，看見陳蕾拿了棍子走過來，她一下子呆住了。

當舅媽被棍子打了個踉蹌的時候，大伯娘才反應過來，拍腿暗叫不好，這小輩打長輩可是大不敬，便對著身後已看得傻眼的姊弟幾個說：「還不快去把你們大伯和三叔叫過來？」

阿薇和小松這才反應過來，趕忙跑去找陳家大伯和三叔。

阿芙年紀小，看大姊拿棍子打人不禁害怕，「哇」的一聲哭了出來，大伯娘連忙把阿芙抱在懷裡，看著阿蕾還在打舅媽，急得在原地跺腳。「阿蕾，快停下。」

「哎喲，救命呀，打死人了。」舅媽一邊躲著棍子，一邊呼救。

當陳家大伯和三叔趕來，看到阿蕾和她舅媽妳追我趕的場面時，也是一愣。這真的是他們那乖巧的姪女嗎？

「你們快去攔著呀！」陳家三嬸也趕來了，看兩個做長輩的都站在原地不動，她氣急敗壞地說。

陳家大伯和三叔這才反應過來，一個拉著孩子們的舅媽，一個拉住陳蕾。

三嬸問大伯娘。「這究竟是怎麼回事？」陳蕾在她眼裡向來是個乖巧懂事的，不是被逼急了肯定不會動手打人，眼下村裡這麼多人看熱鬧，怕是會壞了她的名聲，非得當面問清事情的原由，讓大家知道是誰無理才行。

「還能怎麼回事？這人死了就有那黑心的，平時二弟妹是怎麼接濟娘家的大家都知道，現在她嫂子一過來就說二弟妹欠了二十兩沒還，要拿她家的房子和地去抵債，好在阿蕾腦子靈光沒上當。我們要拉二弟妹她嫂子到村長那討個說法，這婆子就撒潑，又罵又喊的，妳說這些孩子剛沒了爹娘，哪裡受得了那些話，這不……」大伯娘也知道今天鬧成這樣，不把事情當著大夥兒的面說清楚，他們陳家的姑娘可不好找親家了。

村人本來還指指點點的，聽大伯娘這麼一說，再加上剛才孩子們的舅媽說那些難聽話他們也都聽到了，兩相一合，也都氣憤不已，開始說起那舅媽的不是。

趙明軒看著院裡那個還揮舞著棍子想打人的姑娘，眼眸裡滿是憐惜，沒爹娘的滋味他是再清楚不過了。

待村長驅散了村民，並把那黑心舅媽攆出村子後，這場鬧劇才告一段落。村長看著陳家院子裡的幾個孩子，張了張嘴，終究是沒說什麼，嘆口氣、揹著手走了，嘴裡嘀咕著說：「瘋婆子還不讓人好好過個年，真晦氣。」

陳蕾好不容易平靜了一些，便看到臉色蒼白的阿薇和小松，然後又看見一臉淚痕的阿芙，頓時清醒不少，手扶著額頭，一臉懊惱。

她又犯病了，在現代時也是這樣，一被笑話沒爹娘，就容易腦子充血，沒想來到古代還是……

「現在知道後悔了？」陳家大伯黑著臉訓道，在大伯心裡，長輩的不是有長輩來處理，還輪不到小輩出頭，阿蕾今天動手，分明是沒把他和三弟當一回事。

陳蕾咬著牙，緊抿嘴角，陳家的孩子們也被大伯嚇得不敢說話，站在院子角落不敢吭聲。

「阿蕾這事做得雖說不對，可你是沒看到二弟妹家嫂子那張嘴多損人，要是我也忍不住，更何況是孩子呢？當初我就說不該娶二弟妹進來，光看她那嫂子就不是個好的……」

「妳閉嘴。」大伯黑著臉說。

被這麼一凶，大伯娘也不敢再說啥了。

陳家三嬸是個心軟的，看孩子們站在院中可憐，便用手肘撞了下自家丈夫，陳家三叔看著孩子也不忍心，便說道：「大哥，這事等你和孩子們都靜下心來再說，現在說也沒用，都這時候了，咱們也該回去生火做飯了。」

大伯看著院子裡的幾個孩子，重重地嘆了口氣。「不為了妳自個兒想，也要替妳幾個弟弟、妹妹想想。」說完，大伯轉身走了，大伯娘則一臉訕訕的跟著離去。

三嬸又勸了幾句，才和三叔一起離去。

阿芙的小手揪著衣服，一臉可憐的看著陳蕾，淚眼汪汪地說：「大姊，我餓了。」那樣子可憐極了。

看到阿芙這樣，他們三個當兄姊的都不禁笑了開來。

「二姊給妳貼餅子、熱菜去好不好？」阿薇抱起阿芙，邊哄著邊走回屋裡。

「嗯，今天要吃一整張大餅。」阿芙歡快地說。

「大姊，進屋吧，外面冷死了。」小松冷得直打哆嗦。

「你先進去，我去關門。」

小松應了一聲，便快步地跑回屋裡。

陳蕾看著滿是足跡的雪地，頗感無奈，剛走到敞開的院門前，就看到一個身影走了過來，仔細一看，好是驚訝。

「雞蛋！」

「我的棍子。」

趙明軒自從回到趙陳村，每日都會去山裡找個寂靜的地方，耍上一會兒棍法。今天下山回來，正好看到有一處人家很是喧鬧，他不是愛看熱鬧的性子，不過常年習武的他耳聰目明，一眼便看見人群裡有那天集市上的那位姑娘，忍不住走了過去。

剛湊過去便聽到那婦人說了一些不堪入耳的話語，趙明軒聽得頗為不悅，再看那姑娘打了那婦人一耳光，心中暗叫一聲「好」！

然而這婦人實在是不識趣，嘴裡依舊胡言亂語，眼看那姑娘已經氣得四處翻找，估計是要找打人的器具，他便把自己手中的棍子遞了上去。只見那姑娘一接過棍子，就氣勢洶洶地朝那婦人衝了過去，趙明軒的嘴角不禁上揚，心想這姑娘還真是特別。

待此事平息，眾人都散了後，趙明軒想起他的棍子還在那姑娘的院子裡，便過來要了。

陳蕾穿越過來這麼久，已把原主的記憶消化得差不多，但她並不記得村裡有趙明軒這號人物，正納悶著他怎麼會出現在此，一聽到他說「棍子」，恍然大悟道：「那棍子是你遞給我的？」

趙明軒輕咳了一聲。「嗯。」

「你等一下，我給你拿來。」陳蕾說完，小步地跑過去把棍子撿起來，又跑回來。

「咦，剛才還不覺得這棍子有這麼沈呢！」

趙明軒看著陳蕾喃喃自語的樣子，覺得可愛，輕笑了一聲。「可能是妳剛才在火氣上頭，沒注意到，這可是軍棍，比平常人家用的還要沈一些。」

陳蕾聽他這麼一說，想到村子裡不少人看到她剛才的行徑，不禁臉色一紅，有些尷尬，忙岔開話題，問道：「你怎麼會在這？」有了這次的借棍之情，陳蕾也不怎麼討厭他了。

「我是趙老三家的。」趙明軒接過棍子，淡淡地說。

陳蕾看了出來，眼前的男子恐怕就是趙老三家的二兒子，再看他那挺拔壯實的體態，渾身散發著一股不怒自威的氣息，確實像是待過軍隊的。

「這次謝了。」陳蕾撓撓頭，輕聲地說。雖然上次兩人因為雞蛋鬧得不愉快，但這次人家借她棍子也是幫了她，道謝還是要的。

「小事，若以後有什麼需要幫忙的，找我便是。」趙明軒順口一說，話落不禁愣了一下，這話說得似乎有些唐突了。

陳蕾不是古人，內在也不是一名青春少女，並沒多想，也沒覺得害羞，心想這人其實還不錯，便爽朗地笑道：「那先謝過趙二哥了。」

趙明軒細看眼前的姑娘，秀氣的容貌，彎彎的眼睛，清澈的眼神全然沒有一絲不自在，似乎每次見到這姑娘，都有不同的神色。他不禁笑了笑，對陳蕾點點頭，便轉身走了。

陳蕾看著那寬厚的背影走遠後，才把院門關上，嘀咕道：「這趙老三家的二兒子人還行，不過，果然碰上了趙老三家就沒好事。」

忙了一天，姊弟四人早早就睡了。

陳蕾鑽進被窩後，想著今天的事，她知道是自己衝動了，可再重來一遍，她還是會對舅媽動手。像舅媽這樣的人，妳要是沒握住她的軟肋，說什麼都沒用的，還不如打上一頓，讓她忌憚幾分。

真的是親戚沒得選，只盼舅舅一家別再出什麼亂子，要是真和舅舅一家鬧進衙門裡，也沒什麼好處。

翻了個身趴在炕上，陳蕾想起今天大伯臨走前說的那句話。她不是不明白大伯的想法，可大伯能次次都幫著他們嗎？遠水是救不了近火的，自己要是不厲害一些，這村裡豈不是人人都認為他們家好欺負？

陳蕾揪著被褥，想了一會兒，眼底頓時一片清明。在現代時她沒人要，不也活得挺好的，這輩子要是真因為性格潑辣嫁不出去又怎樣，能有弟弟、妹妹就已經很好了，那些嫌棄她的，她還不要呢！

想通了，陳蕾蓋好被子，一夜無夢。

第七章

自從陳蕾打舅媽這件事過後，村裡幾個婆子只要聚一塊兒，就常常在說：「陳老二家的大姑娘是個厲害的，以後可不能當著那姑娘的面說些什麼，說錯了可會被她打一頓的。」

「可不是，要我說哪家的小子娶了那姑娘，以後可有得受。」

「哈，她家那幾個姑娘本就想嫁出去都難，出了這件事，怕是更別想要嫁了。」

「也說不定，人家閨女各個都好看著咧。」

「好看有個屁用，沒爹娘的命硬，再加上她家大姑娘那樣凶，誰家敢要？」

「唉，說來也是個可憐的。」幾個婆子唏噓不已。

村人再怎麼傳，閉門不出的陳蕾一家也聽不到。

正月十一剛過，陳蕾就想把作坊裡的奶糖拿到鎮上去賣，便去鄰居家敲了門。「王嬸，在家不？」

初五那天，王嬸和一家老小去了娘家，等回來才知道陳蕾家出了事，還和自家那口子一起罵那舅媽是個沒良心的。

王嬸聽到陳蕾在院外喊，忙披了件褂子走出來。「阿蕾有啥事？」

「嬸子，你們什麼時候要再去鎮裡，能帶上我不？」

王嬸算了算，鎮上的鋪子肯定開了，這幾天怕是也會有人要去鎮裡賣東西，便對陳蕾說：「阿蕾妳先回屋，我去問問妳陳左叔，有了消息就告訴妳。」

「好喲，麻煩嬸子了。」陳蕾笑道。才穿來古代不久，她對這邊的地形和交通方式都不瞭解，凡事還真要麻煩王嬸了。

王嬸看著陳蕾爽朗的笑容，全然沒有一絲憂愁的樣子，知道這孩子是想開了，便也不提之前的事煩她。「快回去吧，別凍著，大冷天的也不知道多穿點。」

陳蕾聽著王嬸關心的話，心中一暖，這世上還是好人多一些的。「嗯，嬸子我這就回屋去了。」

待王嬸去了自家大哥陳左那商討後，定下後天去鎮上，那天正好是十五燈會，估計會有些鋪子要收東西。

王嬸確定好日子，便匆匆來到陳蕾家告訴她，兩人又聊了幾句才散了。

到了正月十五這一天，陳蕾早早就起來，和王嬸一起走到村口。

村口已經聚集了好幾名婦人，她們好奇地盯著陳蕾，心想這姑娘瘦瘦小小的，怎麼看也不像傳聞中那般凶悍。

到了鎮上，陳蕾依舊要自己一人逛去，王嬸只好囑咐她小心一點。

這次陳蕾把作坊裡的錢都用來做了奶糖，總共有四斤。她人才剛到上回那家賣奶糖的鋪子「香品軒」門口，小二看到她馬上一臉笑容地說：「哎喲，姑娘可來了，我剛才看著遠處的姑娘像是妳，不想還真是姑娘。」

陳蕾看著明顯比上次見面熱情的小二，開心不已，心想自己的奶糖應該是賣得不錯。

「小二哥，可是我的奶糖賣完了？」

「可不是，這東西新鮮，許多大戶人家沒買到還覺得沒面子，妳又許久不來，我們店都斷貨了。」剛說完，小二就後悔了，這不是明擺著告訴人家他們急著要貨嗎？小二拍了下腦袋，依舊帶著微笑說：「姑娘等會兒，我去叫掌櫃的來。」

待掌櫃出來，看到陳蕾的表情比小二哥穩多了，畢竟陳蕾的奶糖賣得再好，也不至於超出掌櫃的眼界。「姑娘來了，這次可是來賣糖角子的？」

「嗯，今天帶了些過來。」陳蕾笑著說道。

「姑娘這次帶了多少？」

「四斤。」

「這次沒算錯斤兩吧？」掌櫃的打趣道，不知怎地，一見到這姑娘就想逗弄兩句。

「呃……掌櫃的，我上次的糖角子賣得怎樣？」陳蕾有些尷尬，趕忙岔開話題。

「我這鋪子隔音效果不大好，小二方才歡天喜地的跟姑娘說的那些話，我在裡面可是聽得一清二楚，想必姑娘心裡也有數了。」

陳蕾摸了摸鼻子。「明人不說暗話，掌櫃的這次還收我的糖角子不？」

「姑娘可是要跟付某談價錢？」

事。

「付掌櫃果然了得，我還沒說出口，你就知道了。」陳蕾誇讚道，跟聰明人說話就是省事。

付掌櫃搖頭笑了笑。「做了這麼多年的生意，這點眼色還是有的，不知姑娘這次心裡是個什麼價？」

陳蕾低垂眼瞼，想了片刻，抬頭問道：「掌櫃的，我這糖角子你是見過的，斤兩上做不出大量來，我也只打算賣你這一家，趁著這玩意兒還新鮮，你這鋪子也能再紅上一時半刻不是嗎？」

付掌櫃聽了後，哈哈笑道：「姑娘是個聰明的，我也不瞞妳了。現在是有些大戶人家願意出高價買這糖角子，卻不過是為了面子，終究不是長久之計，反倒容易讓小店得罪人；因此，我也不打算讓價高者得，這賣價還是一樣的，先到先得。」

付掌櫃說完，便仔細觀察著陳蕾的反應，若這小姑娘想要抬高價錢，那怕是無法繼續合作了。

陳蕾聽付掌櫃這麼說，頗是贊同，長久來看還是固定價格為好，誰先到、誰先買，不容易得罪人。

「掌櫃的說得有理，說來我還有件事要拜託你。」

「哦？姑娘請說。」掌櫃的看陳蕾頗明事理，心中有幾分喜愛。

「貴店不能把我透露出去。」陳蕾神色頗為嚴肅地看著付掌櫃。

付掌櫃一副了然的神色，點點頭，又好笑道：「妳這丫頭，說來說去，就是不說價錢，罷了、罷了，妳這糖角子我們打算賣五兩銀子一斤。」

陳蕾搗嘴偷笑。「那掌櫃的怎麼說也要和我對分一半。」

付掌櫃搖搖頭，笑罵道：「丫頭好大口氣，也罷，便這麼定下來，我讓小二寫好契約，姑娘簽個字。」

待陳蕾從香品軒出來的時候，荷包裡進帳十兩銀子，掙了不少錢，她的步伐輕快，開開心心的又來到上次那家繡鋪的對面，正好繡鋪老闆娘出來倒水，一見陳蕾便認出她來。

「喲，小姑娘又過來賣東西？怎麼不來我家鋪子？」

陳蕾看老闆娘笑容滿面，嘟著嘴說道：「老闆娘不是看不上我的手藝嗎？怎好再去妳家坑騙呢？」

那老闆娘知道小丫頭是在氣她了，卻也沒在意。「喲，小姑娘還是個記仇的，也罷，我這嘴時常得罪人，姑娘若是在哪家鋪子賣得不好，便來我這，大娘還是按原來價格給妳。」

陳蕾聽了這話，反倒不氣了，想了想還是先去這大娘的鋪子談一談，好歹合作過，價錢也比較好說。

老闆娘看陳蕾過來了，笑著說道：「算姑娘聰明，對面那家的掌櫃可是隻鐵公雞，妳去了也不見得會賣得好價錢，況且就妳那手藝，說不定還會被壓價呢！」

陳蕾現在倒不覺得老闆娘說話過分了，反而覺得她有話直說，很是豪爽，不禁有了幾分好感。

拿出自己打的絡子，陳蕾也不多說，把絡子放上櫃檯問道：「老闆娘，妳看看我這些個絡子怎麼樣？」

老闆娘剛想批評兩句，一看到眼前的絡子，便愣住了。那絡子的顏色亮麗，樣式更是從未見過的，伸手拿起一條汗巾，她邊摸邊說：「喲，妳這手可真巧，編得真好看。」

「老闆娘，以後可不許再說我的手藝差了。」

老闆娘又拿起一些小物件看著，越看越覺得好看，聽到陳蕾這麼說，馬上斜眼過去。「姑娘，妳那刺繡的本事要是和打絡子一樣厲害就好了。」

陳蕾一聽，作勢拿著絡子就要離開，老闆娘忙拉住陳蕾，笑著道：「小丫頭脾氣還挺大，是大娘說錯話了還不行嗎？來，說說妳這絡子想賣的價錢。」

陳蕾也不再矯情，對老闆娘說：「老闆娘想給我個什麼價錢？」

老闆娘眼睛轉了轉，說道：「姑娘，大娘我這人刀子嘴、豆腐心，我看姑娘也不懂這一行的規矩，大娘今天給妳說一說。」

陳蕾點點頭，一副認真聽講的樣子。

老闆娘看這小姑娘一副受教的模樣，眼睛一亮，開心地說：「那些下等的繡品，就像妳上次送來的繡帕，到了繡鋪是賣不上好價錢的，鋪子裡一般都隨便開個價，賣多、賣少要看運氣了。可這手藝好的繡品呢，到我這鋪子都是幫著代賣的，最後賣了多少錢，我從中間抽上一成，剩下的都給賣主；不說別家鋪子，我家肯定是講良心的，儘量以高價賣出去，絕不會貪了妳的錢。」

老闆娘看陳蕾點了點頭，又道：「當然，也有不信任我這鋪子的或是等不了的，便直接拿現錢，但這樣通常就不會給多高的價錢，畢竟什麼時候能賣出去還不一定呢！」

陳蕾覺得老闆娘說得有道理，在心裡評估了一下，自己現在手裡有錢，也不急著用錢，若是想長久賣下去，還是放在鋪子裡讓老闆娘代賣得好；雖不知這老闆娘品行怎麼樣，但好歹人家看起來真心實意，也教了她不少，便打算先合作看看。

「老闆娘，那妳看我這絡子最低可以賣多少錢，我心裡好有個數。」

「小丫頭還是個聰明的呢！」老闆娘一邊說著，一邊把汗巾挑成一堆。「這些個都不下一百文錢。」說完又把一些小物件挑出來。「這些個約莫三十文錢，剩下的我看配色和手藝都不是挺好，怕不是出自妳手吧？這些個也就只能賣五文錢。」

陳蕾看著剩下那些都是阿薇打的絡子，是不如自己的好看，但是樣式新穎呀！「老闆娘，這些雖說手藝一般般，但樣式新鮮不是？」

老闆娘搖搖頭說：「丫頭，手巧的姑娘可不少，妳這樣式一旦被手巧的姑娘看到了，許是沒多久就能琢磨出來；要我說這絡子呀，也就只能賣一陣子，若久沒新鮮的樣式出來，價錢也就慢慢降了，所以說還是繡活能掙錢。」

陳蕾覺得有理，便說：「好吧，那老闆娘數一數看有多少件，我下次再過來取錢。」

「好咧，丫頭。大娘另外和妳商量件事，這絡子妳以後就拿到大娘這來賣，妳那刺繡大娘也還給妳之前的價格，若是覺得低，刺繡就隨便賣別人家吧！」

陳蕾一聽，眼睛瞬間發亮，笑道：「老闆娘，妳這可是說話算話，我的繡品想賣誰家就賣誰家？」

「我還能騙妳不成。」老闆娘一臉保證地說，沒發現陳蕾那別有深意的目光。

陳蕾低頭一笑。「好咧。」

之前來鎮上，陳蕾沒來得及買種子，這次自是要四處逛逛，看有沒有賣種子的。

來到集市上，人潮明顯多了起來，街道兩旁坐滿了小販，叫賣聲不絕，很是熱鬧。陳蕾看到有個賣種子的，忙過去問道：「大姊，妳這都賣的是什麼種子呀？」

「這有白菜、韭菜、青蘿蔔、胡蘿蔔，還有窩瓜，看看要哪個？」

「都要上二兩。大姊，妳這就沒有其他的了？像番茄、茄子、角瓜、芹菜？」

那大姊一愣，說道：「妹子，妳說的番茄我可沒聽過，芹菜我這沒有，有好些個蔬菜是賣秧子的，得等到開春才能買到。」

古代好像沒有番茄……陳蕾摸了摸鼻子，尷尬道：「這樣啊……那大姊妳給我裝好這些便是。」

待陳蕾拿著包好的種子起身，感覺身後有人，轉過頭看了一眼，便驚喜地叫道：「趙二哥！你也到鎮上來了？」

趙明軒看著眼前的姑娘滿臉笑意，眼睛水靈靈的，點頭回道：「嗯，剛才看那蹲在地上的姑娘像妳，便過來看一下是不是妳。」

陳蕾一樂，說：「家裡的孩子多，我買了些種子，想等開春時播種，這樣夏天就有菜可以吃了。」

知道她要養三個孩子，趙明軒眼裡掠過一絲柔和，看她揹著籮筐，問道：「給我揹吧，我的事都辦完了，陪妳逛逛。」

陳蕾也沒多想，前陣子才因為他賠了幾十文錢的雞蛋，現在有免費的苦力不用白不用，便把籮筐放下來，將種子裝進去後，遞給趙明軒。

趙明軒看這丫頭沒一點見外的樣子，不禁打趣道：「這次沒撞到誰吧？」

陳蕾翻了個白眼，撇一撇嘴說：「不是撞了誰都能被彈回去的。」

趙明軒正好看到陳蕾翻白眼的表情，不禁好笑。「還要買什麼？」

「我想要看看還有沒有其他菜的種子。」

逛了一圈下來，沒幾個攤子是賣種子的，就算有賣種子也還是那幾樣，陳蕾不免失望，最後只能和趙明軒去農行看看了。

到了農行，像陳蕾這種買不多的，價錢自然高了些，無奈地花了兩百文錢才買到黃瓜、角瓜、油菜和香菜等幾樣蔬菜，本打算就這樣回去了，又看到有在賣香瓜種子，陳蕾咬咬牙，硬是花五十文錢買了一包香瓜種子。

出了農行，陳蕾嘆口氣說：「農行的東西也太貴了。」

趙明軒看陳蕾那皺著眉頭心痛的樣子，笑了笑，算下來她買種子也不過花了三百文錢，這姑娘倒是個會過日子的，娶回家應當不錯。

思及此，趙明軒輕挑眉頭，看了眼身旁的姑娘，秀氣的容貌還未褪去稚嫩，搖了搖頭，暗自嘆口氣，自己怎麼會有這樣的想法？

不知道趙明軒此刻的思緒，陳蕾心中只想著要買些好吃的給弟弟、妹妹們解饞。想到上次買回去的幾個肉包子，小松和阿芙都吃得很開心，阿薇卻把包子都留給了小松和阿芙，陳蕾不免心疼，阿薇過了年也不過才十一歲而已。

拉著趙明軒去買了一斤豬肉，準備回去做包子，又看到豬肉攤有一堆大骨棒，便問了價錢，最後用三十文錢全買了下來。

趙明軒看著那大骨棒被剔得頗是乾淨，沒有幾兩肉，不解道：「買這個幹麼？」

陳蕾一邊將大骨棒裝進籮筐裡，一邊說道：「嘿，這可是好東西，熬湯後給孩子喝最補身體，現在天冷，我熬上一鍋放在外面也不怕壞，到時候可以煮麵條、煮粥、燉菜都行。」

裝好大骨棒，陳蕾眼睛發亮地看著趙明軒，繼續說道：「這大骨棒熬完湯，還可以敲碎磨成細末餵雞吃。」

趙明軒看著陳蕾滿是活力的雙眸，卻有些心疼。「妳可是缺錢用？我這裡倒是有一些能先借妳用。」

陳蕾心中一暖，才認識沒多久，趙明軒竟這般信任自己，還敢借錢給她。

她搖搖頭，看著趙明軒溫和道：「我這有錢，謝謝趙二哥了，你的錢還是留著以後娶媳婦兒吧。」

陳蕾看著趙明軒硬朗的面龐，估計也就二十歲左右，在古代都該做爹了，但想到從三嬸那聽到的話，不禁感嘆，他的生活也不容易啊……

那娶妳可好？趙明軒心裡毫無防備的冒出這個念頭。今天他是怎麼了？難不成真對這小丫頭動了心？看著身旁瘦弱嬌小的陳蕾，若是能跟她一起過日子，似乎也挺不錯的。

陳蕾自是不知道趙明軒心中所想，兩人又逛了逛，買了些彩線和絲線，便準備回去了。快到等車處時，趙明軒把籮筐遞給了陳蕾，說道：「妳快過去吧。」

陳蕾這才想到若是讓村裡人看到，說不定會被嚼舌根。接過籮筐揹好，她笑著說：「沒想到還挺沈的，謝謝趙二哥了。」

趙明軒搖搖頭，看著陳蕾嬌小的背影，久久移不開視線。

回程路上大家閒聊著，不是問你賣得好不好、便是問買了啥？貴不貴？看陳蕾的籮筐似乎挺沈的樣子，一些婦人好奇地打聽，得知是一堆大骨棒，都撇了撇嘴。

王嬸也不解地問：「怎麼買這些大骨棒？這東西沒啥肉可吃，多浪費錢。」

「弟弟、妹妹們還小，身子骨兒弱，聽說這大骨熬湯喝了對骨頭好。」陳蕾懶得理那幾個大嘴巴的婦人，是王嬸問了她才解釋著。

「哎喲，可不是吃啥補啥嗎？阿蕾真是個會心疼弟妹的。」村裡的孫二娘一臉笑容地說。

「咱家娃兒可不吃這個，要我說孩子就得吃好些。」說這話的是趙老四家的長媳，她家有四個小子，個個都養得白白胖胖的。

陳蕾看她並無嘲諷之意，估計就是順口一說，記得她家的幾個小子體格都不錯，也淘氣得很。

說來阿芙雖是最小的，可身子骨兒卻不錯，一整天能吃能喝的；小松卻過於瘦弱，那天小松在穿衣服，她正好進屋找他，看見那皮包骨的身材，當下心都酸了。

第八章

一回到家，就看到阿芙歡快地跑出來迎接。「大姊有帶好吃的嗎？」

陳蕾揹著籮筐抱不動她，便牽著她往屋裡走。「買了豬肉，晚上弄包子吃。」

阿芙立即開心喊道：「二姊，大姊說晚上做包子吃。」

阿薇聽到姊妹兩人的對話，張了張嘴，想說的話終究沒有說出口，只是緊皺眉頭，把陳蕾揹的籮筐接過來，看到是一筐的骨頭，眉頭更緊了。

陳蕾知道阿薇一直都很擔心家裡的錢不夠用，作坊的事定是不能說的，便扯謊道：「我把打絡子的編法賣給繡鋪，得了十兩銀子，家裡暫時不會缺錢，妳的小眉頭可別皺了，都快成小老太婆了。」

阿薇一聽賺了銀子，才鬆口氣，古代的秘方大多值錢，她也沒懷疑，臉上多了絲笑容。說來自從舅媽那件事後，阿薇對大姊的態度便好了很多。

一家人歡歡喜喜地一起剁肉餡、包肉包子吃，陳蕾還用一些大骨棒熬了湯，屋裡頓時香氣四溢。

第二日，陳蕾把剩下的大骨棒熬湯後，裝好湯放進倉房裡，打算每天給弟弟、妹妹們喝一點。她又洗了顆酸菜切成絲，再拿一塊凍豆腐切成四方小塊，和剩下的大骨棒一起丟進鍋子裡，最後倒一些水進去慢慢燉煮，不一會兒，香味便出來了。

等菜熟了，陳蕾便拿個菜盆盛了一些，叫小松給王嬸家送去，往後還要時常煩勞王嬸，有什麼好吃的多少送一些，兩家的關係才會越來越好。

小松聞到菜香，直流口水，陳蕾看著好笑，催促他快些送去，回來後一家人就能一起吃燉菜了。

說來酸菜燉骨頭不僅不油膩，吃起來還有些爽口，骨頭的香甜全滲入酸菜裡，吃起來味道棒極了。骨頭上的肉雖不多，卻也有一些帶筋的肉，因燉的時間長，全燉入味也軟爛了，吃起來很解饞；再加上凍豆腐會吸進濃郁的骨頭湯，又融入酸菜的味道，一咬下去那多汁的口感真是美味。

吃完飯，陳蕾不得不說古代的食材真的是百分之百純天然，即便只有簡單的調味，也能做出好滋味，對於身為一個吃貨的她，也算是犒勞了。

阿芙躺在炕上，摸著鼓鼓的肚子對阿薇說：「二姊，要是每天都能這麼吃就好了。」

阿薇正打著絡子，抬頭看見阿芙那鼓鼓的肚皮，好氣又好笑地說：「妳吃到都坐不起來了，還惦記著吃，以後非變成小肥妞不可。」

阿芙賴在炕上打滾，直說二姊壞。陳蕾在廚房聽著姊妹兩人說笑，心裡暖暖的，又想著手裡既然有了一些銀子，是不是該升級一下作坊了？

「小助理，作坊升級會多出什麼食品？」陳蕾趁著四下無人，小聲地問。

「奶糖會多出不同的口味，另外，因為主人一直抱怨古代的調味料不好，這次主人可選擇兩種調味料，讓商鋪出售。」

陳蕾有些欣喜，突然覺得作坊系統完全是為了滿足她的食慾而出現的。

不過陳蕾暫時還不打算花錢升級作坊，等原味奶糖的新鮮勁過後，她再來升級，沒準兒又能熱賣一陣子，況且家裡也就剩十幾兩銀子，她又要做奶糖，還是留一些應急得好。

出了正月十五，陳蕾終於如願以償的做起老本行，她記得原主屋裡有塊淺翡翠色的布料，她會雙面繡，打算把那塊布料裁好，繡個屏風。

待布料裁好，陳蕾想著要繡一幅竹石圖，淡雅不俗，便把炭筆翻了出來，簡單地勾繪出大概的圖樣，這才想起家裡沒有撐架。原主一直都是繡些小物件，以她的手藝也不敢繡屏風或衣物，賣不了幾個錢不說，也許還會賠了布料錢。

放下手裡的筆，陳蕾用手指猛敲著桌面，因舅媽的事，她一直沒去大伯和三叔家，如今也不能再躲著了，還是先去三叔家問問好了。

陳蕾雖懂些人情世故，可畢竟沒有和長輩相處過的經驗，突然冒出個長輩來管著自己，怎麼想都覺得彆扭，她心裡多少有些抵觸。

十五過後，對喪家的限制便沒那般講究，來到三叔家的時候，三嬸一臉和氣地叫陳蕾進屋說話。

三叔看是阿蕾過來了，就問道：「去妳大伯那了沒？」

陳蕾撓撓頭，三嬸一看就知道她還沒去過，問道：「咋？都這麼久了還沒去呀？」

點點頭，陳蕾尷尬道：「這不是不知道該怎麼跟大伯說才好嗎？」

三叔嘆口氣，阿蕾是他看著長大的，二哥不在了，他就得管著，有些話他大老爺們不好說，便跟自家那口子使了個眼色。「妳先和妳三嬸聊天，我有事出去一下。」

陳蕾一聽忙說道：「三叔，我這次來，是想請你幫個忙。」

「啥事？」

「我想繡個屏風到鎮上賣，可家裡沒有撐架，三叔你會做嗎？」

「妳那繡活用的木頭不能粗糙了，我找王木匠給妳做一個去。」說完就大步走出屋。

陳蕾看三叔爽快地答應下來，很是開心，但三叔出去得太快，她只好接著跟三嬸說：「三嬸，那架子的錢要多少，到時候妳跟我說一聲，我拿給妳。」

三嬸拍了拍陳蕾的手，要她別操心。「那木頭山裡有得是，又不要錢，也就花點手工費，還用得著妳給錢嗎？」

陳蕾搖搖頭說：「三叔這次出了錢，我下回哪還好意思再過來找你們幫忙。」

「哎，妳這孩子也是個明理的，怎麼在妳舅媽那件事上犯了糊塗。」三嬸嘆口氣說。

「三嬸，妳瞧那一家人，上次舅舅把我推傷了轉身就跑，臨走前還不忘偷東西，我爹娘剛沒，舅舅就這樣欺負我們，哪裡在意過親戚間的情分了；大過年的我舅媽又過來鬧，話裡話外都是要我們家的房子和地，這不是把我們姊弟幾個往死路上逼嗎？那天她沒得到想要的，難保下次不會再來，我再不厲害點，怕她是會沒完沒了。」陳蕾越說越氣。

「作孽喲，怎麼會有這樣沒良心的親戚。」三嬸罵完，好言勸道：「說來這事妳解決不了就該來找我們，妳一個姑娘家當著那麼多人的面打長輩，這名聲還要不要了？妳這以後的親事可……」

陳蕾緊抿嘴角。「三嬸，妳說的我都懂，可那次若被她得逞了，以後村裡、村外的人可都會認為我們家好欺負，總會有你們長輩顧不到的時候吧？小松和阿芙都還小，我不想他們出什麼意外。」

大人受欺負可能沒事，但小孩子就不一樣了，對以後的性格發展有極大的影響，陳蕾不想再聽到誰說他們是沒爹、沒娘的孩子，那些閒言閒語，她可是聽夠了。

陳蕾畢竟大了，有自己的想法，又不是三嬸的親閨女，終究隔了一層關係，因此聽完陳蕾的話，三嬸也不知該說啥了。

陳蕾走後，三叔才回來，一進屋就問道：「怎樣？」

三嬸嘆口氣，又把陳蕾說的話重複了一遍。

三叔坐在凳子上抽著煙桿子，吐了口氣，眼睛微酸地說：「二哥這一走，可是苦了孩子們，阿蕾以後怕是……」

古代娶親有三不娶，其中一條便是沒有雙親的女子不娶，陳蕾是長姊，下面又一堆年紀不大的弟弟、妹妹，那全都是她的累贅，單憑這兩點，還有誰敢娶她？如今又傳出潑辣的性子，更是沒人敢要她了。

三嬸自然也想到這一點，但除了嘆氣，也沒辦法做些什麼。

入冬後，家家戶戶都閒著，陳蕾要的撐架沒兩天就做好了，王木匠還幫陳家三叔把撐架搬到了陳蕾家。

有了架子後，陳蕾忙著教會阿薇梅花圖樣汗巾的編法後，就把彩線全塞給她，回自己房裡專心繡屏風。

小松天天往外跑，阿薇為了幫家裡多賺些銀子，只要一有空，她就會坐在炕上打絡子，一時間竟沒人可以陪阿芙玩了。

小傢伙一開始胡鬧了兩天，沒想到撒嬌賣萌都沒用，還被阿薇訓了一頓。後來陳蕾跟她解釋二姊打絡子是為了賣錢，才能給她買好吃的，小傢伙竟嚷嚷著也要打絡子掙錢給姊姊們和哥哥，就這樣，阿薇也開始教阿芙打絡子。

算起來離開春沒多久，陳蕾去了隔壁找王嬸，這還是她頭次進到王嬸家，屋裡打掃得很乾淨，一看就知道王嬸是個愛乾淨的。

「阿蕾，妳來得正好，上次妳送來的那個大骨燉菜可真好吃，妳王叔沒事還念叨著去鎮上一定要買些回來，也像妳那麼煮，既省錢又解饞。」王嬸坐在炕上開心地說。

陳蕾坐在凳子上，笑道：「那菜好做，酸菜要多洗幾遍，不然酸味太重就不好吃了。」

「哎，阿蕾來可是有事？」

陳蕾點點頭。「又要麻煩嬸子了，不知嬸子可知道誰家有在賣豬仔，還有，我想抱一些小雞回來養。」

王嬸一拍大腿，爽朗地說：「這有什麼難的，豬仔都有人專門來咱們村子裡賣，到時候一村子人圍著挑，可熱鬧了。」

陳蕾彷彿都能看到那熱鬧的場景。

「小雞妳孫二娘那就有，妳要多少？正好我過幾日也要找她抱些小雞。」

陳蕾想了想，這雞夏天還能採野菜餵養，可家裡就她和阿薇能幹活，開春又要餵豬、又要種地的，還真不好多養，她又沒什麼經驗……「王嬸，妳也知道我家就我和阿薇還能忙活，妳說養多少合適？」

王嬸想了想，說：「要不就先拿三十隻養著，妳顧不過來再轉給我養。」

陳蕾哪好意思麻煩人家。「那就二十五隻吧。」

王嬸聽後，點頭道：「好，我和孫二娘說好價錢再告訴妳。」

待陳蕾帶回二十五隻毛茸茸的小雞仔放到炕上時，阿芙歡天喜地的，天天守著小雞仔哪裡都不肯去。天還不熱，小雞仔只能先放在屋裡，待長大點後才能在院子裡散著養，陳蕾特意把留下的骨棒磨碎餵牠們，好讓牠們的骨骼長得好一些，也不容易死。

雞弄好後就差豬仔了。開春後路不好走，等路乾得差不多，賣豬仔的人才來到村裡，王嬸得了消息，趕忙叫上陳蕾一起去挑豬仔。

兩人到村口時，已經有好多人到了，圍著牛車在那挑揀著豬仔，一個個都眼疾手快，看上了哪隻趕忙撈起來，生怕被別人搶了去。

王嬸看這麼多人，不禁也急了，嚷嚷道：「哎喲，這些傢伙來得可真快，阿蕾我們快去挑，可別就剩下幾隻不好的給我們。」

許是好久沒看到這麼熱鬧的場景，陳蕾心裡染上幾分喜悅，笑咪咪地應道：「好。」

走到前頭才發現大家都圍著牛車，擠得很，豬仔又靈活，不好抓，賣豬的屠夫站在車上嚷嚷著。「大家別急，這批豬仔都好著呢，一個個來。」

可是哪有人肯聽他的，陳蕾仔細看發現除了那些手快的搶到中意的豬仔，其他撈不到的就是湊熱鬧和身旁人一起指指點點，說著哪隻豬仔胖實好養，熱鬧勁過後，大家這才讓那屠夫給他們撈豬仔。

陳蕾挑了一隻黑白花紋的小豬仔和一隻胖乎乎的小白豬，放在籮筐裡，兩隻小豬只能露出腦袋，直衝著陳蕾哼哼唧唧，看著牠們那傻乎乎的樣子，她不禁好笑起來。

村裡人養豬也都是拿到鎮上賣，要是家裡收成好，年前或許能殺上一隻留著家裡吃；但殺豬不僅要請村裡人吃一頓，還要給村長送一隻前腿，有些人家日子不好過，哪裡捨得殺了豬請人呢！

陳蕾一開始本來想著要不要多買兩隻豬，後來一想，家裡還有二十多隻雞呢！陳蕾打算秋後宰一隻豬，再賣掉一隻，看著兩隻小胖豬，她的眼睛直發亮。

入春後，趙陳村裡呈現一片繁忙景象，日出而耕，日落而歸。

陳蕾家抱了雞、抓了豬，姊弟幾人天天圍著這些小動物轉，生怕有個閃失沒養活。

看著村裡不少人拿著鋤頭去翻地，陳蕾仔細回憶也沒想起家裡總共有多少田地，只好無奈地問阿薇。得知家裡有十畝肥田和五畝旱田後，陳蕾讓阿薇帶她去看看，當看到自家的地後，她的表情只能算是目瞪口呆了。

一畝田地約七百平方公尺，就是陳蕾累死也不可能在播種前翻好地的。

「沒有牛可以耕地嗎？」陳蕾無奈地問道。

阿薇搖搖頭。「村裡就趙三大爺家有牛，他們自家用完還要借給親戚用，牛矜貴著呢，哪裡捨得借給別人家用，咱爹當初跟他家關係再好都沒開過口。」

陳蕾指著田地，不敢置信地說道：「難不成要拿鋤頭翻地？」

阿薇落寞地點著頭。「以前爹娘用犁車耕地，爹在前面拉，娘在後面推，不說咱倆弄不弄得動，往年也是大伯家先用完，然後才輪到我們家。」

陳蕾無語，她過年後也才十四歲，正是身體發育的重要時期，若是硬撐著拉犁車，往後不長個子了可怎麼辦？阿薇的身體也沒發育得多好，哪裡推得動犁車，就算她們能推得動犁車，可三叔家的地能等她們慢慢來不成？

陳蕾又特地看了看自家的五畝旱田，沒有良田的土黑濕潤，只能種些耐旱的農作物。她打算拿旱田來種些馬鈴薯和玉米，還有一些豆子。

「我們把良田租出去吧。」陳蕾望著十畝田地，無奈地說道，家裡實在是沒那麼大的勞力。

阿薇有些不捨，全家一年的糧食，就指望這些田地出產呢，就算租出去，收成不好的話，連銀錢都收不回來，到時候哪來的錢買糧食吃。

陳蕾看出了阿薇的擔心，勸道：「地種不成還有其他賺錢的法子，妳別擔心。」

阿薇悵然地點點頭，姊妹倆回到家，剛進屋就看到大伯和三叔也在屋裡，陳蕾一愣。

「咋？看我來驚訝呀？」陳家大伯覺得姪女那表情，像是不想見著他。

陳蕾撓撓頭，直到現在她都沒去大伯家，現在看到大伯，覺得有些不好意思。

大伯不愛說話，板起臉來挺嚇人的，在現代長輩都能教訓小輩，更別說是古代了，雖不是親閨女可也是嫡親的姪女，真要管教起來，即便打兩下都沒人敢說什麼。

「大伯、三叔，你們來啦！」陳蕾裝糊塗地笑道。

大伯早就不生阿蕾的氣了，他後來一想，也實在是二弟妹的娘家欺人太甚，看著丫頭裝糊塗，他便也跟著糊塗吧！

「這次我跟妳三叔來是想問妳，打算怎麼弄妳家的田地？」

陳蕾一聽，笑道：「我正想找大伯和三叔商量呢！你們兩家的地種得完嗎？我想把自家的地租出去！」

陳蕾在路上就想過了，這良田好出租，既然決定出租怎麼也得先問大伯和三叔家租不租，他們若是不租還可以幫她把田租出去。
大伯點點頭，抽了口煙桿子，又道：「全租出去？」
陳蕾搖搖頭。「只租良田，旱田我們自己種。」
大伯聽後，目光柔和了不少。這丫頭是個會過日子的，知道旱田租出去不划算，還不如留著自家產糧食。
陳家有多少良田他們都知道，大伯看向三叔，問道：「你怎麼個想法？」
三叔爽快地說：「妳三叔有得是力氣，再多種幾畝田也沒什麼。」
大伯點點頭，又對陳蕾說：「我和妳三叔一家各種五畝，秋後產糧除了糧賦，分妳四成糧食。」
陳蕾雖然不瞭解農活，分成卻懂，這四成糧絕對是多給了，哪裡好意思占這便宜，剛要說話便被大伯阻止。
「大伯和妳三叔都是個沒用的，一年到頭只會種些地，妳爹娘沒了，我們也幫不上什麼忙，阿蕾妳就別推託了，我和妳三叔這樣也算是對老祖宗有交代了。」大伯低沈地說道。
說來陳家三兄弟除了妯娌之間時常有點磕絆，兄弟三人關係一直是不錯的，陳家老二突然沒了，對大伯和三叔來說也是個不小的打擊。
陳蕾和阿薇聽著大伯的話，不免心酸。陳蕾其實是怕大伯娘和三嬸聽了這事後不悅，以後會對他們家有不好的想法。

「那大伯和三叔回家也跟大伯娘和三嬸商量一下，若是覺得不妥，少給些收成也行的，左右夠我們姊弟四人吃就好。」陳蕾輕聲細語地說，話語裡有著隱隱的感激。

「別看妳大伯娘嘴不好，她心還是好的，放心吧，妳大伯娘不會說啥的。」陳家大伯很肯定地說。

「妳三嬸最是心疼你們姊弟四人，哪還會挑什麼，丫頭別多心了，這事就這麼辦了。行了，我也要回去吃飯了。」三叔說完，便起身離開。

大伯敲了敲煙桿子，老神在在地起身，也回家去了。

待人都離開後，陳蕾看著阿薇說：「這回放心了吧？」

阿薇看田地的事解決了，很是開心，點了點頭。「大伯雖看著嚇人，但對咱們挺好的。」不像舅舅一家人那樣！

陳蕾一笑，看出阿薇的想法，又道：「妳也看出來了？這才剛要翻地，大伯就過來幫咱們，以後大伯娘再說什麼不中聽的話，妳看在大伯的面上也不能頂撞她。其實，大伯娘也真的就是一張嘴壞了點，大伯跟她過了這麼多年，今天大伯過來做什麼，她怎會不知道。」

阿薇知道陳蕾是在說她過小年那次衝動的事，一時臉紅，惱羞地說：「也不知道是誰先前一直躲著大伯呢！」

陳蕾被堵得說不出話，只能說，有長輩管著的感覺真是怪異呀！

第九章

村裡家家戶戶正忙著耕地的時候，趙老三家卻鬧出了分家之事，還沒分成，村裡就已經傳遍了。

對於趙老三家的事，陳蕾還是有些興趣的，便聽村裡的幾位嫂子說著這八卦。

趙明軒生母去世的時候，他已經八歲，八歲大的小孩早懂事了，心裡對後母自是抵觸，趙老三後娶的媳婦兒又是個刻薄的，沒少給趙老三吹枕邊風，也因為這樣，孩子小的時候便常常挨打，長到十幾歲，就被逼去從軍了。

趙明軒一去就是六年，村裡的人都以為他是凶多吉少了，可人家好好地回來了，整個人變得有些戾氣，再加上身材高大壯實，不少人都不敢正眼瞧他。

趙明軒當時帶了一匹馬回來，趙老三媳婦兒觀察了一段時間，眼看年都過了，也沒見他拿出什麼值錢的東西來，估計就是要回來分家產的，就又對自家那口子吹起枕邊風來。

二兒子回來後，趙老三挺高興的，一家人團團圓圓的多好，因此也沒聽進妻子的那些風涼話，還罵了她兩句，要她老實點，卻不想妻子大哭大喊，鬧了好一陣子。

趙明軒也沒打算天天看後母的臉色過日子，都開春了，他便藉著後母撒潑的時候，提出要自己到外面生活。

趙老三聽了差點沒昏過去，俗話說父母在不分家，他家若是分了，以後村裡人會怎麼說他？趙老三自然不願，不想趙老三媳婦兒聽了，立刻精神起來，也不管趙老三氣成什麼樣，手插著腰，一臉刻薄道：「我說老二，你正能下田幹活的時候就去從軍了，家裡的活你是半點也沒幹過，分出去的話，你可什麼都別想拿。」

趙明軒看著後母那得意的嘴臉，十分厭惡，眼神寒了幾分，冷笑道：「放心，家裡的東西我一分不拿。」

趙老三媳婦兒被他看得有點害怕，心虛地轉了轉眼珠，又道：「我和你爹也養了你這麼多年，那匹馬就算是孝敬我們的了。」

「呵，養育之恩？八歲之前我是我娘養的，我娘不在後，我是靠著到山裡找野果子來果腹，你們何時養過我了？不過，我倒是想知道我娘留下的嫁妝到哪去了。」趙明軒的語氣森冷。

趙老三媳婦兒不過是個村婦，沒什麼見識又不是個聰明的，看著趙明軒眼裡散發出殺氣，一下子就腿軟，什麼也不說了，心裡想著，只要這煞星能離開家就好。

趙老三聽完兒子的話，想想年輕時候自己的糊塗，又看了看自家媳婦兒的樣子，嘆口氣。「分就分吧，我給你點銀錢，你去村長那買塊地，等播種後再找人蓋間房子。」

趙老三媳婦兒一聽要出銀子，立刻不樂意了，剛要說話，趙明軒便先說道：「我這有銀子，用不上爹的。」

趙老三媳婦兒一聽，還想說些什麼，可一對上趙明軒寒冷的目光，到嘴的話沒說出口。

「我的錢都是用命換來的，不是誰想拿就能拿的。」趙明軒說完這話，趙老三媳婦兒渾身發寒，哪還敢再說什麼。趙老三家分家之事就此落定。

待陳蕾聽村裡幾位嫂子說完後，不禁咋舌，這趙老三媳婦兒可真是典型後媽，想著趙二哥從八歲就開始受苦，不禁嘆了口氣，還好是熬過來了。

聽完熱鬧後，陳蕾悠閒地散步回家，不想半路便碰上趙明軒和村長。

「村長好，你們這是要去哪？」

「蕾丫頭呀，妳趙二哥買了塊地準備蓋房子，我帶他去量地，正好就是妳家旁邊那塊。」陳蕾家左側沒有人家，所以特意築了石牆。

陳蕾疑惑地看向趙明軒。

看著陳蕾眨著大大的眼睛詢問自己，趙明軒輕咳一聲。「正好妳家邊上有空地。」

陳蕾點點頭，得到肯定的答案後也沒多想，笑道：「那以後咱們就是鄰居了。」

趙明軒看著眼前姑娘笑嘻嘻的樣子，原本有些陰鬱的心情也好轉不少。

村長和趙明軒量地的時候，還有不少人過來打聽消息，一個個一臉八卦的樣子，不過在看到趙明軒冰冷的臉色後，都不敢再追問什麼。

小松得知趙二哥要做他們家的鄰居，好是興奮，還特別殷勤地幫村長跑腿。

陳蕾無奈地搖頭，怎麼就沒見小松幫她幹活呢？

村長量完地，做好標記後，陳蕾伸長脖子一看，趙二哥買的地是自家的兩倍大呢，她好奇地問：「趙二哥，你打算多蓋些房間嗎？」

趙明軒聽她這樣問，眼裡閃過一絲算計，嘴角上勾。「嗯，打算多蓋兩間。」

陳蕾覺得趙明軒說話的語氣說不出有哪裡怪，卻也沒再多想。

「阿軒，我們去山腳那裡吧。」村長對著趙明軒說道。

趙明軒點點頭，對陳蕾說：「我在山腳那邊買了些田地，先過去了。」

陳蕾點頭。「去吧、去吧。」

趙明軒看著陳蕾，那眼裡的別有深意讓陳蕾一愣，待人走後，陳蕾心裡閃過一絲莫名的念頭，她立刻搖搖頭，怎麼可能呢，還是別自作多情了。

之後幾天，陳蕾都沒有刺繡，她拿起鋤頭和阿薇下田翻地，小松就在家顧著阿芙。

陳蕾翻了一個時辰後，就沒什麼力氣了，一臉疲累，看得阿薇直翻白眼。

「妳去歇一會兒，我來。」阿薇二話不說，把鋤頭搶了過去。

陳蕾感嘆自己這弱小的身子骨兒，這才發現阿薇都快比她高了，身為長姊，多少有點傷自尊，但她也不逞強，把鋤頭給阿薇，去倒了碗水喝後，才感覺舒服不少。

姊妹倆輪流翻著地，一個上午也翻了大半塊地。

到了中午，三嬸拎著小籃子走過來，對姊妹倆喊道：「阿蕾、阿薇，快過來吃飯。」

姊妹倆下田，家裡沒人做飯，本來打算讓阿薇先回家做飯，她繼續翻地，阿薇聽了卻不同意，她知道自家這個姊姊幹不了農活，所以是想讓陳蕾回家做飯的。

姊妹倆正為這個爭執的時候，三嬸就過來說會到她家幫忙做飯，絕不會讓小松和阿芙餓到的，讓阿蕾和阿薇放心地去田裡幹活。陳蕾知道播種的這幾天最重要，也不和三嬸客氣，就這樣弟妹們中午吃飯的事，才得以解決。

三嬸前幾年傷到了腰，一下田幹活，第二天便爬不起來，還要花錢買藥膏來貼，就這樣，三叔便不讓她下田幹活了，這也就是為什麼三叔不敢把他們姊弟四人接回家住，要多照顧他們幾個，三嬸的腰肯定會吃不消的。不過只是照顧他們家幾天的午飯，還是沒問題的。

三嬸帶來餅子和一些鹹菜，姊妹倆又餓又累的，吃得香甜。她看著姊妹倆，有些心疼道：「慢點吃，妳們也別趕，等妳大伯、三叔和幾位哥哥們翻好地，就來幫妳們弄。」

陳蕾把餅子嚥下去後說：「嗯，我們知道了。」嘴上這麼回答是承了長輩們的情，但該自己做的還是要努力去做。這段時間她也看出來了，如果她跟大伯和三叔家太過客氣，反倒容易讓親戚之間生疏了。

阿薇性子好強，聽了三嬸的話本想出口拒絕，但大姊都這樣說了，她只好皺著眉頭，不再多說什麼。

陳蕾知道阿薇在待人處世上比較懵懂，她能留在自己身邊的時間也沒剩幾年，得趕快教教她了。

姊妹倆翻了一天的地，都累慘了，陳蕾更是連鋤頭都懶得扛，她用一隻手拖著鋤頭，緩慢地走回家。

路上碰到也才翻地回來的趙明軒，看到陳蕾這個樣子，他皺著眉上前問道：「下田去了？不是租出去了嗎？」

陳蕾有氣無力道：「還留了五畝旱田，我們家怎麼說也要種一些糧食。」

看陳蕾累壞的樣子，那細嫩白皙的小手已滿是泥土，趙明軒頗為心疼，語氣不太好地說：「明天我幫妳把地都翻了。」

陳蕾的臉色一下子紅了起來，嘀咕著說：「你幫我翻個什麼地。」

趙明軒頓時語塞，若是他明天幫陳蕾翻了地，估計村裡馬上會傳出不少難聽話，他自己不怕這些閒言閒語，卻怕陳蕾因此而疏遠了他……陳蕾還在守孝，若是傳出有傷名節的流言便是不孝，他怎麼也捨不得讓她被扣上這麼大一頂帽子。

阿薇看著趙二哥的臉色越來越黑，心裡疑惑，大姊一開始不是還要小松離趙老三家的人遠點嗎？怎麼看他們兩個好像很熟的樣子。

陳蕾在現代雖然沒談過戀愛，卻也曾幻想過，情竇初開的年紀時也曾暗戀過男孩子；後來進入社會，好的找不到，差的她也不想將就，或者說她其實已經做好一輩子單身的打算。

來到古代後，也沒想過感情之事，畢竟若是娶了她，就要承擔養活三個孩子的責任，她可不期待古代的男人會比較有擔當，還是靠自己最實在。

然而此刻，陳蕾神色有些複雜地看著趙明軒，許是自己多想了吧！

陳蕾和阿薇吃完飯，便躺在炕上睡得香甜，過沒多久還打起小呼嚕來，趙明軒則是煩悶了一晚上沒睡好。

當趙明軒牽了頭牛進村的時候，村裡的人又私下在說，趙老三媳婦兒是眼拙了，趙家二兒子不但蓋房、買田，這會兒又牽頭牛回來，手裡怕是有不少銀錢。

趙老三媳婦兒知道趙明軒買了地時，已是嫉妒眼紅，現在一看到牛，立即鬧了起來。

「哎喲，我不活了，我這一把屎、一把尿的把孩子拉扯大，現在卻一點功勞都沒有。」

趙明軒冷冷地看著後母撒潑打滾，他讓牛套上犁車，轉身就走，理都沒理。

家裡有勞動力的都下田幹活了，整個家裡就剩趙老三媳婦兒一個人哭鬧，她氣得一口牙差點咬碎。

趙明軒牽著牛來到陳蕾家，把小松叫了出來，讓小松把牛拉到他們家的田地裡用。

小松也不小了，哪裡好意思拿趙二哥的牛車來用，怎麼說也要趙二哥先用才是。

趙明軒卻說自己不急，雖買了些田地，今年卻不打算全種，他自己一個人又吃不了那麼多，便把小松打發了。

看小松牽著牛離開，他的心裡鬆一口氣，抱起胖嘟嘟的阿芙散步去了。

當陳蕾看著小松牽頭牛過來，好生驚訝，問清楚來龍去脈後，小松擔心留在家裡的阿芙，便急忙回家了。

陳蕾瞠目結舌地看著牛，阿薇則慢慢湊過來，問道：「趙二哥還沒做鄰居呢，就照顧起咱們家來了。」

姊妹倆也不再客氣，趕著牛把剩下的地翻好，便把牛還了回去。陳蕾家的旱田位置偏僻，村裡人又都忙著農活，倒是沒傳出什麼話來。

翻好地後，姊妹倆又把馬鈴薯切塊做種子，到地裡播種，忙活了兩天，這才算完事。她們躺在炕上連手指都懶得動，兩人相視一笑，感情融洽了許多。

陳蕾家的地提前完工，姊妹倆商量一下，想著三叔家就他一人忙活，又租了她們家五畝良田，姊妹倆雖然累得不行了，卻打算去幫幫三叔。她們耕不了地卻可以幫著播種，好在三叔也差不多把田地都翻好了。

歇了半天，姊妹倆第二天便早早起床，去三叔家的田裡幫忙。

陳家沒分家的時候，有三十四畝良田和五畝旱田，分家後老大和老三各家分得十二畝良田，老二家分得十畝良田和五畝旱田，旱田的位置偏遠一些，良田卻是相連的。

當陳蕾和阿薇到田地的時候，三叔早就到了，大伯和大伯娘，還有大堂哥陳箐、二堂哥陳山也都到了。

「阿蕾，妳家的地弄完了？」大伯娘老遠就看到她們姊妹倆走過來，順口問了一句。

「嗯，弄完了，我和阿薇想說來幫幫三叔。」

大伯娘聽了陳蕾的話，瞬間心裡就不是滋味了。「妳們三嬸還真是沒白疼妳們。」

「喲，還是陳蕾和阿薇懂事，快過來幫三叔播種。」

「這就來。」陳蕾笑著答應道，又看著大伯娘不高興的樣子，無奈搖搖頭。「大伯娘，等忙完農活讓阿蓉來我這，我教她打絡子，前陣子在鎮上賣得還不錯。」

「真的？」大伯娘詢問道。

「大伯娘，我還能說出來逗妳不成？」陳蕾有些哭笑不得地說。

「嘿，算妳小丫頭有良心，等忙完這陣子我就讓她去妳那，妳可要好好教，那也算是妳的親妹子。」

大伯娘之前也看過陳蕾打的絡子，那樣子好看不說，拿到鎮上肯定是賣得出去。

親戚朋友之間，往往就是這樣，如若不公平些，也會鬧出事的。她們姊妹倆今天過來，若是真的只幫三叔一家，大伯一家表面上雖不會說什麼，心裡肯定多少有點不開心，也不是在乎誰幫得多、誰幫得少，就是個心意而已。

陳蕾早就想到這一點，再加上大伯一直沒少惦念他們姊弟幾人，她心裡是感激的，也想著還了這個人情。這次正好讓阿蓉過來學打絡子，以後再慢慢教她一些繡活，也算是報答大伯了。

當陳家大伯和三叔知道陳蕾家的旱地，是跟趙明軒借牛幫忙弄完的，陳家大伯直接說道：「老三，農活忙完，咱倆一起幫阿軒蓋房子，可不能讓人家白借牛。」

「那還用大哥說，這道理我曉得。」三叔邊埋種子，邊回道。

在大伯和三叔心裡，那五畝旱田他們就沒指望兩個姪女能翻完，旱田出產的糧食不多，本打算弄完良田就去翻旱田的，所以這次姪女欠人家的情，他們決定幫著還。

陳蕾聽了大伯和三叔的話，心裡一暖，看著辛勞忙活的兩位長輩，這才真心地接納了他們。雖然大伯和三叔不接他們姊弟回家住，卻也在力所能及的事情上幫著他們；若大伯和三叔能一直這麼為他們著想，等阿薇和阿芙嫁出去，也算是有娘家撐腰的。

陳蕾又看忙著播種的大伯娘臉上沒有任何的異色，心裡也對這個大伯娘喜歡了幾分。

陳家大伯娘的想法其實一直都很簡單，她也不是不可憐這幾個孩子，自家那口子是老大，她是真的怕他心軟把孩子都接回來，那就不光是吃口飯的問題了，以後找親家、聘禮、嫁妝的都是他們的擔子，哪裡受得住，只要不接回來，她也不會說不管這幾個孩子，可以幫上忙的地方，還是會盡力幫忙的。

農活忙完後，大伯娘就把阿蓉送了過來。阿蓉過年後便十歲了，性子活潑，來到陳蕾家後，整天跟在她身後姊姊長、姊姊短的，估計實在是在家裡憋慘了，一來話就沒停過。

陳家三兄弟還沒分家前，小時候姊妹幾人都是住在一起的，所以陳蕾他們也不把阿蓉當外人看。

阿薇嫌阿蓉吵，就直接吼她，阿蓉則是吐吐舌頭，不在意地繼續打絡子，似乎是習慣了，臉上也沒什麼尷尬的神色。看著阿薇有些無奈的樣子，陳蕾覺得好笑。

幾天後陳蕾一繡完屏風，就拿出來給阿薇和阿蓉看，她們看得眼睛都直了。

阿蓉直說好看，不過她有些沒耐性，打絡子還可以，刺繡實在是坐不住，也沒說想要陳蕾教她。

陳蕾本來是想教阿蓉刺繡的，但她觀察了幾天，覺得阿蓉應該是學不好刺繡的，實在是沒那耐力，今天特意給她們看自己的繡活，就是要看看阿蓉有沒有想學的意思，但看到阿蓉的反應，陳蕾心中只能無奈。

阿薇是自己的親妹妹，陳蕾自然是會教她，剛想問阿薇的時候，便看到阿薇一臉探究地注視著自己，陳蕾心中一驚，可記憶中原主與阿薇的關係僵得很，她對原主的刺繡功力根本不瞭解。

就在陳蕾想問阿薇怎麼了的時候，她已經轉身離開，悶悶不樂地去廚房生火，準備做飯；阿蓉則覺得有些尷尬，便藉口回家吃飯溜了。

陳蕾皺著眉百思不得其解，難不成阿薇進入叛逆期了？

村子裡家家戶戶的農活都差不多忙完了之後，大夥兒才有時間去趕集，陳蕾又跟著王嬸一起到鎮上去。

到了鎮上後，陳蕾依舊單獨行動，這次她並沒有先去香品軒，而是去了繡鋪。

來到繡鋪時，繡鋪老闆娘正無聊地坐在門口嗑瓜子，看到走過來的是陳蕾，立刻高興道：「喲，丫頭過來的正是時候，正好大娘我閒得發慌，來陪大娘聊一會兒。」

陳蕾看著門口一地的瓜子皮，心想老闆娘果然很閒。「老闆娘，我的絡子賣得怎麼樣了？」

「妳那絡子沒幾天就賣出去了，那堆手藝差的也很快就賣完了。」老闆娘進了鋪子，一邊找出錢匣子，一邊回道。

這是在陳蕾意料之中的事。「賣了多少錢？」

老闆娘把錢匣子放到櫃檯上，大氣道：「就知道妳會這麼問，妳這絡子還真賣了好價錢。」老闆娘拿出小帳本來，打算給陳蕾看看，想了想又問道：「丫頭識字不？」

說起這件事陳蕾就很懊惱，本來還打算在屏風上繡些詩詞，卻發現這個時代的字她根本不認識幾個，相當於半個文盲。

陳蕾有些無奈地搖搖頭。「認不得幾個，這次打算拿了錢供弟弟唸書，等他學會了再教我。」

老闆娘一聽有些疑惑。「妳爹娘不掙錢的嗎？這麼一說，我倒是想起妳每次來，都只有妳一個人呢！」

「我爹娘去世了。」

老闆娘一聽目光溫柔了不少。「喲，可憐的孩子，妳不識字大娘我直接說給妳聽。」

陳蕾和老闆娘結算後，她打的絡子總共得了四兩銀子，阿薇打的共得了五百文錢，絡子沒有繡品貴，能賣這個價錢算是不錯了。陳蕾把老闆娘給她的四兩五百文錢收好後，又把新打好的絡子拿出來遞給老闆娘。

「妳這丫頭果真是個手巧的，這絡子真是好看，還是老規矩？」老闆娘笑著誇讚道。

陳蕾點點頭。「老闆娘妳記下件數就是了。」

「好。」老闆娘爽快地說，眼尖地看到陳蕾繡的屏風，問道：「丫頭還繡了大件的？」

陳蕾輕輕地點了點頭。老闆娘立刻皺眉，說：「妳那手藝怎還敢繡大件的？賣不賣得出去不說，既浪費時間又不值幾個錢，還不如繡一些小物件比較合適。」

陳蕾被老闆娘拿手藝差的事說很久了，今天她可是準備要來揚眉吐氣的，把捲好的屏風展開來，笑嘻嘻地問：「老闆娘妳看怎麼樣？我準備去對面那家鋪子問問價錢呢，妳給我估個價，省得我被騙。」

在陳蕾的屏風展開到一半的時候，老闆娘便眼紅了，她聽過雙面繡，可是從沒見過，雙面繡來自蘇州，是只傳給本家弟子的秘技。這雙面繡難繡，便是在南方也沒幾幅，如今親眼見到，老闆娘激動得很，再細看那繡線紋理，便知道是偷學不來的，她稀罕地撫摸著。

「用這布料繡可浪費了，若是好的布料能賣上不少錢。」老闆娘可惜地說道。

後世的雙面繡技法已傳遍五湖四海，又有歷史的融合，繡出來的雙面繡不是這個時代的技法可比擬的。陳蕾在鎮上的繡鋪都沒見過雙面繡，也不知道這時代有沒有雙面繡，所以只發揮出一半的功力，看到老闆娘的表情，她知道自己的雙面繡定能賣出不錯的價錢。

第十章

每一家店鋪都需要鎮店之寶，像雙面繡在北方，絕對算是能撐得起門面的。老闆娘摸了一會兒，開始有些慶幸這屏風的布料用得普通了，若是布料好的，她倒買不起了。

「丫頭，妳這個屏風就賣給大娘吧！」

陳蕾的眼睛眨了眨，搗嘴笑道：「大娘可是一直說我手藝不好來著。」

老闆娘一聽，瞪了陳蕾一眼，笑罵道：「妳個鬼靈精的，那之前的繡品不是妳繡的吧？也不跟我說一聲，如今是專程來給我好看的吧？」

陳蕾搗著嘴偷笑了一陣，也不解釋，問道：「老闆娘，妳打算出多少錢買？」

老闆娘沈吟片刻，說：「丫頭，我給妳五十兩怎麼樣？」

陳蕾暗自換算了一下，古代的五十兩銀子大概是現代的快三萬元，若是在現代，她這幅雙面繡絕對不止這個價錢，可是換作在最不缺刺繡手藝的古代，就不好說了……陳蕾嘆口氣，好歹繡了幾個月，才賣這麼一點錢。

陳蕾不知道在古代，有多少人家一輩子都賺不到五十兩銀子，村裡的人一生都是與田為伍，靠山吃山，家裡一年其實也用不上幾個銀子，若真是家裡出了事，便只能砸鍋賣鐵換銀子，所以說陳蕾已經很幸運了。

老闆娘看陳蕾這個樣子，心裡有些忐忑，她是真的想買下這幅雙面繡，若是擺在店裡當門面，大戶人家都會看得起她家這小店，到時候她的店可就紅火了。

怕陳蕾不賣，老闆娘只好軟聲軟語說：「丫頭，雖說咱們北邊沒有這雙面繡，如今妳繡出來了是能賣上個好價錢，可妳這布料大戶人家不一定想要，也抬不了多少價，普通人家也買不起，大娘我也只能出這五十兩價錢買來充充門面。」

老闆娘又想起什麼來，一手拍向櫃檯說：「丫頭，妳等等。」說完就進了內屋。

待老闆娘出來的時候，陳蕾看著她手裡拿的繡線，眼睛都直了，是真絲線！

她之前逛過的幾家布店，都沒能找到真絲線，她原本以為是這個時代沒有。真絲線最適合用作雙面繡的繡線，繡出來的繡品不但光澤瑩潤有立體感，用真絲線繡出來的雙面繡屏風，更是效果驚人，價錢也就不可同日而語了。

老闆娘看到陳蕾激動的樣子，心裡鬆口氣。「算妳個小丫頭識貨，我跟妳說，這可是我家那口子去南邊好不容易才買到的，這鎮上怕是只有我鋪子裡才有這繡線了。」

真絲線的產地就是南方，陳蕾聽了老闆娘的話，也跟著點頭認同。

「這繡線給妳，我再幫妳拿塊上好的細紗，說來也巧，也是從南方那找來的，妳到時候再繡一幅雙面繡拿到大娘這賣，不賣個二百兩，大娘我就跟妳姓！」老闆娘拍大腿保證道。

上好的細紗配上真絲線，再加上自己的手藝，陳蕾可以拍著胸脯保證，在北方絕對能賣上幾百兩，她眼睛閃亮地說：「成交！」

老闆娘立即拍手道：「妳這丫頭還真是個索利的。」

陳蕾突然好奇地問道：「老闆娘，妳姓什麼啊？」

「嘿，妳這丫頭還不信我能幫妳賣到二百兩不成？我姓陳。」

陳蕾無語，就算是賣不到二百兩，老闆娘也改不了姓了。

商議完後，陳蕾把真絲線仔細地用袋子裝好，又把上好的細紗捲好放進去，便揣著五十兩銀子開心地離去。

離陳蕾上次來鎮上，也有幾個月，但她只再做二十斤奶糖，怕做太多就算賣出去也會惹人懷疑，而家裡也要留些錢應急，就是她穿越過來那會兒，給她治病就花了二十五兩銀子。

香品軒的小二不得不說是個眼尖的，老遠就發現了陳蕾，忙跑過來說：「姑娘可來了，我們掌櫃的等妳等得好苦。」

陳蕾樂呵呵地說：「開春後路不好走，後來又忙農活，便一直沒時間過來。」

小二看著陳蕾揹著的籮筐總是往下滑，看她走路的速度也不是很輕快，問道：「姑娘這次帶了不少糖角子吧？妳這籮筐有沒有重要東西？沒有就給我揹吧。」

籮筐裡除了絲線和細紗，也就只有糖角子，陳蕾也不怕他跑了，便索利地把籮筐卸下來，遞給小二哥，肩上瞬間一輕，舒了口氣。「謝謝小二哥了。」

「喲，還挺沈，我們快進店裡。」小二暗自估算著，這回怕是有不少糖角子，立即去給掌櫃的報喜。

付掌櫃被小二叫出來，看到是陳蕾過來了，滿面笑容，還責怪陳蕾一直不過來，後來便想打聽陳蕾住的地方，好以後去她那取貨。

陳蕾本來就不好跟家裡解釋這奶糖的事，哪還能讓掌櫃上門，便以父母雙雙去世，不好讓掌櫃的上門取貨為由拒絕了。

付掌櫃是聰明人，也看出陳蕾不願，他以為陳蕾是怕別人會知道是她家做的糖角子，而上門討要秘方，便也不再糾結此事。

秤好斤數，付掌櫃又給了陳蕾五十兩銀子，陳蕾接過銀子，拿出一個十兩的銀元寶，請付掌櫃幫她換成碎銀和一些銅錢。

把銀錢仔細收好了，陳蕾心裡有些惴惴不安，自己身上也算是有一百兩銀子了，怕被賊人盯上，趁著天色還亮，她決定去買些彩線就回等車處。不想走沒多遠，看見前面有個人的背影像是趙明軒，陳蕾趕忙加快步伐，追上前喊道：「趙二哥。」

趙明軒聽出了陳蕾的聲音，回頭就看到小姑娘眼神閃亮地含著笑跑過來。

有趙明軒在身旁，陳蕾安心不少，不用怕銀子被搶了。

趙明軒見她到了自己身邊就鬆口氣，皺著眉頭四處看了看，沒發現有人跟蹤，疑惑道：「有人跟蹤妳嗎？」

「啊？」陳蕾被他問得一愣，反應過來後，尷尬地笑著。「沒，今天賣繡品賺了些銀子，頭一次拿著這麼多銀子，心裡有些怕。」

趙明軒這才注意到她的荷包鼓鼓的，臉色立刻不悅：若是讓人盯上只搶了錢倒還好，要是被……趙明軒已不敢再想下去，訓斥道：「怎麼不換成銀票？」

陳蕾無奈地看著自己的荷包，這還是一小部分呢，大部分的銀錢她收在籮筐裡，還擔心可能會一個不注意就被偷了呢。「這幾天打算送小松去唸書，再說家裡沒有放一些銀子也不方便，銀票又不能隨時換成銀子。」

趙明軒聽後，眉頭皺得死緊。

陳蕾看著他這般表情，心裡暖洋洋的，心想趙明軒或許是個不錯的老公人選。

趙明軒嘆口氣。「若是以後再來鎮上賣東西，就告訴我一聲，我也一起來，到時候咱們在集市的第二個巷口會合。」

陳蕾笑著點頭，村裡人都是在集市口賣東西，他們在第二個巷口碰面也不怕被看到，就算是被看到，也能說半路遇上了便是。「趙二哥你來鎮上做什麼呢？」

趙明軒已經伸手把陳蕾背後的籮筐卸了下來，自然地揹在自己身後，聽陳蕾問便回道：「上次來鎮上鐵鋪訂了些鐵鍬頭和瓦刀，這次過來取。」

陳蕾點點頭，和趙明軒一起去了鐵鋪。

到了鐵鋪後，陳蕾左右瞧了瞧，還真是品項繁多呀！

古代的器具大多是鐵匠打出來的，這鐵鋪無論是廚具、農具還是一般用具樣樣都有。趙明軒跟著一個小學徒進了裡屋，去取他訂的用具，陳蕾也就在鐵鋪裡看看有沒有需要買的。

「咦，小二哥，這是什麼？」陳蕾在櫃子一角發現了一個鍋具，看起來像是吃火鍋用的鍋子，可是跟現代的銅鍋並不一樣，她又不知道這個東西的正確名稱，便問道。

「姑娘，這是暖鍋，用來做火鍋的，年前我們店裡打了幾個，現在就剩這一個了。」小二哥也怕天熱後不好賣出去，便積極地介紹道。

陳蕾確認這是做火鍋用的之後，胃口大開，吞了吞口水，更加好奇地研究起該怎麼用這個暖鍋，小二哥正要上前拆開暖鍋仔細介紹，趙明軒就已經走了過來，伸手把暖鍋掰開。

「這暖鍋分兩層，上層裝湯，下層放炭火，妳看這上面的孔是用來透氣的。」

陳蕾點點頭，知道怎麼用就好說了，轉頭問道：「這個怎麼賣？」

「一兩銀子。」小二哥看這小姑娘像是要買的樣子，高興地回道。

陳蕾皺皺眉。「怎麼這麼貴。」

小二哥一臉叫屈地說：「姑娘，這可算是便宜的了。」

古代的鐵礦都由朝廷掌控，給鐵鋪的供鐵量也是有規定的，所以鐵器一向賣得貴。

趙明軒看著陳蕾眼裡明明是想要的，卻心疼錢，不由好笑道：「若是喜歡吃火鍋，就買吧，這家鐵鋪打的鐵器還不錯，能用上個幾十年，也不算貴。」

陳蕾敲了敲鍋壁，厚度還真是比現代的鐵爐好上許多。「小二哥，給我裝起來吧。」

趙明軒寵溺地看著陳蕾開心的樣子，說來他也好久沒吃暖鍋了。

出了鐵鋪，右手邊的店家便是賣扇子的，陳蕾看了眼睛一亮，馬上就要夏天，怎麼也要買把扇子搧搧風。

一進到店內，便看到牆上掛了不少展開來的摺扇，上面有的提的是詩詞，有的是畫著梅蘭竹菊的圖樣，十分清雅風流，當然陳蕾也只是觀賞，可沒打算買這種矜貴的扇子回家。

陳蕾小時候一直想要一把桃木鏤空扇，就是將一條條桃木片固定後做出來的摺扇，每條桃木片都刻著相同的圖案，在陽光下展開後，細細碎碎的陽光灑下來，好看極了；但那時候自己吃飯都是問題，哪有錢買，等以後有了錢要買，也找不到了。

陳蕾挑了一把白色桃木鏤空扇，展開來，上面雕刻的是精美的桃花紋，在陽光底下舉起來，細細碎碎的陽光灑到臉上，突然間，陳蕾有種幸福到想哭的衝動。

趙明軒一臉寵溺地看著此刻的陳蕾，不知為何她明明展露笑顏，卻讓他的心抽痛著，絲絲縷縷的憐惜蔓延開來。

陳蕾把桃木扇湊到鼻端前聞了聞，眼睛發亮地對趙明軒說：「趙二哥你聞聞這把扇子，香香的。」

趙明軒點點頭。「這桃木扇都是帶有木頭香，經久不散。」

陳蕾點點頭，問了價錢，一把桃木扇要五十文錢，陳蕾喜歡得緊，一咬牙就買了三把，給家中的姊妹各一把。又想了想，還是多買了一把打算送給阿蓉，總不好自家姊妹人手一把，卻把堂妹給忘了。

陳蕾買好扇子後，又想到要給小松買些紙筆和墨，到了筆墨店一問，普通的紙都是一文錢一張，糙紙則是一文錢五張，陳蕾拿起來一看，墨點上糙紙定會暈開，哪能練字，雖然現在銀錢還不算多，卻也不至於要省到這個地步。陳蕾買了三百文錢的普通宣紙，又花了四十文錢買了兩支大、小號的毛筆，硯臺則要一百文錢一個，陳蕾拿起來一看，她雖不懂，卻也知道這硯臺沒有多好，想著先讓小松用著，以後手頭寬裕了，肯定要給小松買好的。

這些東西買下來，陳蕾也花了不少銀子，看來這錢賺得快，花得也快，她嘆口氣，若沒有攢下個千百兩銀子，著實讓人不安心。

東西都買好了，兩人看著天色不早，也該回去了，到了離等車處不遠的地方，陳蕾一樣揹著籮筐先過去等車，她不禁好奇。「趙二哥你怎麼回去呀？」

「我是騎馬過來的。」

「哦，那我先走了。」陳蕾笑笑地說，趙明軒不禁伸手揉了揉她的頭髮。

這突然其來的舉動，讓兩人都是一愣，趙明軒愣了片刻後，暗自一笑，心想自己怎麼會這般魯莽。

陳蕾回過神後，趕忙轉身離開，心臟撲通、撲通的直跳，臉上也多了兩團小紅暈。若是現在還不能確定趙明軒的心思，陳蕾也就白活了。

坐在牛車上，陳蕾心神恍惚，她搖搖頭想讓自己清醒一些，可此時的陳蕾如初戀般的少女，腦子雖還算清醒，卻總時不時的會想起趙明軒的身影，隱隱約約的甜蜜感蔓延在心頭。

第十一章

回到家後，陳蕾開心地拿出幫弟弟、妹妹們買的東西，本想讓他們高興一下，卻不想阿薇一看到炕上的東西，便冷冷地問：「妳這次的繡品賣了多少錢？」

陳蕾看著阿薇寒冰般的臉色，不禁皺眉。「妳這幾天是怎麼了？」

自從那天陳蕾拿出雙面繡給她們看後，阿薇一直到現在都是陰沈沈的，問她什麼又不說，問久陳蕾也火了，如今她又是這般陰陽怪氣的語氣，陳蕾哪裡能忍得住。

阿薇冷笑一聲。「我就是想問問賣了多少錢？怎麼，不想說？」

陳蕾氣得頭頂直冒煙。「一百兩銀子，怎樣？」

阿薇看著陳蕾，緊抿嘴角，眼睛紅彤彤的。「我倒是不知道我的姊姊這般有能耐，我雖小卻也知道雙面繡不是誰都能繡的，姊姊當初為何不繡？」

陳蕾聽後，啞然失色，當初若是她早點穿過來，或許家裡就不是這般情況，可這也不是她說想來就能來的呀！仔細看阿薇的表情，似乎並沒有質疑自己不是她的姊姊，陳蕾這才放心一些。

阿薇憋了幾天的話終於說出口，看著陳蕾無言以對的樣子，也不知還能說什麼，轉身便去廚房悶頭坐著，眼裡不爭氣地掉出了眼淚。

陳蕾在和阿薇鬧不愉快的時候，阿芙就坐在一邊的角落裡，揪著小手指悶悶不樂的樣子，看得陳蕾一陣心疼。「阿芙，妳坐在這玩，大姊去勸勸妳二姊。」

阿芙小聲地說：「大姊，妳去吧，我乖乖的，妳別跟二姊吵架呀。」

陳蕾一笑，摸了摸她的頭，然後起身去了廚房。

只見阿薇可憐兮兮地坐在那，陳蕾嘆口氣，搬了張小凳子坐到她身旁。

「都說大難不死、必有後福，不管妳信不信，我卻是信的，許是那一撞把我的腦子給撞得開竅了，讓我不僅惦念著我們血脈情深，也開始有了當家的責任。」

陳蕾看阿薇像是聽進去的樣子，又說道：「人都是被逼出來的，我原本大門不出、二門不邁，之前還是第一次去鎮上開眼界，回來便一心研究著，沒想還真研究出一些東西，那雙面繡的針法，也是我前陣子腦子靈光才想出來的。」陳蕾能解釋的都解釋了，也只能言盡於此。

阿薇聽完眼淚流得更洶湧，這是爹娘死後她第一次放縱自己哭，其實她也知道不該怪罪自家大姊，可能是因為突然有了姊姊的關懷，讓她多了小孩子心性，才這般耍性子吧！

「爹娘之前說想要過年時可以有多一點肉食吃，所以讓爹上山打獵，其實都是騙咱們的。」阿薇低沈地慢慢道來。

陳蕾的眼底閃過錯愕，阿薇不等她問，又接著說道：「年前小姑懷了孩子沒保住，大夫說怕是不能再懷了，爹娘知道了都很難過，爹一直內疚著沒有把小姑接回家裡來照顧，所以很是惦記著小姑。

「妳也知道小姑當時就生了個閨女，若是不能再生，她在婆家的日子該怎麼過？那陣子爹急得四處問偏方。後來是我偷聽到爹娘說話，娘跟爹說吃鹿胎膏或許可以治好小姑的病，爹就去鎮上打聽，但從鎮上回來臉色就不大好，鹿胎膏一罐要五十兩銀子！家裡哪有那麼多銀子，所以爹，就……」說完，阿薇已是淚如雨下。

陳蕾把阿薇摟進懷裡，心裡發酸。她知道阿薇這幾日的心病了，若是自己早些打絡子或是繡雙面繡，家裡怎麼會湊不上五十兩銀子，就是這五十兩銀子要了爹和娘的命。

阿薇被大姊摟著，忍不住放聲大哭。「姊，若是咱們早些會打絡子、做刺繡，爹娘就不會沒了，姊，我想爹娘，我不想當個沒爹娘的孩子。」

陳蕾輕輕地拍著阿薇的背，眼裡忍著淚不流出來。

剛回到家本要開門進屋的小松，把姊妹倆說的話聽得清清楚楚，小小的手握成拳頭，發誓他將來一定要出人頭地，再也不會因為幾十兩銀子而丟了家人的性命。

小小的阿芙站在門口，偷偷看著大姊和二姊，咬著嬌嫩的嘴唇，決定以後不在姊姊們面前要爹娘了，她以後絕不會惹姊姊們傷心，會乖乖的。

陳蕾說的那些話阿薇沒有半點懷疑，若是能賺錢，誰會放著不去賺，或許真的是自家姊的腦袋被這麼一撞給撞開竅了。

爹娘已逝是事實，可以傷心，卻也要好好地活著。如今家裡手頭寬裕了，姊弟幾人也朝氣勃勃，誰也沒再提過那天的事，這讓天天過來打絡子的阿蓉鬆了口氣。

阿蓉收到陳蕾買給她的桃木鏤空扇時，歡喜得不得了，嘴甜得好話不斷，還真是一點也沒像到大伯娘。

大伯和大伯娘知道陳蕾幫阿蓉買了桃木扇，兩人特意把桃木扇拿了回來，大伯娘一進屋就說：「阿蕾，妳怎麼買這樣貴重的東西給阿蓉，快拿回去，這不是打妳大伯娘的臉嗎？」

陳蕾看大伯娘認真的模樣，笑道：「大伯娘妳這是在說什麼呢？哪裡就是打妳的臉了？快收回去，我正好還有事要麻煩大伯呢。」

「阿蕾妳哪來的錢買扇子？日子可要省著點過，這扇子好看卻也不能當飯吃。」大伯皺著眉頭訓道，他擔心阿蕾走了歪路。

陳蕾本來還打算把家裡修一修，再加上供小松讀書，這都要花大錢的，一定得有個賺錢的說法才行，陳蕾便把打絡子的編法賣了些錢的事說出來。

說到雙面繡後，陳蕾撓了撓頭，有些為難道：「大伯、大伯娘，這雙面繡我只想咱們自家人知道，聽說南方那邊也是世代相傳的，我……」陳蕾不想瞞著大伯一家，以後自家用錢的地方多著呢，總要說出一項能掙錢的活。

大伯和大伯娘已是滿臉笑容，大伯娘一拍腿。「真是老天開眼，你們姊弟以後也不擔心餓肚子了。放心，大伯娘保證不會說出去，你們幾個家裡沒大人，若是讓外人知道妳賺了大錢，也容易被盯上。」

陳蕾看大伯娘是真心高興的，心裡鬆了口氣，大伯娘就是這點好，妳沒錢我幫幫妳，妳有錢我也不會掛念著。

「那這扇子大伯娘就厚臉皮拿回去了，妳妹子剛剛還在家哭鬧著呢。」大伯娘笑呵呵地說著。

「大伯娘，這本來就是買給阿蓉的，這次把阿蓉打的絡子放到了繡鋪，下回去沒準兒能領些錢回來呢。」陳蕾開心地說。

「那可是託了阿蕾的福呢！」大伯娘心裡一陣高興，暗自得意那老三家沒姑娘，這錢是賺不到嘍！又想起弟妹的娘家，心中罵著都是些見識短淺的。

「阿蕾妳剛才說有啥事？」大伯看著姪女賺了錢，買東西也沒忘了自家閨女，知道陳蕾心裡是有他們的，臉上也開心不少。

「我想讓小松唸書。」陳蕾堅定地說，她不知道大伯會不會支持，但自己爹娘才去世，又是女孩，不好直接領著小松去學堂。

村子裡就有學堂，是本村的老秀才開的，聽說一年給一兩銀子就行，拿不出錢的也可以每個月一點一點的給。

「去，必須去，明天我就帶著小松去學堂，咱們老陳家以後也出個狀元郎！」陳家大伯硬氣地說，若是能供得起孩子唸書，他怎麼會反對，天天種田耕地的，能有個啥出息。

這事商定好後，陳蕾一顆心算是放下了。晚上給小松縫了個背包，到了第二天一大早就把他送到大伯那，又拿了二兩銀子，一兩交學費，一兩買書錢，大伯也沒推讓，接了銀子就領著小松去學堂。

農活過後，趙明軒也開始蓋起房子，陳蕾聽到隔壁熱鬧的聲音有些心癢，想出去瞧瞧，但幫忙蓋房子的都是男人，她也算是大姑娘了，這樣光明正大地過去看，不知會不會被說閒話呢……悄悄地走出門，她伸長脖子望了望，有個眼尖的村民正好看到陳蕾，便說：「阿蕾，送些井水過來。」

陳蕾正愁著沒熱鬧可看，應了一聲，打了一桶井水準備拎過去。此時趙明軒已經走了過來，單手直接提起水桶就走，一點都不費勁。她直嘀咕著男女就是不一樣，又回屋拿了些碗過去。

看著村民在挖坑、打地基，陳蕾好奇地問：「趙二哥，你打算怎麼蓋房子呀？」

「蓋房子還能怎麼蓋？」趙明軒打趣道。

「不是，我是說蓋幾間房，就是格局？」陳蕾急得解釋道，她不是白癡，哪會不知道該怎麼蓋房子。

趙明軒看陳蕾急了，也不逗她了，從腰間拿出一張圖紙遞給陳蕾。

陳蕾展開來看，還挺複雜的，有些看不懂。趙明軒心想也該給自己未來的媳婦講解、講解才是，看看她滿不滿意，便在一旁開始解說。

講解完，陳蕾才知道這是要蓋四間住人的房間，還有一間當作堂屋，也就是客廳。另外有一間小屋子四面會圍上火牆，用來當浴室，屋外有個專門燒火的爐子，冬天可以把整個小屋子燒得暖呼呼的不怕凍著。廚房也是單獨隔了出來，屋裡一個廚房，屋外再一個搭著房檐的廚房，冬天可以在屋裡生火做飯，夏天則在屋外生火煮飯。古代北方的房子都有火牆，火牆和爐子是通氣的，一燒爐子火牆也會熱，所以家家戶戶都要在屋外弄個灶臺做飯，夏天就不怕屋裡熱了。

陳蕾看著設計圖紙，有幾間屋子的火牆連著火炕，是單獨弄了個壁爐，這樣單獨燒火，冬天屋裡會更溫暖，要不這麼大的屋子，冬天只靠一個爐子，不會暖和到哪兒去。

另外屋子旁邊也單獨蓋一間倉庫，用來放雜物，倉庫裡會挖個地窖，廚房與倉庫有一扇門互通，倉庫外沒留門。陳蕾點點頭，這樣還不錯，省得有人夜裡過來偷東西。房子蓋完還剩好大一片院子，以後要再蓋間房子也是綽綽有餘的。

「妳看這樣行嗎？」趙明軒見陳蕾看得仔細，便問道。

陳蕾被問得耳根子發熱，清了清嗓子，思索了一下，便說：「唔，這洗澡的地方設計得不錯，可是洗澡水卻不好倒出去。」

陳蕾來到古代最糾結的就是倒洗澡水了，要一桶桶的灌滿浴盆不說，洗好了要往外倒更是辛苦呀！

趙明軒皺眉想了想。「我在屋裡弄個排水的孔洞，平時不用就堵上，要用再打開，這樣可以一邊舀水，一邊把水倒出去，多省事。」

陳蕾歪頭問道：「那豈不是屋外也要弄條排水道？」

趙明軒點點頭，陳蕾想了想，說道：「那不如多弄一圈排水道，在廚房那邊也通個排水的孔洞，平時洗菜、洗漱的水都可以從那裡倒出去。」她皺了皺鼻子。「當然剩菜、剩湯可不要從那裡扔，要不然次數多了會發臭的。」

趙明軒一笑，點頭道：「嗯，就按妳說的辦。」

此時，一輛牛車載著一整車的青磚趕了過來，陳蕾好奇地看著四四方方的青磚。「你要蓋磚房？」

村裡幾乎家家都是蓋土石房，沒看有幾家是磚房。陳蕾看著這一塊塊的磚好生羨慕，也想把自己家重新蓋成磚房，可惜還不到財能外露的時候。

趙明軒看著陳蕾羨慕的眼神，心中又是一陣好笑。

村裡人多熱鬧，幹活也快，趙家的大哥雖然跟老二趙明軒不親，可怎麼說也是親兄弟，身為大嫂的自是爽快承擔了做飯的任務，趙明軒也給了她足夠的銀錢，被趙老三媳婦兒看見後，立刻把這活計攬到了自己身上。

趙明軒也不管是由誰來做飯，只是把話說在前頭，這飯菜必須是好的，有大塊肉的，若是做不好，他便另外找人重新做。

好在趙老三媳婦兒沒犯糊塗，估計也是怕村裡人說她，飯菜做得還算不錯，只是接下來看到那一車車運過來的青磚，眼紅得差點又哭鬧起來。幸好她還知道若是當著村人的面前就這麼鬧起來，回家可有一頓好打，因此便沒發作。

陳蕾還在服喪，本就不好多出門，待青磚剛運來的時候她就回去了，這麼個極品的後媽她沒欣賞到。

小松自從上了學堂後，學會的字回來便都教給陳蕾和阿薇認識，看著兩位姊姊學得認真，他在學堂休息的時候，都要討教一下同窗，大家只當他學得晚，也願意教他。

小松中午下學剛回來，坐在院子裡等著開飯，便看到三嬸從門前路過，卻沒有進自家，臉上還慌慌張張的，忙進屋喊道：「姊，我剛才看三嬸急匆匆地跑過去，可能是有事。」

陳蕾一聽就知道三嬸是有事去找三叔了，大伯和三叔這幾天都幫著趙二哥蓋房子呢！用布擦乾了手，她朝裡屋的阿薇喊道：「阿薇，看一下鍋，別糊了。」

「嗯，知道了。」

陳蕾剛出院子，就看到大伯和三叔、三嬸一起走了過來，三嬸臉上還有著淚痕，像是剛哭過。陳蕾趕忙把他們迎進院裡，小松隨即把小凳子拿了出來，給長輩們坐。

大伯皺著眉頭坐在那，沈吟片刻後說：「三弟妹，妳也別難受了，讓老三跟妳去看看，總得把妳大哥和大嫂的後事辦了，阿樺就先送到我那裡去，妳放心，餓不著孩子的。」

記憶中三嬸就一個親哥哥，家裡有兩個孩子，一閨女和一兒子，小日子過得也挺不錯的。陳蕾聽了大伯的話就知道，怕是三嬸的哥哥和嫂子沒了。

三嬸又哭了起來，三叔也滿臉愁容地說：「現在哭也沒用，我們過去看看到底是怎麼一回事，許是傳錯了信呢。」

三嬸還是不停地流淚，三叔沒法子，自個兒去張羅著借車，又帶了些銀子，便拉著三嬸離開了。

大伯看著他們離去的背影，嘆口氣。「丫頭，給妳大伯盛碗飯，吃了好去幫人家蓋房子。」

吃飯的時候，陳家大伯就把三嬸娘家的事說了個大概。也就是三嬸娘家的小姪子跟玩伴去河邊玩，平時幾個孩子都會游水，膽子也大，游到了河中央，有幾個孩子不敢再往前游，便游了回來，三嬸娘家的小姪子本來也想游回來，卻不知道被什麼給絆住了，就是游不回來。

他爹正好路過，趕忙跳到水裡，孩子是救上來了，大人卻沒上來，三嬸的嫂子知道這事，當場昏了過去，醒來後就一頭撞死，扔下兩個孩子不管了。

陳蕾聽完心驚不已，轉頭嚴肅地看著小松，小松立刻一抖，哭笑不得地說：「姊，放心，以後我絕不去河邊，妳別這麼看著我。」

陳蕾這才放心不少，陳家大伯點點頭說道：「以後咱家小子都別去河裡游水，這河都邪乎得很，就咱們村裡的河，也曾捲進去過幾個孩子的。」

小松鬱悶地吃著飯，怎麼就說到他身上了。

過了九天，三嬸和三叔才回來，還帶了個女孩回來，陳蕾和阿薇一看就知道定是三嬸的姪女。

三嬸家的姪子雖是救了上來，卻生了場大病，沒挺過來，也沒了。沒有兒子留後，本家叔伯便把房子土地都收了回去，誰家都不收留三嬸的姪女，雪上加霜的是原本訂親的親家還過來退婚，說是三嬸的姪女命硬，哪敢娶回家，還大鬧了靈堂。

三嬸經歷此事，像是老了十歲，陳蕾和阿薇過去看望的時候，三嬸已病倒在炕上。三嬸的姪女在一旁辛勤伺候著，陳蕾觀察了她一會兒，看她照顧三嬸很仔細，長得也柔柔弱弱的，柳葉眉、櫻桃小嘴，眼睛柔情似水，頗惹人憐惜。

「來了這半天，還不知道怎麼稱呼姊姊呢？姊姊以後叫我阿蕾，叫我妹妹阿薇便是。」陳蕾大方地介紹著自己和妹妹。

三嬸的姪女淡淡笑道，眉眼間還有幾分憂愁。「叫我蓮花便是。」

陳蕾撓撓頭，臉上訕訕地笑著。

「那我們以後叫妳蓮花姊就是了。」阿薇瞪了自家姊姊一眼，對蓮花笑道，同是沒爹娘的孩子，阿薇也有心親近。

陳蕾暗自皺眉，又看了蓮花一眼，心裡喜歡不起來！

不管發生了什麼事，日子該過的還是要過，趙明軒家的房子終於蓋起來，就差封頂，當瓦片送過來的時候，陳蕾正好在給村人送井水喝，看到一片片上好的綠瓦片時，她有些嫉妒了，再看著那砌得整整齊齊的青磚房，著實眼饞，說什麼也要給自己家蓋上一座磚房。

「阿蕾，快回來，三嬸找妳有事。」

陳蕾正眼饞著青磚綠瓦房，聽到門口傳來三嬸的聲音，回頭看過去，是三嬸和她的姪女蓮花。

蓮花姑娘羞澀地低垂著頭，站在三嬸身後，白皙的脖頸纖長優美。不得不說這蓮花姑娘真的人如其名，長得真正像朵花，趙陳村裡的姑娘怕是不及人家一根指頭，再加上那眉宇間不曾散去的輕愁，讓人看了是我見猶憐。

「嬸子，找我啥事？」陳蕾問著。

三嬸上前拉著陳蕾。「走，去妳家說說。」

跟在兩人身後的蓮花偷看了站在院子正中央的趙明軒一眼，院裡眾人都不及他一人的氣宇軒昂，那英俊的容貌讓蓮花趕忙低下頭，心頭一陣亂跳。

陳蕾正好回頭看見蓮花剛才的一番舉動，又看她臉色有些紅暈，輕皺眉頭，順著蓮花剛才望去的方向，剛好對上了趙明軒的眼眸，陳蕾的眉頭皺得更深了。

難不成蓮花看上趙二哥了？

趙明軒本感覺有一道目光一直關注著自己，抬頭望去便看到陳蕾皺著眉頭，彷彿帶著一些些的怒意，他不禁疑惑，自己何時惹她了？又看陳蕾眉頭皺得更緊地望向蓮花，他在外面打滾這麼多年，也不是沒碰過主動貼過來的女子，一瞬間便明白了。

陳蕾這是在吃醋了！他的心裡瞬間樂開來，看來這丫頭也不是全然不懂的。

看見趙明軒那一臉得意的笑，陳蕾腦子一轉，也猜出了他那表情的意思，瞪了他一眼，便轉身走了。

趙明軒摸摸鼻子，他們倆這樣算不算是互相明瞭對方的心意呢？至於那位蓮花姑娘，趙明軒是一點都沒放在心上。

第十二章

趙老三媳婦兒剛好過來送飯，陳蕾剛才背對著她，趙明軒又在院裡，她沒看清他們的互動，卻恰巧看到了蓮花的神情舉止，她活了這麼多年還看不出一個小丫頭的心思，那也是白活了。

她看著趙明軒又是買地、又是蓋大房子的，早就後悔當初把他逼出了家門，要是知道他手裡有錢，說什麼也會好好伺候著，再把那些銀子都套出來；如今後悔也沒用，只好想著把自家親姪女嫁給老二，到時候自己也能沾光，這親姪女還會不孝敬自己嗎？

趙老三媳婦兒算盤打得精，看著蓮花可比她家姪女好看多了，心頭一緊，忙上前笑道：「喲，陳老三家的，這姑娘我看著眼生，是誰家的？」

陳家三嬸看是趙老三媳婦兒帶著大兒媳過來送飯，笑道：「妳是來送飯的吧？這是我姪女蓮花。」說完又對蓮花說道：「蓮花，這是妳趙三伯娘，那是妳趙大嫂子。」

蓮花立即柔柔地叫道。村子不大，誰家今天出了什麼事，明天村人都能知道，趙老三媳婦兒早就聽說陳老三家的事，確定這閨女是陳老三家的姪女後，心裡冷笑，就這命還敢肖想她家老二，我呸！

「喲，閨女長得可真俊。」趙老三媳婦兒一邊誇著，一邊心疼地看著她道：「說來那家小子也是個沒眼見的，這麼好的姑娘都不……」

陳家三嬸和蓮花臉色都瞬間一白，當初三嬸就是怕蓮花被欺負才帶回來自己養，如今聽了趙老三媳婦兒的話，生氣極了，連話都不想回，拽著蓮花就進了陳蕾家。

趙老三媳婦兒也不生氣，繼而抓起陳蕾的手說道：「阿蕾，妳看妳伯娘一時心疼那丫頭，嘴快了些，可是沒有壞心的，妳幫我勸勸妳三嬸，讓她別生氣了。」

陳蕾尷尬地笑道：「還請三伯娘以後別提這事了，蓮花姊也是個命苦的，禁不住這些話。」

「唉，我曉得了，妳快進去吧。」

待陳蕾進屋後，趙老三媳婦兒吐了口唾沫，罵道：「呸，一家子晦氣的。」

陳蕾進了屋後，就聽到三嬸在那大罵趙老三媳婦兒不是個東西，阿薇則是在一邊不停地勸著，又安慰著坐在一旁直掉眼淚的蓮花。

此時蓮花著實委屈，那婆子她都不認識，何苦就這般為難她，一想到自己剛沒了爹娘就被欺負，更是難過得收不住眼淚。

陳蕾看著眼前的場景直皺眉頭，這算什麼事呀。想了片刻，這趙老三媳婦兒突然為難蓮花，難不成是因為剛才也看到了什麼？趙二哥又不是她兒子，她操個什麼心呢？陳蕾又一想，不對，怕是這趙老三媳婦兒有什麼企圖在裡頭。

而另一邊，趙老三媳婦兒抓著大兒媳，說：「妳一會兒讓老大跟妳二弟說去，以後看到那蓮花躲著點，不說那姑娘命硬，就那長相也不像是個會過日子的，咱們農村人可養不起。哼，這老陳家幾個姑娘也都是晦氣的，當初我就看陳老二家的阿薇不是個有福的，妳爹不聽，偏想著要做親家，到底還是把自己的爹娘給剋死了吧！」

趙老三家的大兒媳低眉順眼的聽著，等自己婆婆說完後，她抬頭看著婆婆的背影不禁冷笑。自家丈夫的性子懦弱，才被這老不死的壓得喘不過氣，那二弟可不是個沒主見的，就算婆婆打再多的如意算盤，怕也是討不到便宜。

她可比自己婆婆眼尖，方才雖沒看到陳蕾的表情，可卻看清楚了小叔的表情，小叔定是對陳蕾有意思的，又想到自家那沒主見的，嘆口氣，這日子也過得太委屈了。

趙老三媳婦兒嫁進來的時候就潑辣，那會兒趙老三的大兒子也只比趙明軒大兩歲。後母欺負不了老二，卻是把老大揉捏得死死的，導致現在趙明軒的大哥趙明傑，性子變得有些唯唯諾諾，很聽爹娘的話，卻讓他的媳婦兒日子過得很辛苦。

趙明傑媳婦兒也有些看不順眼蓮花，爹娘剛剛沒了，便出來閒逛不說，還盯著一個大老爺看算什麼？她一進小叔家的院門，就把丈夫叫到一邊嘀咕了一會兒。

趙老三媳婦兒看兒媳聽自己的話，心裡很滿意，就算那兒子不是自己親生的，她也是他們名義上的娘，娶進來的兒媳敢不聽話試試看，自家老頭子可是會替她撐腰的。

這邊待陳家三嬸罵了一會兒，陳蕾看她消了氣，問道：「三嬸，別為了那嘴碎的生氣了，不是說有事嗎？」

三嬸聽了這話，用手一拍大腿，恍然大悟道：「都怪那老東西，倒是把正事給忘了。」

陳蕾笑嘻嘻地說：「那三嬸趕緊說是什麼事？」

「這不前陣子聽妳大伯娘說阿蓉跟妳學打絡子，聽說阿蓉打的絡子也是能掙幾個子兒的，我尋思著讓蓮花也過來跟妳學學。」三嬸有些不好意思地說。

「這有什麼，三嬸妳直接讓蓮花姊過來跟我們說一聲就是了，我姊沒時間教，還有我和阿蓉教呢。」阿薇笑著說道，很歡迎蓮花過來。

自從蓮花來到村裡以後，阿薇沒事便去三嬸家找蓮花玩，兩人頗合得來。人與人之間本就玄妙，反觀陳蕾對蓮花便親近不起來，直覺就是不大喜歡。

「這事好說，三嬸讓蓮花沒事過來坐坐，我教她幾個編法。」陳蕾笑著說道，並沒說讓蓮花像阿蓉那樣天天過來。

三嬸聽了也沒多想，覺得自己平時這麼照顧著他們姊弟幾人，陳蕾哪會不教自己的姪女，又看蓮花略有期盼地看了自己一眼，三嬸摸摸腿，有些不好意思地笑著。

「阿蕾，我聽妳大伯娘說妳還會繡雙面繡，聽說這雙面繡若是能繡出來，一輩子都不愁吃穿了。」

陳蕾扯扯嘴角笑道：「三嬸，這事咱自己家知道就好，暫時別傳出去。」她一說完，放在腿上的手不禁使了力，但願三嬸不會開這個口。

三嬸看陳蕾不上道，心裡有些尷尬，又想著自己姪女以後連個可以撐腰的娘家都沒有，著實可憐，狠下心說道：「阿蕾，妳看妳蓮花姊是個可憐的，能不能教教她，妳教阿薇的時候把她叫在一邊學就行，學不學得會是她的造化，也不費妳多少心思。」

三嬸說完這話後，看到陳蕾臉上的笑容沒了，心裡咯噔一下。「阿蕾，妳蓮花姊是真的……」

「可是蓮花姊要三嬸過來求我的？」陳蕾聲音冷淡地問。

在現代，刺繡手藝自古流傳下來也就幾戶大家，陳蕾當初為了學刺繡，費盡多少心血，求爺爺、告奶奶的拉關係，好不容易拜在師父門下，卻也是鑽研五年才小有成就，那陣子的心酸只有自己知道。她可以心甘情願教給自己的親妹妹，但那些與自己沒一點血緣關係的人憑什麼要她教？別看陳蕾是穿越過來的，她有時候比古人還注重血緣關係，所以阿蓉她會教，但蓮花不會，別說蓮花是個沒爹、沒娘的，過去又有誰可憐過自己？

三嬸聽陳蕾這麼問，臉色不大好，心裡有些不舒服。「阿蕾可是不願教？」

陳蕾看出三嬸心裡的不悅，不免失望，到底在三嬸心裡親姪女比他們重要得多，嘆口氣道：「三嬸，妳平時對我們好，我們都記在心裡，可是妳也知道這雙面繡是我們家的飯碗……」陳蕾看三嬸的臉色越來越不好，想解釋的話都不想說了。

「阿薇，妳去把大伯和大伯娘，還有三叔叫過來吧！」陳蕾對阿薇說道。

阿薇也不贊同此事，看三嬸和蓮花的目光頗為複雜。

「阿蕾妳這是什麼意思？」三嬸聽阿蕾讓阿薇叫人，心裡更加不高興了，感覺阿蕾不僅不念舊情，還想讓她丟面子。

「還不去？」陳蕾衝著阿薇說道，聲音清冷，又轉過頭看著三嬸，眼裡盡是失望。「三嬸，這麼大的事，我也要問問長輩們的意見，畢竟蓮花姊不姓陳。」

「阿蕾，妳別生姑姑的氣，她也是可憐我才會這麼求妳，蓮花不學就是了。」蓮花以為陳蕾這麼小的姑娘，肯定會聽姑姑的話教自己，卻沒想看錯了陳蕾，心裡很不舒服，想著自己爹娘都沒了，陳蕾怎麼能狠得下心對自己這樣，眼淚一下子又流了出來。

「姊，三嬸也是為了蓮花姊好，咱們慢慢說這事。」阿薇雖然對這事也不贊同，可是若是把長輩們都叫來，便是硬生生的不給三嬸面子了。

「大伯、三叔，你們快去我家，三嬸有事要說。」阿芙早已跑到趙明軒的院裡喊著。

正在房頂疊瓦片的三叔，看見阿芙跑來，皺眉喊道：「阿芙，三叔和大伯知道了，這就過去，妳快躲遠點，別被砸到，妳姊怎麼不過來喊我們？」

原來是陳蕾和三嬸鬧僵了後，阿芙就感覺氣氛不對，她人小也聽不懂，只知道三嬸讓自家大姊不高興了，小眉頭一皺，心想平時三嬸最是疼我們的，肯定是因為旁邊那個新來的姊姊所以不疼我們；又聽大姊讓二姊叫人，她就想起舅媽來的那次，看二姊不動，就自己一顛一顛的跑出來了。

聽見陳家三叔說會來，阿芙吸了吸小鼻子，衝著房頂喊道：「大伯和三叔快點啊！我去叫大伯娘了。」

「唉，妳小心點。」陳家三叔擔心地說，看阿芙已經跑出去了，也不知道聽沒聽見他說的話，暗自嘀咕著自家那口子會有啥事？怎麼沒聽她提過今天有事要談？

趙明軒怕阿芙出事，忙出了院子追上阿芙，把阿芙抱起來，捏著阿芙的鼻子說：「二哥帶妳去妳大伯娘那。」

阿芙眨著眼睛，拍手道：「那我們快點去，我阿姊正氣著呢！」

「阿芙知道是怎麼回事嗎？」

阿芙轉了轉眼珠子，搖搖頭。「阿芙也聽不懂，就知道三嬸帶了個姊姊過來，似乎想讓阿姊教她什麼，阿姊不願，三嬸就不高興了。」

趙明軒點點頭，臉上不大高興，剛才自家大哥跟他說的，也是阿芙口中那個姊姊吧！他心裡煩躁得很，這姑娘剛沒了爹娘，不老實待在家，竟來惹他的小媳婦兒？趙明軒嘆口氣，算了一下日子，要等到今年年底才能提親，現在他又不能明目張膽地幫……等以後把她娶回家，一定不讓她再受這些閒氣！

陳蕾所處的這個時代，若父母一同沒了，算是同生共死，也是件喜事，因此女兒只要守孝一年，兒子守孝兩年，所以趙明軒若是想提親，要等到年底了。

待陳家大伯和三叔進來時，看著屋裡的場面，三叔不解地問道：「這是咋回事？」

大伯看著蓮花，皺起眉頭，有些不喜。老三一家全靠老三一個人忙活著，家裡還只有阿樺一支獨苗，本就對三弟妹不滿了，這回又要三弟養別人家的閨女，這算什麼事？又看蓮花在這哭哭啼啼的，覺得甚為晦氣。

三嬸心裡頗不好受，平時沒少心疼這幾個孩子，如今求他們點事，就鬧這麼大一齣，她臉色一黑，撇過頭不說話了。

大伯娘沒幾步的工夫，也抱著阿芙進了屋，扯開嗓子喊道：「我說三弟妹，妳可是要阿蕾教蓮花刺雙面繡？」

大伯娘話音一落，陳家大伯和三叔臉色都是一沈，那雙面繡豈能教外姓人。

三嬸看著一屋子人的臉色，心也慌了，硬著頭皮說道：「蓮花也是咱們自家人，讓阿蕾教教她怎麼了？蓮花若是沒個手藝，這以後該怎麼活？」

蓮花聽了這話，哭得更加可憐。

大伯娘把阿芙放到地上，衝著三嬸譏諷道：「弟妹啊，不是我說，蓮花是妳家人可不是咱們老陳家的，妳若是仗著平時對這幾個孩子的好來要脅，那可就太不是個東西了！」

三嬸聽了這話，瞬間氣炸，跳起來說：「大嫂妳這說的是啥話？妳平時連看也不看這幾個孩子一眼的，現在倒裝起好人來了？阿蕾受傷的時候，可是我一夜一夜的守著的。」

「老三家的，雖然咱們分家了，但是這丫頭能不能留在咱們老陳家，我還是能作主的；妳嫁進陳家就是陳家的人，說句不好聽的，照顧這幾個孩子也是應該的。」陳家大伯擲地有聲地說道。

三嬸被大伯的話震住了，身子一晃，滿眼期盼地望向陳家三叔，滿心思的想著自家那口子會幫自己說話。

三叔和三嬸今年才近三十歲，兩人感情一直很要好，成親這麼多年，一直甜甜蜜蜜的。陳家三叔看著自家媳婦兒滿眼祈求地看著自己，也是心疼，嘆口氣道：「大哥，我回去好好說她，你別氣。」

還沒等大伯再說些什麼，蓮花撲通一聲就跪在地上，給陳家大伯磕了幾個頭，又哭道：「大伯，你就可憐可憐我，別把我攆出陳家，離開姑姑我就沒有地方可去了，若是真的把我攆走，我還不如一頭撞死在這。」

被迫當了惡人的陳家大伯，手氣得發抖。

三嬸看著自己的親姪女跪在那哭求著，一下子心疼起來，抱著蓮花也哭道：「陳老三，你若是把蓮花趕走，我也不活了，正好我們娘兒倆一頭撞死，去見我哥哥去。」

大伯的手抖得更厲害了，大伯娘在那皮笑肉不笑地說：「弟妹，妳可別因關心自己的姪女就在這犯傻，我家那口子也沒真說妳這姪女必須走，不過是讓她斷了那不該有的心思罷了，妳們娘兒倆拿命來要脅，這唱的是哪一齣？」

好在三嬸不是個愛哭鬧的人，確保自己姪女能留下來後，也收斂了些。這事過後，到底是與阿蕾隔心了。

臨離開前，蓮花含淚地抓著阿薇的手。「好妹妹，這次是姊姊糊塗，不該妄想著妳姊姊的手藝，妳蓮花姊我也是個不易的，這次妳幫我勸勸妳姊，別讓她記恨我了。」

看著蓮花隱忍著淚水的樣子，阿薇早就心軟了，她反握住蓮花的手，說道：「蓮花姊妳放心，我姊不是那麼小氣的人，我會幫妳勸的。」

蓮花忙感激地看著阿薇，眼淚撲簌簌的往下掉。「謝謝阿薇妹妹了，今天都是我給妳們添麻煩了，害得姑姑和妳們……這真是我的罪過。」

阿薇張口啞然，只得拍著她的手，低語勸了幾句，待送走人，回來對陳蕾說道：「姊，不是我說，妳是不是討厭蓮花姊？她也是個不好過的，何必這樣針對她？」

陳蕾覺得被教訓得莫名其妙，回道：「我怎麼針對她了？」

阿薇被陳蕾問得頓時語塞。的確自家阿姊從沒有針對過蓮花姊什麼，三嬸要阿姊教蓮花姊打絡子，阿姊也是滿口答應的，阿薇嘆口氣。「這事怎麼鬧成這樣？」

陳蕾皺著眉頭，阿薇和蓮花這幾天走得一直很近，即便這樣鬧，都沒有說蓮花的一分不是，兩人之間的感情何時這般要好了？

陳蕾理了一下今天的事情，這個蓮花絕不是個簡單的，照道理說，能學打絡子已是不錯了，就算嫌棄這手藝不能夠養活自己，要學普通的刺繡針法，陳蕾也不會拒絕，可是她偏偏要學雙面繡，這般大的口氣，心豈會是小的？

方才大伯不過才撂下狠話，蓮花就立刻跪下來磕頭，她那一番動作下來，直叫三嬸心疼不已，三嬸此時哪能看得清蓮花是個有心機的姑娘？

陳蕾嘆口氣，只盼這蓮花是個有良心的，若是只想著自己，還不安分守己，怕是三嬸以後有得受了。

一想到三嬸，陳蕾心裡頗為複雜，在三嬸看來，她就該教蓮花；可在陳蕾看來，三嬸就不該開這個口。真是世事無常，誰也不會想到因為蓮花的出現，讓三嬸和他們家的感情有了裂縫。

當陳蕾看著趙明軒家的青磚綠瓦房的時候，是真心的喜歡啊！這比自家的小土房好多了，不得不感慨鄉親們的樸實，幫忙幹活的誰都沒偷懶不說，還蓋得很細心。

趙明軒看著陳蕾滿眼欣羨的表情，嘴角忍不住揚起一絲笑容。「我打算用剩下的青磚蓋點什麼，妳有什麼意見沒？」

陳蕾望向趙明軒，發現從蓋房子到現在，他時不時都在問著陳蕾的意見，雖然心裡明白他對她的在意，但陳蕾終究是俗人，她要的不只是心意相通，還有現實中的承諾，否則她著實沒有安全感。

經歷了這麼多年的走南闖北，趙明軒早已不是愣頭愣腦的傻小子，當初確定了自己的心意時，他便提出分家，就是怕以後陳蕾跟著自己會受氣。買了這塊地蓋房子，想的也是她若是嫁過來，兩家在牆中間開道門，陳蕾還是可以隨時照顧弟弟、妹妹們，這樣也不怕村人說閒話。陳家還是陳家，趙家還是趙家，誰也不圖誰的什麼。

看著陳蕾的眼神，趙明軒自是明白她的想法，寵溺地看著她，堅定地說：「等到年底我就去提親。」

趙明軒的這句話來得突然，沒有一絲浪漫，卻讓陳蕾心裡暖洋洋的，喜悅的情緒直達眼底。「我可要先說好，弟弟、妹妹們我是要管到底的，嫁妝、聘禮我都要承擔。」

陳蕾並沒有說這些錢不用趙明軒分擔，若是說了這話，才會傷到對方的心吧！夫妻本就是共同體，賺錢都是為了這個家，所以她要事先說清自己肩上的擔子，她可不想成親後，才因為這些事，鬧得彼此不愉快。

「這是自然。」趙明軒在外混了這麼多年，還是有些家底的，就是陳蕾再多上幾個弟弟、妹妹，那些聘禮和嫁妝他也出得起。既然認定了陳蕾，這些他自然心裡有數，愛屋及烏，陳蕾的弟弟、妹妹也就是他的弟弟、妹妹。

聽著趙明軒堅定且毫不猶豫的回答，陳蕾的嘴角瞬間彎了起來，這樣的男人自己還有什麼不知足呢？

「那……這些青磚就在後院蓋個豬圈和雞圈吧，再搭上棚架，這樣下雨也不用怕，還要蓋一間茅房，茅房一定要用青磚蓋。」不得不說古代的茅房還真是簡便，幾根木頭一圍就是茅房了，不說冬天冷得要死，就連颳陣大風也搖搖欲墜，讓陳蕾上個茅廁都十分痛苦。

是一個什麼樣的姑娘，在別人對她做出一生的承諾時，只有喜悅、激動，唯獨沒有嬌羞呢？趙明軒看著身邊的姑娘，這個看似什麼都不懂的姑娘，心裡其實比誰都清楚，也許她從沒指望誰會娶她，心裡卻也不是沒有期盼，這個姑娘總是讓他心疼。他的手情不自禁地摸著她的頭頂，烏黑的頭髮出乎意料的柔滑。「好，就按妳說的辦。」

在這個陽光明媚的上午，兩人就這樣三言兩語私定了終身，沒有疑惑、沒有猶豫，許是對的時間遇上了對的人，在不浪漫的地方和話語下，卻是滿滿的幸福和對未來的期望。

趙家長輩和村長都在趙老三家聚齊後，趙老三拿出之前已經寫好的繼承書，說來趙老三還是有點文化的，村裡就數他家孩子的名字最好聽。

村長接過繼承書後，趙老三的聲音聽起來有些沮喪地說：「家裡就這麼一間老土房，以後是歸老大的，還有二十畝良田，老大和老三一人十畝。」

趙老三說完，看了二兒子一眼，滿是愧疚。坐在趙老三旁邊的媳婦兒看自家那口子不說話了，忙暗地裡推他一下，卻換來趙老三一個怒視，她的動作才收斂了一點。

第十三章

「按理說父母在不分家，這次是老二想獨自出去過日子，也就提前把家裡的這些東西分一分，哪天我兩腳一蹬，孩子們也不會因家產爭執了。」趙老三說道。

村長看著繼承書，趙老三家的情況村裡人都心裡有數，這趙老三哪天若是真的沒了，他那媳婦兒估計第一個就會把前面那兩個兒子通通攆出去。

「家裡之前的銀錢都給老三下了聘禮，還剩五兩銀子，就給老二吧！」

聽到這句話的時候，趙明軒眉頭一挑，還沒待他說什麼，長輩們也等著趙老三接著說的時候，趙老三媳婦兒彷彿被針扎了似的跳起來，扯著嗓子喊道：「啥？你說把那五兩銀子給老二？我們之前可是說好了的，這錢不是留給老三蓋房子的嗎？」

趙老三看妻子當著這麼多人的面鬧起來，怒目看著她。「娘兒們老實坐著，哪裡有妳說話的分？」

看趙明軒蓋了磚房後，趙老三媳婦兒說什麼也吵著要給自己唯一的親生兒子蓋座房子，娶親時臉上有面子不說，媳婦進門也會對她更加敬重一些。趙老三禁不住自家婆子吹枕邊風，便答應會攢些銀子，也買塊地給老三蓋房子。

可真到了分家的時候，家裡總共就一間房子、二十畝地，老房子是要留給長子的，家裡的祖田也是要留給長子的，剩下十畝良田是給小兒子的。老二房子和田地都沒分到，若是還不給些銀錢，以後村裡的閒話可說不完了，他便決定把家裡剩下的銀錢全給了老二。

趙老三這麼一臨時決定，直接影響到他媳婦兒的算計，強勢慣了的人哪會這般好說話，大聲吼道：「你別在這兒嚇唬我，我跟你過了幾十年，伺候著你們爺兒們幾個，到頭來什麼好的都留給你兒子了，我兒子什麼也沒得到。趙老三，你若是不給我們娘兒倆蓋間房子，今天這個家誰也別想分，我這就搬到老二的房子住去，這房子可是在分家前蓋起來的，合理也該算是家裡共有的。」

趙老三被自己的媳婦說得一愣一愣的，族裡的長輩和村長，也都驚愕地看著趙老三家的媳婦兒。

「嗤，那房子落的戶可不是我爹。」趙明軒清冷地說。

「老三家的媳婦兒別胡鬧，那會兒妳家老二來找我買地，落的可是自己的名，這衙門裡可只認名、不認親。」村長收了趙明軒不少好處，自然要幫他說話。

村長都說話了，趙老三媳婦兒心裡又有些怕趙明軒，也不敢真去住人家的房子，想著跟趙老三過了一輩子，沒住上大房子不說，兒子還啥都沒撈到，跟趙明軒一比，那分明是一個天上、一個地下，立即悲從心中來，坐在那哭了起來。「你這是要我們娘兒倆怎麼活啊。」

趙老三看著自家媳婦這樣，張了張嘴，到底沒訓斥出聲，抬頭望向老二，眼底複雜。

趙明軒深感失望，心也死了。「那五兩銀子留著你自己用吧！我不需要。」

趙老三張了張嘴，沒拒絕，心虛得不敢再看二兒子，對著趙家幾位長輩和村長說：「這五兩銀子我便先留著，以後有了錢再給老二。」

趙家就此正式分家，趙明軒搬好了家，看著空蕩蕩的家裡，不禁摸了摸鼻子，這家裡可是什麼都沒有，連被褥都要買現成的，嘆口氣，若是能早點把媳婦兒娶進門，哪還用得著操這個心。

想著家裡鍋碗瓢盆樣樣都沒有，需要買不少東西，趙明軒牽起馬準備去借輛車，然後到鎮上買家用。

天氣暖和起來後，村裡人都開始抱著衣服去河邊洗，方便又不用換水，一堆人洗衣服還能閒聊解悶。阿薇正好也抱著一盆衣服準備去河邊洗，出門看到趙明軒便打了聲招呼。「趙二哥好，可是要出去？」

趙明軒衝著阿薇點點頭，說道：「嗯，去鎮上買些東西，妳去問問妳姊，可要幫忙帶回點什麼東西嗎？」

阿薇一笑。「趙二哥你等一下。」說完就跑回屋問陳蕾去了，心裡還想著這趙二哥人真不錯。

陳蕾聽阿薇說完後，搖搖頭，現在家裡還真不缺什麼，話說趙明軒去鎮上幹什麼？陳蕾想到這，拍了下腦門。「妳去洗衣服，我出去跟趙二哥說一聲。」

阿薇一愣，皺著眉頭說道：「趙二哥牽著一匹馬已經夠顯眼的了，妳再出去跟他說些什麼，估計村裡人……」

陳蕾好歹也是在守孝中，若不是因為要養弟弟、妹妹們，哪能這般隨便出去。阿薇年齡小可以不設防，她卻是要注意的。

陳蕾嘆口氣。「那妳就說不需要買什麼了。」說完，繼續繡起屏風來。

阿薇覺得大姊怪怪的，一看她又開始繡屏風，不禁頭疼。「姊，妳也歇一會兒，別累著了。」

陳蕾點頭應著。「嗯，妳快去吧。」嘴上說著，手可沒停下來。

阿薇無奈搖頭，出了院後對趙明軒笑道：「謝謝趙二哥了，我姊說沒什麼要買的。」

趙明軒聽了點點頭，有些失望，望向阿薇身後，並沒看到想見的姑娘，心裡嘆口氣，對阿薇說道：「那我先走了。」

「啊！」阿薇看著趙明軒離去的背影，腦子裡閃過一個念頭，又想著之前的許多事，不禁皺起眉來。

「阿薇，妳在想什麼呢？」

阿薇回過神，看蓮花也拿著一盆衣服，笑著問道：「蓮花姊也去河邊洗衣服嗎？」

「嗯，本想著過來看妳去不去呢！」蓮花聲音柔柔地說著，臉上也是柔和的笑容，全然看不出對之前的事有一絲的彆扭。

「正要去呢！」阿薇拿著洗衣盆，舉起來給蓮花看。

「那走吧！」蓮花說著，又轉頭看一眼已經走遠的趙明軒。

「阿薇，剛才跟妳說話的人是誰呀？」蓮花故作隨意地問道。

阿薇想著蓮花沒認識幾個村裡的人，便說道：「他是趙老三家的二兒子。」

自從看見趙明軒後，蓮花這幾天都心心念念著，她如今已是十五了，再不為自己打算，以後怕是更難嫁了，得知自己喜歡的人的身分，她立即欣喜起來，果然她的眼光是不錯的。

如今趙家分家鬧得沸沸揚揚，蓮花從自家姑姑嘴裡聽說過，得知這青磚瓦房是趙老三家那二兒子的。

看著砌得整整齊齊的青磚外牆，還有嶄新的紅木大門，蓮花暗想，這個趙明軒是個有本事的，若自己嫁給他，她也能住大房子了，還聽說他買了不少良田，以後的日子定是不愁吃穿，哪還需她費心，忍辱地去求別人。

想著住在另一邊的陳蕾，蓮花眼裡閃過一絲不屑，待自己嫁給趙明軒，定要好好嘲諷她一番。會繡雙面繡又如何？光是看她底下那些個小的，便把人嚇跑了，能嫁得出去才是怪事。這樣一想，彷彿前幾天受的屈辱都消散了。

阿薇見蓮花盯著趙明軒家門口不動，不禁疑惑，又想著蓮花方才跟她打聽趙明軒，更是皺起眉頭。搖了搖頭，今天她是怎麼了？總想這些亂七八糟的。「蓮花姊？」

正在作白日夢的蓮花被阿薇叫醒，神色略有尷尬，卻也是一閃而過，連忙解釋道：「原本我爹娘說開春也要重新把家裡修葺一下的，若是……」

阿薇怕她哭，忙安慰道：「蓮花姊別想這些了，妳爹娘肯定也不想看妳這般難過。」

「唉，我又哭了，還要妳憂心，真是對不住。」蓮花一臉歉然地說道。

「我們快走吧。」

看蓮花沒再傷心下去，阿薇隱隱地鬆了口氣，她性子本就好強，看多了蓮花哭哭啼啼的樣子，心都跟著累。

話說自從趙明軒搬了家之後，也就不上山耍棍法了，自己家地大，又自在，他想怎麼耍就怎樣耍。

這邊趙明軒耍得虎虎生風，那邊小松聽得心癢難耐，在院裡踮起腳，想看又不敢看的樣子，讓陳蕾看到不禁好笑。

「你這是在幹什麼？」

小松被大姊嚇了一跳，轉過身撓了撓頭，尷尬地說：「姊，我這不是想看看趙二哥耍棍嘛！」

陳蕾不解。「你想看踩個凳子看就是了，躲在牆根只能聽見聲音，啥也看不到，幹麼呢？」

小松有些尷尬。「不是聽說有些習武之人，都不願練功被人偷看嗎？偷看可是偷師學藝咧！」

阿薇出來正好聽到小松說的話，心思一轉，拿了個板凳放在牆腳，小松和陳蕾看了有些驚愣。

阿薇索利地站在凳子上，對在院子裡耍棍的趙明軒說：「趙二哥，小松想跟你學武呢。」

趙明軒聽到阿薇的話，停了下來，看著小丫頭只露出一顆腦袋瓜問他，點點頭。「妳大姊若是同意，便讓小松以後每天早晚過來。」

阿薇眼睛轉了一轉。「為啥偏要我姊同意咧？都是姊姊，我同意也是一樣的啊！」

陳蕾皺起眉頭，看著阿薇的背影，聽她說的話覺得有些好笑，忙上前把她拽下來，也不知道這丫頭在發什麼神經。

「唉，姊妳拽我幹麼？趙二哥還沒說答不答應呢！」阿薇抓著牆頭不下來。

趙明軒得知陳蕾也在院子裡，一笑。「以後讓小松過來便是。」

「就是，我家也不能什麼都要我姊作主，等她嫁出去了，這家可就是我說了算的。」阿薇笑嘻嘻地看著趙明軒。

趙明軒一愣，再看阿薇一臉打量的眼神，爽快一笑，這妹妹不錯！「那是，阿薇也是個小主人了。」

「可不是……」才說完，阿薇就被陳蕾拽了下來，小松趕忙站到凳子上。「趙二哥，我一會兒就要去學堂了，晚上我就過去。」小松說著，不禁有些羞澀。

「成，晚飯後你過來便是。」趙明軒爽快地應道。

小松和趙明軒聊著，這邊的陳蕾怒瞪著阿薇。「怎麼沒大沒小的亂說話。」

阿薇白了陳蕾一眼。「別以為我什麼都不知道。」

妳知道什麼？陳蕾一慌，心中所想的話沒問出口。

阿薇原本只是試探，一看自家老姊反應這樣大，立刻肯定了自己先前的想法。她就說嘛，趙二哥平白無故的在她家隔壁蓋房子，又是借牛、又是幫著要買東西，哪裡來那麼好心的人，更何況蓋房子的那段日子，老姊可是跑去看了好幾次。

阿薇小聲地說：「姊，妳可把握好了，別到最後那邊不過來提親，你們倆的事又被捅了出去。」

陳蕾彈了一下阿薇的腦門。「我們倆能有什麼事，淨瞎說。」

阿薇立即一副「我懂」的表情，可一想到趙二哥平時冷冰冰的樣子，還比大姊大了七、八歲，不禁有些難受。「姊，都怪我們拖累了妳，要不妳也不用偏要找個離家近的，年紀還大了許多的。」

陳蕾啞然。「妳快別瞎想了，我心裡有數。」讓她找個年齡相當，十四、十五歲的愣頭小子，陳蕾連想都不敢想，怕阿薇又瞎想，急忙說：「他是個好的。」

阿薇一愣，看著大姊臉色有一絲紅暈，眼底滿是溫柔，這樣的阿姊她還是頭一次看到。知道自家大姊是心甘情願的，她像要安慰自己般地說道：「好吧，年紀大會疼人，又住在家隔壁，若是妳被欺負了，我和小松也能過去找他算帳。」

陳蕾聽了心裡一暖，伸手溫柔地撫摸著阿薇的頭。「放心，長姊如母，便是姊嫁出去了，也會養你們的，這個我已經跟他說好了。」

阿薇和陳蕾之間的情感一直都很微妙，阿薇頭一次感覺到眼前這個女子，確實是疼愛自己的長姊，略有不習慣，瞪了過去。「妳嫁過去後就好好過日子，弟弟、妹妹我也能養的。」阿薇又正了正臉色。「姊，妳一定要幸福呀！」阿薇牽起陳蕾的手，誠心誠意地祝福著她。

陳蕾覺得有些感動卻又好笑，阿薇這樣子好像她明天就要嫁過去似的。「快去弄飯吧，小松還要去學堂呢。」

天氣一天天熱了起來，陳蕾之前就跟王嬸問過種菜的事，有些菜需要買秧子來種。聽王嬸說村裡有人家會栽秧子，比鎮上賣的還便宜，陳蕾就讓王嬸幫她留意一下。

王嬸一直忙活著，差點把這件事忘了，看著自家那口子翻出了菜種子準備種菜，才想起來道：「哎呀，我把這差事給忘了！孩子他爹，你留塊地，今年咱也多種些菜，我這就去找阿蕾，一起去齊寡婦那一趟。」

說完王嬸就把陳蕾叫了出來，兩人一起去了齊寡婦那。齊寡婦家有一兒一女，兒子今年已經十七了，因為家裡窮，一直沒找到媳婦，女兒還好，才十一，同阿薇一般大，還能再等一等。

陳蕾進了齊家，看著面相溫和的齊寡婦笑道：「齊嬸。」

「哎，可是跟妳王嬸過來買秧子的？我之前還聽這老傢伙說要來，可左等、右等的也沒等到人，還以為是在逗我呢！」

「瞧妳這張嘴，當著小輩的面也不知道收斂，快帶我們去看看秧子。」王嬸笑罵著說。

當陳蕾看到一株株綠油油的菜秧子，眼前一亮，彷彿買回家馬上就能結出蔬菜般。一整個冬天下來，陳蕾都快吃成白菜精了。

齊寡婦是栽秧好手，整個倉房裡全都是她培育出來的菜秧子。

菜秧子的品種其實也不多，只有茄子、尖椒和窩瓜，古代交通不便，再加上氣候不適宜，很多蔬菜還沒發展到北方，其實這個時代能有尖椒和馬鈴薯就已經很不錯了。

陳蕾不禁想著，要是能有朝天椒就更好了，炒菜的時候放一點，那個辣可帶勁啊！

她多買了些茄子，除了家裡吃，還打算秋後醃上一批蒜茄子，留著冬天吃；又要了些窩瓜，也可以放著過冬吃；尖椒要得少，種上兩叢也夠吃了。

王嬸看陳蕾買了不少，便說：「阿蕾買這些能吃完嗎？這窩瓜要上幾株也就夠了。」

陳蕾看自己拿了十來株窩瓜，吐了吐舌頭，一時高興沒注意，窩瓜是拿多了。「可不是，這窩瓜還真是拿多了。」

王嬸和齊寡婦都在一邊搖頭笑著的時候，一個身穿麻布衣的少年走了進來。「娘，我回來了。」

齊寡婦看是兒子回來了，高興道：「把秧子送過去了？」

齊平點頭。「送去了。」說完才注意到還有外人在。

王嬸和齊平自是認識的，看到陳蕾時齊平有些懵，原主平時就不怎麼出屋，村子裡的老人是看著她長大的，還能認得出來，但村裡的年輕小子卻大多不認得陳蕾。

齊平心中好奇，這白皙水靈的小姑娘是誰呀？怎麼一點印象都沒有。細看有點像陳老二家的阿薇，難不成是阿薇的姊姊？嗯，大概是了，她家的姑娘都長得白淨，比村裡其他姑娘好看些。

齊平其實也就是因為好奇，而多看了陳蕾兩眼。齊寡婦卻注意到自家兒子直盯著陳蕾看，也不禁看了陳蕾兩眼，眼裡有些不贊同。

待兩人都定好拿哪些秧子，算完價錢後，王嬸又誇了幾句齊平越長越俊的話後，陳蕾和王嬸才離去，齊寡婦也一直笑容滿面的。

看人都走遠後，齊寡婦才對兒子說：「你剛才看陳蕾那眼神都直了，我可先跟你說，那姑娘不行，聽說前陣子還拿棒子打了她舅母一頓，看著也不像是個能幹農活的，這成親、娶媳婦，還是要娶身體結實，能幹活還會生娃兒的好。陳蕾那丫頭也不像個會過日子的，看她買了多少菜秧子，他們不過小戶人家，這不是浪費錢嗎？再說了，她那弟弟、妹妹以後都是累贅，你要是把她娶回家非得累死你。」

齊平無非就是多看了兩眼，還真沒生出什麼心思來，再說他也知道自家的情況，這般好看的姑娘他可不敢想，聽了自家娘親的話，立即惱羞道：「娘，妳瞎說啥呢！」

齊寡婦瞪眼。「管你是不是那心思，反正你心裡得給我有數。」

齊寡婦的誤會陳蕾是不知道，若是聽了齊寡婦那些話肯定會嘔出血，估計以後見了齊平都會繞道走。

陳蕾買了菜秧子，和阿薇又把後院的地翻了一遍，等種完蔬菜、澆了幾次水後，陳蕾看著後院，頗有成就感。

自家的菜園子算是圓滿了，就等著它們發芽長大，到時候就可以換著菜吃，不論怎麼想，都是件美好的事情。

再看了眼已經長大的小雞，還有活蹦亂跳的豬仔，陳蕾吁了口氣，今年就先這樣，明年會更好的。

第十四章

陳蕾從鎮上回來後，就一直忙著，不是養豬、餵雞、種菜，就是繡屏風，她白天怕弟弟、妹妹們撞見，都是睡覺前才進入小作坊製作奶糖，可能是繡屏風用了太多精力，等陳蕾買完奶糖原料開始製作奶糖，在等待的過程中就睡著了，好在奶糖會自動歸入倉庫，而不是直接出現在現實生活中，要不然陳蕾早晚會露餡。

屏風繡了一大半後，陳蕾決定歇一歇，這才想起小作坊的事。趁著阿薇帶阿芙一起去阿蓉那，陳蕾趕忙進入小作坊頁面。

「小助理在不在？」說來小助理真的和其他小說裡的助理小幫手不一樣，妳不需要他的時候，他絕對不會出現，若不是有作坊在那，還真想不起有他的存在。

「有什麼需要幫助的？」機械化的聲音傳來。

「唔，升級要多少銀子？」

「首次升級只須一兩銀子，之後每次升級則乘以十倍計價。」

陳蕾一懵。「十倍？你這漲得也太嚇人了！」

「其實升過一次級數後，就可以花一百兩銀子開啟需求模式。」

陳蕾心中不解，小助理又說道：「就是妳可以要求小作坊出現什麼吃食製作，商鋪和作坊會自動多出原料與製作視窗。」

陳蕾眼睛一亮，這樣還不錯呢！太固定了不一定是自己想要的，說不定還會花冤枉錢。

「怎麼個收費法呢？」

「會根據市場行情定價。」

陳蕾仔細琢磨了一番，既然是按實價來計算，也就是說不會讓自己虧本，這麼一想，心情瞬間好了不少。

「嗯，我要升一級。」陳蕾爽快地說。

「好，銀兩已扣除，系統升級需要一天，請主人退出小作坊。」

待田間長出秧苗，又要忙著間苗。

因小松去學堂，陳蕾不放心阿芙一個人在家。天氣已經炎熱起來，陳蕾決定早上直接貼一些餅子，帶上足夠的冷開水，再拿點家裡醃製的鹹菜，她們姊妹三人一起去田裡，中午就直接吃餅子配鹹菜，也不用特地回家做飯。

阿芙聽大姊說要帶上自己，開心壞了，忙去翻出珍藏的遮陽帽和桃木扇，那遮陽帽是陳蕾之前特別幫她做的，戴在頭上像一朵荷葉，很好看，阿芙一直都喜歡得不得了。

待都準備好了，姊妹三人滿面笑容的走在鄉間的小路上，明媚的陽光照耀下，讓她們的笑顏也鮮亮了幾分，在這晨間的田野裡，陳家的三位姑娘也成了一道亮麗的風景。

到了自家田地，陳蕾把阿芙放在田間走道上，再把阿芙帶來的小凳子拿來讓她坐著，囑咐道：「阿芙乖乖坐在這，有什麼事跟大姊、二姊說，不能亂跑知道嗎？」

阿芙眨著水汪汪的大眼睛，仰起頭對陳蕾說：「阿姊，妳去吧，我就坐在這裡不亂跑。」

因阿芙的乖巧懂事，陳蕾整顆心瞬間融化了，微笑著揉了揉阿芙的小腦袋後，便和阿薇忙去了。

阿芙搧著小扇子，乖巧地看著姊姊們忙碌。

「姊，我們弄完自己家的地，還去幫三叔不？」自三嬸那件事後，陳蕾也沒上門去化解，三嬸更是一次都不曾來過，阿薇覺得兩家關係弄得有些尷尬，不禁問道。

陳蕾手一頓。「嗯，去。」不管三嬸怎樣，三叔卻是幫他們家種地的，不能因為這點嫌隙，就讓三叔一人受累，這樣她心裡也過意不去。

阿薇聽陳蕾這麼說，心裡鬆了口氣，幹起活來也輕快不少。姊妹兩人都年輕，彎腰間苗也不覺得有多累。

到了中午，小松下學跑了過來，手裡還拎著個食籃，大老遠的就喊著。「大姊、二姊，過來吃飯。」

陳蕾一開始還覺得好笑，小松怎一過來就喊著要吃飯，走近一看，才發現他手裡拎著食籃。「這是誰讓你送的？」

「路上碰到了三嬸，看到我就說正好不用過來給妳們送飯了，讓我送過來咱們一起吃。」小松撓了撓頭說，他也知道自家和三嬸的事，這會兒怕大姊唸他，神色惴惴的。

「快吃吧，吃完了小松回去休息一會兒，再去學堂。」阿薇在一邊說，接過小松手裡的食籃打開一看，是熱騰騰又香軟的玉米餅子，冒著香甜的氣息，還有一大碗豆腐蔥花湯。

陳蕾嘆口氣，隨意地坐在地上，姊弟幾人吃了起來。

眾人吃完，陳蕾看阿芙有些犯睏，都打起哈欠來了，她還小正是愛睡覺的時候，陳蕾不捨得阿芙跟著她們一起辛苦，便對小松說道：「小松，要不把阿芙抱回家睡一會兒吧，待你快上學的時候，我叫阿薇去接她。」

小松看妹妹眼裡冒著酸水，都快睜不開了，也心疼，點了點頭。「好。」

待小松把阿芙揹到後背上，小丫頭已經睡著。陳蕾目光柔和地目送著兄妹兩人離開的背影，嘴角揚起淺笑。

「阿薇，妳最近去過三嬸那沒？」自從和三嬸鬧了不愉快，阿薇去三嬸那的次數也少了，也沒跟陳蕾提起過。

阿薇邊拔苗，邊說道：「去過幾次，怎麼了？姊，妳還生三嬸的氣嗎？」

陳蕾搖一搖頭。「我壓根兒就沒生氣，只是……」

阿薇點點頭。「這事我明白，我都沒想過要姊妳教我雙面繡了，三嬸一下子就要妳教蓮花姊，是太不像樣了。」

陳蕾嘆口氣。「這事走一步看一步吧！不是我多心，妳可別和蓮花姊走得太近。」

阿薇停下手中的活，仰頭看著陳蕾。「我就說妳看不起蓮花姊吧！」

陳蕾皺著眉頭說：「不是看不起，只是覺得不像是一路人罷了。妳若是真可憐她，便把打絡子的花樣教給她就好，別的就別教了，若是讓人覺得妳對她的好是理所當然，可有妳受得了。」

陳蕾在現代看的人可多了，每次對人的直覺也都有七、八分準，蓮花給她的感覺是越來越不好。

其實跟蓮花相處久了，她那傷春悲秋的性子也讓阿薇領教得夠牙疼的，可是看著她的處境，到底是有幾分同情。

「姊，哪有妳說的那麼嚴重。」

陳蕾看阿薇滿不在意的表情，說道：「要不我給妳講個故事，說是從前有個大戶人家的老爺每天路過一個路口，就給坐在那的乞丐兩文錢，那乞丐便天天在那個路口等那位老爺，有一天那老爺路過看到他便說，我現在沒錢了，我把所有的錢都拿去給我的夫人治病。妳可知那乞丐是什麼反應？」

阿薇毫不猶豫地說：「自是要勸老爺莫急，他這般善心，他夫人的病一定會好的。」

陳蕾一笑。「那乞丐聽完，跳著腳叫罵道：『你敢拿老子的錢，去治你家臭婆娘！』」

阿薇立即皺眉。「這乞丐怎麼這樣？那哪算是他的錢。」

陳蕾垂頭拔苗，聲音帶著些許的嘲諷。「在他習慣了那老爺的施捨之後，他理所當然地認為那錢命中注定就是他的，若是那老爺不給，他還要詛咒一番呢！」

阿薇啞然，陳蕾看她聽進去了幾分，趕忙又說：「百種人有百種想法，妳的同情在他人眼裡，可能就是侮辱，人性的複雜完全不是我們能想像得到的。阿薇，有的時候人與人若想要長久相處，是要互相的，妳不時的憐憫蓮花，可想過她願意妳這樣待她嗎？」

阿薇看著陳蕾，張嘴不知該說什麼。她從未以蓮花姊的角度想過，就只是因為她們有相同的遭遇，她便覺得蓮花姊可憐，但她自己本身卻是不願別人可憐她什麼的。

「即便是她接受了妳的憐憫，可有一天妳沒能力再幫她了，那時候已成習慣的蓮花姊該怎麼辦？」陳蕾又乘勝追擊地問道。

阿薇說來年紀到底還小，一時接受不了陳蕾的這一番言論。陳蕾搖搖頭，說：「妳自個兒再好好想想，這世上害人之心不可有，防人之心不可無。」

阿薇點點頭，面色也有些許的沈重，現在想想她跟蓮花姊相處時，總覺得兩人之間隔了些什麼，她從來就沒看透過蓮花姊。不管怎樣，阿姊說得對，她不可能一直幫著蓮花姊，若是哪天她幫不上忙了，蓮花姊又習慣了呢？原來自己的憐惜，也有可能害了她！

阿薇性子好強，自主性也高，不管今天她說的話讓阿薇聽進去幾分，阿薇以後也絕不會再沒頭沒腦的一門心思幫著人家。若蓮花性子正直一些，她們或許能做好朋友，但要是蓮花還想占便宜……阿薇也不是傻子，今天她的話已經在阿薇心裡埋下種子，以後會怎樣全看她怎麼想了，身為姊姊，陳蕾只能在一旁默默扶植著阿薇，讓她少受些風雨。

聊了半天，阿薇趕忙回家去把阿芙抱回來，待夕陽西下的時候，姊妹兩人才把家裡的旱田間好苗，陳蕾看天氣已經不那麼炎熱了，便對阿薇說：「左右都忙到這時候了，再打些水澆澆地？」

阿薇抬頭看看天空，搖搖頭說：「不用了，估計明天會下雨。」

陳蕾也抬頭望天，除了看見些雲彩，也沒看出什麼，不懂阿薇是怎麼看出來的。

阿薇略顯得意地說：「這都是跟爹學的。走吧！阿芙，我們回家了。」

阿芙一聽要回家，可是高興極了，這一天真是無聊慘了。「二姊，回去要給阿芙做好吃的喔！」

「嗯，我們阿芙真乖，回去給阿芙煮顆雞蛋吃好不好？」

「嗯，挑個大顆的。」阿芙萌萌地看著阿薇說。

「好，就挑個大顆的。」阿薇寵溺地說，阿芙的乖巧實在是惹人憐愛。

第二天，陳蕾一起床，就看到外面下起了毛毛細雨，不禁咋舌，阿薇還真猜對了。早上做好飯，等大家吃完飯，便去各幹各的活了。

陳蕾回房看了看自己的屏風，因為絲線的數量有限，陳蕾繡的屏風比上次的規格小了許多，繡起來也快，眼看已繡了大半幅。陳蕾很期待這次的雙面繡能否賣得好價錢，整個人也渾身是勁，又埋頭苦幹起來。

阿薇一進屋就看陳蕾在繡屏風，頗為無奈，要說陳蕾最讓她頭疼的就是這點了，沒日沒夜地繡，一點都不知道要讓眼睛休息。「姊，怎麼又繡起來了，家裡現在又不是沒錢，妳慢慢繡唄！」

「繡完這幅以後，就不這麼趕了。」陳蕾笑著說道。

阿薇嘆口氣。「等幫完三叔家間苗後，我們挑一天去挖野菜吧！」

陳蕾停下手裡的活，想起小時候在孤兒院的院子裡有蒲公英，一堆小孩每人都拿了把小刀在那埋頭挖野菜的日子，那時候雖然苦，卻也挺快樂的，大家還幼稚地比誰挖得多，有的孩子取巧，一手挖著這個，另一手抓著另一株蒲公英不放，生怕被別人挖了去。

挖起來的蒲公英，院裡的婆婆會洗乾淨剁碎，再摻點肉餡包包子，雖然最後到了手裡往往只有一個包子，吃起來卻很香。

「好，多挖一些回來做包子吃。」

阿薇一笑。「好咧，正好給兩個小的解解饞。」

阿薇又嘗試跟自家阿姊聊了一會兒天，可看她沒有停下來的心思，便放棄了，不再打擾她。

一場小雨過後，天氣涼爽，陳蕾早早地起來，來到院子裡的灶臺準備燒水，便聽到小松從隔壁傳來的聲音，看來是在學武呢！

陳蕾燒好水後，又兌了些井水，用溫水洗漱完後，便坐在小凳子上，半眯著眼想事情。

她在跟小松學識字的時候也發現了，小松雖很努力，但對古文的悟性到底是差了許多，不知道是不是啟蒙太晚的原因。小松若是能考上秀才自然好，考不上就讓他去鎮上學門手藝，以後照樣也是能養家的，總比種田這看天吃飯的活兒要容易得多。

陳蕾正想著自家弟弟的未來，小松已經回來了，看自家姊姊半瞇著眼睛，以為她是睏得快睡著了，一時心疼，要不是為了讓自己吃完早飯再去唸書，阿姊也不用起這麼早。

陳蕾感覺身旁有人，便睜開眼睛，看到是小松回來了，說道：「唔，快把爐子上的鐵壺拿進屋裡洗漱去，再取一些井水兌成溫水啊！」

「嗯。」小松知道有些事勸阿姊也沒用，只有自己好好唸書，才是對阿姊最好的回報，他暗自下定決心一定要出人頭地。

小松的心思陳蕾沒猜出來，在小松拿熱水進屋後，院子落進了一顆小石子。陳蕾看到那石子是從隔壁院拋過來的，她一笑，拿著小凳子站到了牆邊，感覺這樣有些偷偷摸摸的，卻挺有趣。

趙明軒早就聽到小松和陳蕾在院裡聊天，聽腳步聲估算小松進了屋，便趁這個機會趕忙扔了石子進去，然後如願的看到心愛的姑娘在晨間陽光下明媚的笑顏，一時怦然心動。

「哎，怎麼往我家院裡扔石頭呢？打到人可怎麼辦？」陳蕾故作質問地說。

趙明軒看她那可愛的模樣，心中一樂。「沒猜錯的話，妳家院子裡沒人。」

中華武術博大精深，院子裡沒人竟也能聽得出來，陳蕾皺了下鼻子。「找我有事嗎？」

趙明軒點點頭。「我打算過兩天去鎮上買些家具，可有什麼想法？」

陳蕾聽後臉一紅，瞪了趙明軒一眼，自從那天後，這人越來越明目張膽了，就那麼確定自己會嫁給他！

趙明軒看她嬌羞的表情，心中很愉悅，當然他知道再這麼愉悅下去，說不定他家媳婦兒一惱羞成怒轉身便走了。

「咳，想好了沒？」趙明軒故作嚴肅地問。

算你識趣！「唔，你看著辦吧，先弄些簡單的，等之後，咳……」女方陪嫁裡是有家具的，陳蕾有些害羞沒能說出口。

沒等到回應，陳蕾抬眼望去，便看到趙明軒炯炯有神的眼睛，那陽光剛毅的臉上滿是高興的神采，陳蕾也不禁笑了起來，歪著頭道：「順便幫我多買些罈子和彩繩回來。」

趙明軒點點頭。「好，快回去吧，下去的時候小心點，別摔倒。」

陳蕾衝著他擺擺手，便趕忙下來去弄早飯了，回過頭看了看牆壁，陳蕾心裡甜甜的。

春雨貴如油，下了場春雨，整個村裡的人都樂呵呵的，幹起活來也更加賣力。

陳蕾和阿薇來到三叔家的田裡時，看到三嬸也在幫三叔間苗，便打了聲招呼。三叔自是樂呵呵的，三嬸卻是有些尷尬，她那天回去後跟自家的吵了一架，事後也後悔了，好在她們兩口子的感情一直要好，兩人又仔細聊了聊，心結解開後，倒覺得是自己一時糊塗，怎麼能仗著平時對陳蕾家的好來要脅人家，可因為是長輩一時拉不下臉來，如今看到陳蕾還有些尷尬呢！

陳蕾不知道三嬸現在還有沒有之前那樣的想法，看著三嬸，一時也不知說什麼好。

正好大伯娘走了過來，她和三弟妹好歹做了十多年的妯娌，也是瞭解她的，一看就知道這會兒三弟妹已是反省過了，便說：「她三嬸，妳都活了一把年紀，還跟小輩賭氣什麼，還是因為是長輩所以拉不下臉來？」

三嬸瞪了大伯娘一眼，心想就妳愛多管閒事，來到陳蕾面前，她輕聲地說：「阿蕾，別怪三嬸，三嬸也是一時糊塗。」

陳蕾聽三嬸這麼一說，鬆了口氣，既然說是糊塗，就表示不會再打那個念頭了。「三嬸我也有錯，不該讓妳難堪的。」

三嬸眼睛一紅，說來陳蕾也是她看著長大的，從小沒少疼這孩子，也算是半個閨女了。之前這孩子那樣做多少讓她傷了心，可這也怪自己，孩子小不懂事，自己一把年紀了還……「唉，阿蕾這次別怪三嬸就行了。」

陳蕾看三嬸眼睛都紅了，一下子心疼了幾分，直覺這是原主殘留下來的情感，一時心裡複雜。「三嬸，咱倆以後都不提這事了，我和阿薇這不是特地過來幫三叔幹活了嗎。」

三嬸臉上一樂。「還是阿蕾和阿薇懂事。」

阿薇看三嬸和大姊關係又好了起來，心裡高興不少，畢竟三嬸從小沒少疼自己，真就這麼生分了也捨不得，人心都是肉長的，感情哪是說捨就能捨的。

阿薇心裡鬆了口氣，四處看了看，疑惑地問：「三嬸，蓮花姊怎麼沒來？」

大伯娘一聽阿薇這麼問，好像找到了宣洩口，上嘴唇碰下嘴唇地說個不停。「妳三嬸心軟，人家在家哭兩聲她就不讓過來了；不是我說，她一整天跟個大小姐似的，這活不願幹、那活幹不了，弟妹妳就這麼慣著她？」大伯娘一直就不看好蓮花，她可是明眼人，看那蓮花柔柔弱弱的，一看就不是個會幹活的。之前她在家要怎樣，老陳家管不到，可到了老陳家還這樣，這姑娘可真是掉價了。

阿薇聽了皺皺眉頭，有些心疼道：「三嬸妳的腰本來就不好，怎麼不讓蓮花姊過來幫三叔？」此時阿薇對蓮花也頗有怨言了。

陳家三嬸也說不清，自家姪女自小就水靈好看，大嫂一直嬌養著，就想讓閨女嫁個秀才、舉人當夫人，後來跟隔壁村的秀才家訂了親，更是當大小姐來養，何曾下過田。那天還沒等她開口，姪女就說要下田去幫忙，可那眼裡隱隱冒著淚光，陳家三嬸就知道孩子是想爹娘了，一時心軟，又想著會把姪女接過來不就是不願讓她受委屈嗎？可蓮花不下田，她也沒臉真讓自家那口子養著她們倆，一咬牙便也跟著下田了。

「妳蓮花姊一時不適應，等過陣子就不會這樣了。」三嬸和氣地說。

阿薇聽得眉毛都快打結了。

陳蕾此時也不知該說什麼了，三嬸實在是太善良了！

大伯娘就氣三弟妹這個性子，兩人是妯娌，就她看起來心善，大家都覺得她心疼孩子，自己倒像是個壞人似的。老二家這幾個孩子就不說了，可看她被她家姪女這麼拿捏著，有些氣不過，怎麼說也相處了十幾年，早把她當成自家人，哪裡看得下去一個外來丫頭這麼欺負人。

「哼，妳就這麼慣著那丫頭吧！早晚妳會後悔的。」說完，大伯娘就回自家田裡幹活去了。

第十五章

陳蕾姊妹兩人面面相覷，頗是無奈。「三嬸，妳回家忙家務吧，我和我姊都來幫忙了，用不上妳了。」

這間苗更加傷腰，三嬸一定會累出病的。三叔也乘機說道：「妳看孩子們都這麼說了，妳快回去吧，我們三個幹活也快一些。」

三嬸眼裡有一絲猶豫，她之前幹了一天活，腰確實有些吃不消，好在中間下了一、兩天的雨，還能歇一歇，若是這兩天還這麼幹，怕是……

陳蕾看三嬸一臉不安，忙說道：「三嬸回去做飯吧，阿芙還在阿蓉那玩呢，妳都好久沒去看看她了，小丫頭一直想著妳呢！」

「就是，阿芙直說妳有了蓮花姊就不疼她了。」阿薇也笑著說道。

三嬸想了想，可是有些日子沒見阿芙了，想著那小小軟軟的姪女，心都軟了，再看眼前的兩個姪女，她腸子都要悔青了，當時自己怎麼就那麼糊塗。「我這就去妳大伯娘那接阿芙，妳們姊妹倆放心就是了。」

陳蕾點點頭，因為阿芙乖巧聽話，在田裡又著實沒什麼意思，她便把阿芙扔到阿蓉那去玩，心裡卻總惦記著。阿蓉連自己都照顧不好呢！想著若是有三嬸照顧，她放心多了，不管怎樣，三嬸確實是真心疼阿芙的。

待三嬸離開後，三叔拍了拍陳蕾的頭說：「好丫頭，三叔沒白疼妳。」

陳蕾搗著腦袋說：「三叔，你也輕點啊！那一手的力氣可疼死我了，再說我又不是小孩子了。」

三叔笑了笑。「是呀，丫頭已經長大了！快幹活，可不許偷懶。」

阿薇吐了吐舌頭。「三叔真是個討厭鬼。」

三叔瞪大了眼。「沒大沒小的。」

阿薇怕大伯，卻不怕三叔，三叔一向好脾氣。

三嬸這事就此算是和解了，陳家一大家子又恢復了往日的和諧。

間苗過後，村裡人都沒什麼大事，便過著自己的小日子，養雞、餵豬，沒事去田裡澆澆水，隔段時間施施肥，晚間聚在誰家門口，打打牌、聊聊天，閒話家常，也是一番和樂融融。

許是上輩子真的孤獨怕了，來到古代過這樣的日子，陳蕾每天都很開心充實。沒了現代社會中的競爭壓力，還有一手繡功和小作坊的幫襯，她的古代生活過得挺安逸，卻也時常讓她覺得不真實，懷疑這只是一場夢，害怕夢醒了，就什麼都沒了。

這一天，陳蕾開心地拿著趙明軒買回來的彩繩，阿薇則疑惑道：「姊，雖然過幾天就是端午，也不用買這麼多彩繩吧？咱家就這幾個孩子，也用不上這麼多呀！」

陳蕾一臉得意地說：「想得美，這麼好的彩繩才不給你們戴呢！你們到時候拿彩線編一編戴上就是了。」

阿薇眼睛一亮。「姊可是又有什麼法子賺錢了？」

陳蕾點點頭。「我想編一些手環。」陳蕾過去將各種手工藝差不多都學全了，在現代網路上賣的那些手環樣式對她來說簡單得很，只要看一眼，她就能編出一模一樣的。端午節講究要佩戴五彩繩避小鬼，大戶人家也不例外，她編一些花樣精緻複雜些的手環，也不愁賣不出去。

阿薇覺得光靠手環，是能賣出個什麼好價錢來？在陳蕾編出一個蝶戀花樣式的手環後，她睜大眼睛不敢置信。「姊，妳是怎麼想到的？」

「嗯，妳姊腦子靈光，一想就出來了。」陳蕾開玩笑地說。

阿薇瞪了陳蕾一眼，愛不釋手地把玩著手環。

「行了，我教妳幾個花樣，這些彩繩妳和阿蓉一起編吧，也好賺些零用錢。話說回來，妳什麼時候打算跟我學刺繡？」陳蕾問道。

阿薇只是低著頭看手環。「姊，那雙面繡我是學不來的，妳還是把打絡子的本事全教給我吧。」

「也不一定要學雙面繡，我還可以教妳幾種針法。」

阿薇把手環放到一邊，對自家老姊認真道：「姊，我知道妳是想讓我多學點手藝，以後好過日子，可我也看過妳的繡品了……我……沒那靈氣。」

陳蕾啞口無言，在古代最不缺的就是會刺繡的姑娘，若是繡出來的東西配色呆板、沒有靈氣，壓根兒賣不出去，還不如打絡子來得好賺錢。就像原主的繡品，當初賣的時候就是遭老闆娘嫌棄的。

「好吧，哪天若是想學了，再跟姊說。」

「算了吧，看妳天天在那繡著，我都頭疼了。」阿薇一副懼怕的樣子。

陳蕾用手點了一下她的額頭，頗是寵溺。

日子過得飛快，端午前有集市，王嬸問陳蕾去不去。陳蕾前幾次都沒去成，當然不會放過這次機會。

到了鎮上，還是老規矩，她獨自一人走向繡鋪。到了繡鋪，老闆娘正忙著做生意，看到陳蕾來了，隨意道：「丫頭先在那裡坐坐。」

陳蕾點點頭，坐在一邊，就看老闆娘一張嘴不停地誇著手中的繡品，硬是讓人插不進話，不禁佩服，待那人家被她說得有些懵懂，買了繡品離開，老闆娘才對陳蕾笑道：「可是過來取錢的？」

陳蕾點點頭。「還有過來給老闆娘看看我這手環賣得出去嗎？」

老闆娘接過布兜，翻開一看，眼睛馬上一亮。「妳這姑娘不僅手巧，腦子也靈光，過幾天便是端午，這五彩手環定能賣得出去。」

陳蕾笑笑。「那就老規矩。」

「成。」

陳蕾等著老闆娘把上次阿薇和阿蓉打的絡子錢拿過來，總共五百文錢，正好一人一半，看著這數字，陳蕾一陣好笑。

出了繡鋪，陳蕾趕忙去了香品軒，到了香品軒門口，她差點沒認出來，好在小二一看到她便迎了出來，說道：「姑娘怎麼不進來？」

「唔，我都要認不出你們這家店了。」陳蕾看著重新裝潢後的店面說。

「我們東家年後就開始修整所有的店面，這不前個月才輪到了我們店。」小二邊說，邊迎陳蕾進門。

陳蕾點點頭，原來付掌櫃身後還有東家的，聽小二這麼說，這個東家該是開了不少的店面呢！

「姑娘這次帶了多少糖角子？」

「只做了四斤，不過給小二哥看一樣東西。」陳蕾說完，打開一袋油紙包。

小二一看樂了。「嘿，姑娘妳哪裡撿的石頭，這顏色還挺多的。」

陳蕾拿起一顆石頭，趁小二說話的時候，塞到他嘴裡。

「唔……」小二嚇了一跳，不小心一咬，咯的一聲，心裡頓時叫道，完了、完了，牙壞了！咦，不對，這石頭怎麼這麼軟？唉，怎麼是甜的？小二哥轉著眼珠子又嚼了兩口，不可思議道：「嘿，這石頭是糖。」

小二還驚魂未定，付掌櫃早已走了過來。一開始看陳蕾餵小二吃石頭，他也嚇一跳，想著這姑娘是怎麼了？聽那小二嘴裡咯的一聲，就連付掌櫃都覺得牙疼，後來聽小二說是石頭糖，他忍不住好奇，也拿起一塊石頭。

咦，這手感不對，放在嘴裡後用舌頭舔了舔，付掌櫃眼睛為之一亮。

「姑娘好手藝，這糖做得跟石頭似的，不過跟妳之前賣的糖角子味道卻又不一樣。」

「嗯，我這是石頭糖，用的原料跟之前不同。」陳蕾笑著說。

付掌櫃點點頭。「不如這樣，老規矩，先賣著，之後再看行情定價錢。」

陳蕾點點頭。「我這次只做了一斤，掌櫃的先賣著，等下次來把賣的價錢給我一半便是。」

付掌櫃一樂。「好說。」

陳蕾把奶糖秤了一下，拿了十兩銀子後便出了香品軒。

不知怎的從剛才起，就覺得心裡有些慌亂，她突然有些不安，便加快腳步回去找王嬸。

陳蕾這次賣東西沒花多少時間，到了王嬸擺攤的地方，王嬸看到她還驚訝道：「阿蕾這麼快就完事了？沒逛一逛？」

陳蕾皺眉。「嬸子，不知怎地，我這心裡悶得慌，有些擔心阿薇他們。」

王嬸聽了也皺眉頭，村裡人最迷信，平時眨個眼睛都要琢磨片刻呢！看陳蕾神色有些焦處，便道：「要不讓妳左叔先送妳回去？」
陳蕾看天色還早，牛車一來一回時間也夠，並不耽誤接王嬸和村裡的人回村，便點頭。
「我到時候給足左叔銀錢，不會讓他白跑的。」
王嬸一笑。「妳這孩子，這般客氣，先等等。」
王嬸把自己的貨物託付給村裡的小媳婦，就領著陳蕾去等車處。
左叔有錢賺自然願意帶陳蕾回去，一路也算順利，到了村口，陳蕾給了左叔二十文錢，便趕忙往家裡快步走去。
離家門口不遠處，陳蕾聽著吵鬧的聲音，頓時心裡咯噔一聲，又看見自家門口圍了一些人，她臉色瞬間白了幾分，趕忙跑到家門口。
到了家門口，便看阿薇雙眼空洞的坐在那，阿芙小小的身子擋在阿薇身前，眼裡倔強地看著在那哭鬧不休的一群人，周圍的人指指點點，讓阿芙忍不住緊抿嘴角，眼淚鎖在眼眶裡，卻一滴也不肯掉下來。
看見這般場景的陳蕾，一下子心疼慘了，忙擠開人群，跑過去抱著阿芙。「阿芙不怕，大姊回來了。」
「大姊妳怎麼才回來？」阿芙彷彿找到了靠山般，一下子大哭起來。
陳蕾被她哭得心裡一陣抽痛，臉色猙獰地看著在自家門口吵鬧不休的人。
原來是舅媽帶著自家閨女，正跟大伯娘吵著，三個人也沒注意到陳蕾回來了。

「怎麼實話還不讓人說了？那阿薇就是個掃把星，剋死了爹娘，連趙老三家都害怕被她剋了，趕忙給小兒子訂親，這沒錯吧？我說的不是實話？」舅媽大聲嚷嚷道。

「妳個黑心的，竟在這瞎說，我非撕了妳這張嘴不可。」大伯娘紅著眼睛說，被氣得不輕，老陳家的姑娘名聲是徹底被這老不死的給敗了。

「妳敢打我娘試試。」舅媽的閨女，也就是陳蕾的表姊上前推著大伯娘，舅媽乘機又撓了大伯娘幾下，大伯娘上前去打舅媽，表姊又過去撓大伯娘，大伯娘就是再厲害，也招架不住兩個人的攻勢。

陳蕾聽著幾個人的對話，已經知道了大概。她臉色鐵青，看著阿薇的眼神空洞，目光呆滯地望著她。「姊，我出生時娘差點難產沒了，是真的嗎？還有滿月的時候，爹喝多了酒摔斷腿，也是真的？妳是不是就因為這些事才一直不理睬我？還有那親事是不是也是真的？」

陳蕾趕忙搖頭。「不是，沒有的事，都是她們瞎說的，阿薇妳別信。」

阿薇的眼淚一下子掉下來。「怎麼會是假的？明明都是真的！」

陳蕾看阿薇有些神志不清，一時亂了心神。「阿薇，不是妳想的那樣，妳靜下來聽我說。」

「誰說我們老趙家退了陳家的親事？」一個滿含殺氣的聲音突兀地闖了出來，瞬間讓眾人驚住，一時打鬧的也不再打鬧，說閒話的也靜了下來。

此時趙明軒如索命閻王似的站在那裡，頗為嚇人。

「妳是聽誰說我們趙家訂下的是陳家二姑娘？」趙明軒一字一句地問。

那舅媽被趙明軒嚇住了，一臉有口難言的樣子。

「不是阿薇還會是阿蕾不成？」表姊壯著膽子說，聲音有些顫抖。

趙明軒冷笑，讓眾人不禁背脊發涼，他突然轉過身面向村裡人，大聲說道：「陳家與我爹一向交好，兩人確實說過親事，卻一直沒訂下人來，正好我回來，我爹便作主訂了我和陳蕾的婚事，這才給家弟另找了人家。因陳家雙親不在，我家便沒先來提親，可卻也跟陳家大伯商量好了，只等年底就來提親。」

眾人恍然大悟，人家趙老三跟陳老二可是處得跟親兄弟似的，怎可能做這背信棄義的事；還有那三兒子要訂親哪有比哥哥先訂的，本還以為趙老三是個糊塗的，原來人家這邊有隱情，怪不得阿軒在陳老二家旁邊蓋房子，這都是打算以後照顧人家弟弟、妹妹哪！

第十六章

趙明軒說完，回頭看向陳蕾的舅媽，陰沈地問：「這般毀人聲譽，可是以為沒人能治得了妳嗎？」

舅媽被趙明軒說得心頭一顫，可一想也就是嚇唬她，剛要說什麼，就聽趙明軒又道：「我手上人命無數，不怕再多幾條。」

舅媽立即不敢說話了。那趙明軒的表情不含一絲假意，令周圍的人也不禁倒吸一口氣，眾人面面相覷，有些識趣的已經先散了，也沒人敢再明目張膽的說閒話。

這會兒，眾人心中都不禁可憐起陳蕾，要嫁給這麼一個煞星，這日子以後可怎麼過？

舅媽心裡暗罵陳蕾運氣好，抓著自己女兒的手。「我們走。」臨走前又對陳蕾罵道：「阿蕾，別怪舅媽沒提醒妳，妳這是被老陳家給賣了。」

一把飛刀直接飛過那舅媽的頭頂，插在她的髮髻上。表姊一下子尖叫起來，臉色煞白，舅媽也被嚇得失禁，尿液瞬間濕透了衣裙，原本圍在她身邊的人都又害怕又嫌棄的退了開來，那舅媽趕忙連滾帶爬的離開，生怕趙明軒追過來。

陳蕾感激地看了趙明軒一眼，回過頭把阿薇扶起來，架著阿薇返回屋裡。

有趙明軒在，村人也不敢再看熱鬧了。別說是看熱鬧，今天說閒話的那些人，都擔心著趙明軒會不會一個不高興便衝到家裡來大鬧一番。

一時陳蕾家門口，就剩下趙明軒和陳家大伯娘。

大伯娘看著趙明軒，眼底複雜，阿蕾是非嫁給他不可了。大伯娘心裡擔憂，這年紀大還好說，可那脾氣……以後要是阿蕾惹他生氣了可怎麼辦？

「這是作了什麼孽喲！」大伯娘嘆了口氣，便趕緊跑回家找自家那口子商量去了。

在趙明軒出場的時候，村人一直沒注意到趙老三媳婦兒帶著人正好路過來看熱鬧，趙明軒那如煞星般的氣勢讓趙老三媳婦兒心裡直打顫，一句話都不敢說。跟她一起過來的一位婦人臉色鐵青，旁邊的姑娘則抿著嘴，眼裡滿是羞憤。

人群散了後，那姑娘隨即轉身離開，旁邊的婦人也追了上去，趙老三媳婦兒的臉色由白轉紅，再由紅轉青，最後由青轉白。

「娘妳現在可看清了？我這個姑姑有好事會想到咱們家？不過是由著人家來作踐咱們。」那姑娘嘲諷地說。

「孩子她姑姑妳這是啥意思？妳家老二明明有了婚事，還說要給荷花作媒！是想讓我們荷花做小嗎？妳這安的什麼心思，便是他再有錢，我家荷花也不會給人做小。」趙老三媳婦兒的嫂子李氏，憤怒地說道。

「哼，好在今天被我們碰上了，若是不知道，就那人的脾性，姑姑，妳可真是替姪女著想呢。」荷花臉色陰沈地說。

李氏知道自家這個小姑跟那個不是自己親生的二兒子合不來，她一開始是禁不住小姑子的花言巧語，說這趙家二兒子手裡有錢，性子又沈悶好拿捏，只要荷花嫁過去，絕對不會受了委屈，只等享福就行。荷花起初不同意，是她招架不住小姑的那些好話，硬是拉著女兒過來，現在心裡可後悔了，這事若是傳出去，讓她們娘兒倆的面子要往哪擱。

「我家老二那都是胡說的，哪有的事，我和我家那口子定不會同意，我們不同意他就不敢娶，嫂子放心，荷花哪會給人做小，這也是我親姪女，我怎麼會害她。」趙老三媳婦兒一臉誠意地哄騙道。

「呸，那脾氣也是你們兩口子能管得住的？若是管得了，人家還會分家出去住？原是我糊塗了，才聽妳那些鬼話。荷花我們走！小姑，這事妳跟妳哥好好說一說吧！」李氏怒氣沖沖地說完，拉著荷花就離開了。

趙老三媳婦兒氣得跺腳，轉身進屋去找趙老三，她說什麼也不能讓陳家姑娘占了便宜。

走在路上的荷花，對李氏道：「娘，不是我要說什麼，姑姑那德行妳又不是不知道，沒有便宜可占，她哪會想到別人，這次給我說親事，我就知道沒好事，妳偏不信。」

李氏嘆口氣道：「我這不是想著她畢竟是妳親姑姑，若真是嫁到趙家，她是妳婆婆怎麼也照顧得到妳。」

「照顧？不被她害死就不錯了。」

「好了、好了，這事怪我糊塗，回家一定要跟妳爹說說，這都什麼事呀，不給咱娘兒倆一個交代，我可跟她沒完。」

「哼，照我說，以後咱家就不該和姑姑來往，妳也看到她家二兒子那個樣子，別哪天因為她，而害咱們家惹禍上身，鬧出什麼事來。」

李氏心中一顫，直唸「阿彌陀佛」，這小姑無德，可別連累了自己家。

話說回來，陳蕾的舅舅欠了一屁股債後，就真扔下老婆、孩子跑了。舅媽砸鍋賣鐵的還了債，連口飯都吃不上，最後還是決定領著女兒到陳家要錢，誰讓就只有這一家能欺負了。

阿薇看到舅媽和表姊氣勢洶洶地走過來，必定沒什麼好事，費了好大的勁才把人推到院門口，舅媽正要動手，大伯娘恰巧趕了過來，頓時亂成一團。

後來舅媽滿嘴胡話，口無遮掩的便把阿薇的親事說出來，還說了不少難聽話，阿薇頓時就懵了。阿芙看二姊的樣子嚇得不輕，守著姊姊一步都不肯離開，之後陳蕾便回來了。

姊妹幾人回到屋裡後，阿薇還是呆呆傻傻的樣子，陳蕾仔細回想了下，並沒有對阿薇出生時那段事情有印象，原主之所以不理自家這個妹妹完全是兩人性格不同，合不來而已。

「舅媽的話妳也信？」陳蕾看阿薇那副模樣，氣不打一處來。

阿薇此時也理智了一些，無力地說：「便是不信，她說的那些話也讓我沒法見人了，村裡人聽了誰會不信？」

陳蕾嘆口氣，原主的這個舅媽真是太過分了，古人最重視的就是名聲，她當著這麼多人的面說出阿薇被退親的事，這是要逼死阿薇呀！現在想起來，真恨不得趙明軒剛才那把飛刀直接插在舅媽的喉嚨上，讓她再也說不出話來。

「爹之前可是真的與趙家訂了親？」阿薇不是傻子，今天趙明軒的出現，全是看在自家阿姊的面子上，若是沒有自家阿姊在，她這輩子算是徹底毀了。想起爹娘剛沒，趙家就給兒子訂婚，她心裡一股火便竄了上來，他們怎能這樣？

一時屋裡靜了下來。

姊妹三人還沒完全平靜下來，陳家大伯就怒氣沖沖的進來，看到陳蕾便衝上前去，抬起手來作勢要打下去，卻硬生生的停在半空中，改為顫抖地指著陳蕾。「妳和趙明軒是怎麼回事？」

陳蕾被大伯嚇到了，看著大伯臉色鐵青，連嘴唇都是顫抖的，一時說不出話來。

大伯娘進屋就攔著說：「你這是做什麼？嚇著孩子了。」

阿芙站在陳蕾身邊，抓著陳蕾的衣裙，眼淚啪啪啪的直往下掉。

阿薇也來到陳蕾身邊，顯然也被嚇得不輕。

大伯把自己用了多年的煙桿子扔了出去，蹲在地上，鐵錚錚的莊稼漢子，摀著頭痛哭道：「二弟，都是大哥對不起你呀！當初就該把幾個孩子接到我那。」

在陳蕾的想法中，既然沒寄人籬下，她的婚事當然是自己作主。

而此刻大伯深深地愧疚著，在他眼裡，趙明軒是個不錯的孩子，可若是要當女婿那是萬萬不行的，年紀大上許多不說，那投過軍的都是匪類呀！他們老陳家的女兒嫁過去，受了欺負也只能忍著，一個不好，就連死了也無法出氣。

方才聽自家那口子說完事情經過，陳家大伯的心瞬間涼了，在見到阿蕾時他是真的想要痛打阿蕾一頓，可理智拉回了他，阿蕾斷不是那種會隨便勾搭人的孩子，定是趙明軒看上阿蕾。若是之前把幾個孩子接回自己家裡，今天這事就不會發生。

大伯蹲在屋裡的地上，不停地愧疚、掙扎著，事已至此，為了陳家其他的姑娘，阿蕾肯定是要嫁的。

「孩子他爹，你這是做啥，我看那趙明軒也是個不錯的，他看上阿蕾，還能委屈了她不成。」大伯娘看著自家那口子蹲在地上，心疼地勸道。

大伯彷彿沒聽到大伯娘的話，獨自悶了一會兒，說：「阿蕾，以後別怪我們，我們也是為了……」

「大伯，這理我曉得。」陳蕾心情複雜地看著大伯，到嘴邊的話卻說不出口。唉，在古代，這也算是私相授受，她對大伯也有幾分愧疚。

大伯看著陳蕾堅定的態度，以為她為了保護妹妹，有些欣慰也有無奈，神態頗是疲憊地邁著步子離開了。

待大伯和大伯娘離開後，阿薇突然間神色怪怪的。「阿姊，大伯為啥會那般不看好趙二哥？」

陳蕾搖搖頭，她也不知道。

說來趙老三一直覺得對不起陳家，陳老二跟他也是從小玩到大的，兩人好到能穿一條內褲，若不是自家婆娘撒潑，鬧得家裡沒一天消停，他也不會同意悔親。

待聽自家婆娘說了今天的事，他眼睛一亮。是了，小兒子訂親了，老二還能娶陳蕾，這樣就不算失信於兄弟，他忙下炕穿鞋。

趙老三媳婦兒的話才開頭沒多久，便看見趙老三下了炕，問道：「這是要幹啥？」

「去拿銀子給我，我這就去找媒婆，到陳老大那訂親去。」

「啥？你要去訂親？瘋了不成，那老陳家的姑娘可是個晦氣的。」趙老三媳婦兒本打算要自家那口子不同意這樁婚事，一聽到趙老三的話，她立刻跳起來。

「瞎嚷嚷個啥？咋，妳親兒子妳不讓娶，我兒子妳還要管？」趙老三這回說什麼也不能再聽自家婆娘的了。

趙老三媳婦兒一下子氣炸。「什麼叫我兒子、你兒子的？咋，老二不叫我娘？」

「可不就是沒叫過妳娘！」趙老三順嘴說道。

趙老三媳婦兒一下子被堵得瞪大眼珠子，看著趙老三，心想這日子沒法過了。

趙老三看自家媳婦這樣有點心虛，又勸道：「妳嫁進來後是怎麼對老大和老二的？別以為我不知道妳怎麼想的，以為老二會順了妳的心嗎？今天兩家親事都被捅出來了，老二又那般說了，妳不讓娶，這不是讓人戳脊梁骨嗎？以後這村子我們如何待得下去？」

趙老三媳婦兒聽完，神色暗了下來，隨後不願地說：「陳家的姑娘真是晦氣，這般躲還沒能躲過，以後日子可怎麼辦？」

「行了，別一口一個晦氣的叫著，娶進來了就是一家人，陳蕾那性子咱都知根知底的，是個好姑娘，沒準兒娶進來能讓老二與咱們親近些。」趙老三說完，覺得自己說得挺對，陳蕾的性子軟，說啥聽啥，讓她在老二面前說和、說和，沒準兒真能把關係弄好。

「哼，你說得也是。話可說在前面，不管老二是不是我親生的，這老二媳婦也得聽我的，若是不聽，以後我還怎麼管其他哥兒倆的媳婦？」趙老三媳婦兒到最後也不忘要掌權，把陳蕾棍打舅母那回事完全給忘得一乾二淨了。

訂親一事水到渠成，看在趙明軒年紀不小了，陳蕾出了孝就可成親。

陳家大伯和三叔雖然心裡不同意，可也知道姑娘嫁過去就是在人家家裡過日子，也不能給老趙家臉色看，便和和氣氣地答應，親事算是成了。

後來陳蕾才知道大伯對官兵是有一些偏見的，說白了是懼怕，他們擔心她以後受了委屈，身為長輩的他們不能幫著出氣。頓時心中一暖，想起之前看的電視劇，女兒出嫁前，父母往往想的不是最好的一面，而是女兒以後會不會受委屈，此時她總算是體會到了，陳蕾內心滿是感激。

親事訂了下來，陳蕾也曾想過趙明軒是否為良人，想到最後她搖頭一笑，既然決定是他了，就要給他全然的信任。

她不能像其他姑娘一樣關起門來，一心一意地繡嫁衣，畢竟要養活弟弟、妹妹們，有許多農活要忙，大多數人心地好，不會多嘴，是以陳蕾依舊自在。

阿薇緩了兩天，心情才好起來，不再糾結舅媽的話了。

挑了個天氣不錯的日子，姊妹一人揹著一個背簍，去山腳下挖野菜。她們把阿芙放在大伯娘家，讓阿蓉陪阿芙玩。

到山腳下的樹林裡，成片成片的野菜，綠油油的看著就討人喜歡。陳蕾看見有蒲公英，便蹲下來，準備挖蒲公英。

「姊，那野菜苦得很不好吃，別挖了。」

陳蕾眼睛亮晶晶地對阿薇說：「這野菜對身體好，再說和豬肉餡拌在一起，做成包子吃，可是一點也不苦，好吃著呢！」

「妳怎麼知道的？」阿薇疑惑地問。

陳蕾一愣，馬上解釋道：「上次去鎮上，隔壁村的一個嫂子說的，這菜下火對身體好，做包子吃也不苦。」說完鬆口氣，不禁暗暗佩服自己的機智。

「那直接摘葉子不就得了，還挖根做啥?怪費勁的。」

「這野菜的根可是好東西，曬乾了留著，上火時就用熱水沖著喝，好用的呢！」陳蕾連忙解釋道，這可是純天然的蒲公英呀！在現代可不知有多少人花大錢買培植的蒲公英和苦根茶呢！

阿薇一聽便嘀咕道：「不早說。」

陳蕾當作沒聽見，繼續蹲在地上四處找蒲公英。話說回來她只認識車前草和蒲公英，其他的野菜全然不認識，想著都出來挖野菜了，也不能光挖這兩樣。「阿薇，其他的野菜也都挖了吧！」

「還用妳說。」阿薇瞪了自家老姊一眼，看陳蕾四處看著卻錯過了腳下的一種野菜，不禁搖搖頭，她家老姊一定是不識野菜，估計那苦菜也是在鎮上看過的。

挖了兩個時辰的野菜，陳蕾直起身、捶捶腰，瞬間舒服了不少，找了這麼久的野菜眼睛都瘦了，往遠處望了望，突然間她吞了吞口水，只覺得口中發酸。

阿薇正好也站了起來，順著陳蕾的目光望去，嘴裡一酸。「對了，山杏也是長出來的時候了。」

山杏是一種小野果子，和銀杏不一樣，綠色的時候才能吃，小的有指甲那般大，大的有拇指那般大，若是再大就有些老了，吃起來是苦的。山杏是真的酸，沒有一個甜的，所以看到山杏，姊妹倆都忍不住嚥了口水。

「過段時間杏子紅了就不能吃了，走，我們去摘點。」陳蕾說道。

「等野菜挖得差不多再去摘一些便是了，那東西酸，也就是吃個新鮮。」阿薇不贊同道。

山杏若是紅了，裡面就會結出硬殼，杏肉也就不能吃了。陳蕾原本想著既然看見了，就多摘一些回家，聽了阿薇的話，才恍然大悟，這東西怕是吃多了會牙酸；可山杏拿白糖煮熟就不一樣了，整顆山杏都是甜的，連裡面的杏子都不苦，能直接吃。

陳蕾看了看阿薇，眨眨眼，也不多說，今天先摘一些回去做，等他們吃了說好吃，再過來摘。陳蕾想起小學時，總會有小商販弄上一盆新鮮山杏和一盆煮熟的山杏放在那賣，兩毛錢一小杯，那時的錢也值錢，一盆下來收益頗是可觀，唔，沒準兒她也可以拿去鎮上賣賣看。

待姊妹兩人野菜挖得差不多之後，陳蕾便拉著阿薇去摘山杏，阿薇看陳蕾對山杏挺上心的，便說：「姊，以前家裡採山杏也沒見妳吃多少，怎麼這會兒這麼著急？這玩意兒酸，村人也不怎麼採，想吃的時候再隨便來採一些吧！」

陳蕾皺著鼻子說：「妳先採就是了。」

阿薇莫名其妙地看著陳蕾。

陳蕾讓阿薇採的時候都挑大顆的，小的則是留著繼續長，而且小顆的會有一些苦味，不好吃。姊妹倆沒一會兒就採了不少，阿薇看著採了不少便說：「姊，夠吃了。」

陳蕾看了一眼，便說：「再採點，我剛才想到，可以拿白糖一起煮看看好不好吃。」

「白糖那麼貴，別糟蹋了。」阿薇有些不贊同地說。

「知道了，先煮一點看看。」

阿薇無奈，只好聽話接著採。

採得滿頭大汗才回去，進了村，要去大伯家接阿芙的時候，大伯娘把陳蕾單獨留了下來，待進屋後，陳蕾問道：「大伯娘有啥事？」

「妳年底要出嫁了，正好端午前一天趕集，我尋思著妳跟我去鎮上挑疋布，妳也該繡嫁衣了，妳三嬸和我一人拿了一對鐲子，打算帶妳去鎮上重新打個樣式。」大伯娘說道。

陳蕾臉一紅，不好意思道：「大伯娘，嫁妝我自己有錢，哪裡好意思要妳和三嬸的東西，這鐲子妳留給阿蓉吧。」

大伯娘瞪了陳蕾一眼說：「阿蓉是我親閨女，我還能少了她的？這是老一輩的規矩，我們做長輩的要給妳們小輩的添妝，要不然我也捨不得給妳，行了，就這麼定了。」

陳蕾好笑地看著大伯娘，她家大伯娘說話永遠是這麼不中聽，卻沒有什麼惡意。

「那行，等端午前一天，我一早就過來。」

大伯娘點點頭，在陳蕾要出門的時候，大伯娘又叫道：「阿蕾。」

陳蕾回頭疑問地看著大伯娘。「大伯娘，怎麼了？」

「嫁出去就是小媳婦了，凡事多想想，以後遇到事不懂，來找大伯娘說，找妳三嬸也一樣，我和妳三叔家，都是妳的娘家吶。」

陳蕾聽了大伯娘的話，眼睛一濕。「大伯娘，我記住這話了，以後我來煩妳，可不許把我往外攆。」

第十七章

阿芙回到家後，看籮筐裡有山杏，好奇地拿了一顆咬一口，小臉瞬間糾結成一團，渾身還哆嗦了一下。陳蕾進來正好看到，被阿芙給萌得笑出來。「小饞貓，可是酸到了？」

阿芙眼冒淚光說：「阿姊，好酸。」

陳蕾摸摸她的小腦袋說：「等晚上我給妳拿白糖煮一下就不酸了，這個生的吃一、兩個就行了，要不然牙會受不了的。」

「嗯。」阿芙點點頭，吃完了剩下的一半，再度重複之前的動作，看得陳蕾直笑。

小松回來的時候，看到桌上有一簍洗乾淨的山杏，直接抓了一把，一個一個的吃起來，還說：「喲，真酸。」

阿薇看小松一口接一口地吃著，便說：「你少吃點，一會兒就要吃飯了。」

「知道了，二姊妳可真囉嗦，還有沒有，我給趙二哥拿點去。」小松嚷嚷道，自從知道陳蕾和趙明軒訂了親後，小松直接不把他當外人了。

阿薇指了指籮筐，陳蕾看小松準備現在就拿過去，便攔著說道：「我打算晚上拿白糖煮一些來吃，等煮好了，你再拿過去。」

小松說：「好，那我明天再拿過去吧！」

挖了一天的野菜，姊妹倆也有些累了，便不打算包包子，把蒲公英用水洗淨後，陳蕾又拿井水泡上，放到陰涼處也不怕蒲公英會壞或是蔫了。

晚飯便清炒些野菜吃，因為是綠色的純天然野菜，清炒後香脆可口，好吃下飯，吃了一個冬天的馬鈴薯、白菜和蘿蔔，能吃到新鮮野菜，陳蕾都快哭了。

晚飯後歇了一會兒，陳蕾把山杏整理好洗乾淨，準備煮上一鍋。阿薇擔心地在一旁說：「能行嗎？」

陳蕾摸摸鼻子說：「試試看，不好吃我全吃了，放心，不會浪費。」

阿薇瞪了陳蕾一眼。「不管妳。」然後便回屋打絡子去了。

陳蕾摸摸鼻子，看水燒開了，把洗好的山杏放到鍋裡，正想要放白糖的時候，小助理說：「妳確定是放白糖？」

陳蕾拿起糖罐子的手一頓。「難道不是？」

「要放糖精。」

陳蕾眼睛一亮，對了，怎麼把糖精給忘了。「可不是說糖精對身體有害嗎？」

「小作坊出品的都是無毒無害的，請放心品嚐。」

陳蕾撓撓頭。「小助理，我發現你懂得不少，那你順便幫我看看這些山杏需要加多少的糖精。」

陳蕾說完，眼前便出現一個視窗。「只須十文錢的糖精，主人是否購買？」

陳蕾點了是後，退出介面，左右看了看，阿薇他們都在屋裡，便進入介面，點了倉庫，把糖精拿出來。

當陳蕾看見手裡只有桃核大小的紙包時，忍不住想爆粗口。就這麼點？

「提醒主人，先不要糾結糖精的多寡，請抬頭向左上方看。」

陳蕾迷茫地聽著小助理的話看去，手一顫差點把紙包抖了出去。

他應該沒看到吧？

而此時的趙明軒心裡極驚訝，他剛才分明看見陳蕾手裡什麼都沒有，怎麼會突然多出一個油紙包來？四目相視了片刻，陳蕾咳了一聲，不滿道：「哎，你怎麼爬牆呢？」

雖心裡疑惑，趙明軒也沒打算追問，陳蕾想解釋的時候自然會解釋，不解釋也快要是自家媳婦了，還怕以後會不知道嗎？

「怕石子砸到人啊。」趙明軒一臉正色地說。

陳蕾一愣，隨後怒瞪著趙明軒說：「那就可以隨便爬牆了？」

趙明軒摸摸鼻子，不打算回答這個問題。「妳過來，我有事找妳。」

「等一下。」陳蕾也不計較自己剛才的話被無視了，看水又滾了起來，忙打開手裡的油紙包，把糖精放進去。

陳蕾放好糖精，蓋上鍋蓋，跑到牆邊，仰頭看著趙明軒說：「啥事？」

趙明軒看著陳蕾嬌小的身子，站在牆邊仰著頭的樣子十分可愛，眼裡有幾分愉悅，發現自己是越來越喜歡陳蕾了，他拿出一個包裹遞了過去說：「給妳。」

陳蕾接過來說：「什麼呀？」

趙明軒沒有說，等陳蕾打開包裹，打開一看是幾支精緻的玉釵和幾對翡翠玉鐲，也沒顧得上細看，陳蕾頗驚訝。「你哪裡弄來的？」

「前陣子去鎮上取家具的時候，路過順便買了些，妳看看喜歡不？給妳當嫁妝用。」

說來村裡姑娘的嫁妝二十兩銀子就是大辦了，一般嫁姑娘普遍用上十兩銀子，窮一些的也就拿出四、五兩銀子，便把姑娘嫁出去。

趙明軒給的這些飾品，一看便知不下百兩銀子，不管村人識不識貨，應該也都看得出這些首飾不便宜，趙明軒這是想給她添面子吧！

村人都知道陳蕾便是嫁出去也帶著累贅，趙明軒是不想村人說她的閒話。

「哎，你這算盤打得可真好，說是給我做嫁妝，可最後還不是變成你家的。」陳蕾眼睛亮晶晶的，閃著戲謔的光芒，十分無賴地說。

「咳，買其他東西的錢可夠？」趙明軒現在不打算理會她一副小無賴的模樣，就等大婚後把帳一次算清了。

陳蕾不知道趙明軒心裡的想法，完全沒有危機感地說：「嫁妝錢我有呢，不過說好了，不能因為你今日給我買首飾，聘禮就少了去，這樣我們家可吃虧了。」

趙明軒被陳蕾這般小人得志的模樣氣笑了，眼底卻滿是寵溺。「放心，少不了妳的。」

陳蕾嘻嘻一笑。這個人，怎麼會讓自己受委屈呢！陳蕾的一顆心徹底地放了下來，眼裡滿是幸福。

趙明軒看著陳蕾的笑容，心中一暖，自己也是快有家室的人了，在這世上不再是孤身一人。

「對了，妳剛才那是怎麼回事？」趙明軒想了想，還是好奇地問出口了。

陳蕾眨了眨眼。「唔，我會法術呢。」

看著眼前調皮的姑娘，趙明軒無奈地撫著額頭，還法術呢！頂多是變戲法。

「嘿，你不信？等以後有時間我再變給你看看。」

趙明軒擺了擺手。「行了，妳鍋裡的東西別糊了。」讓陳蕾這麼一鬧，趙明軒也懶得多想了。

「呀，我的山杏。」陳蕾急匆匆地跑回去，掀開鍋蓋一看，還好，沒事。拿鏟子翻了翻後，再看向牆那邊已沒了趙明軒的影子，輕嘆口氣。

若是一直用著小作坊，以後定是瞞不了的，可該怎麼解釋呢？陳蕾皺起眉頭想著。

山杏煮好後，顏色深了些，陳蕾嚐了一顆，果然作坊出品，必屬佳作，比小時候吃的好吃多了，陳蕾趕忙把山杏撈出來。

阿薇好奇地過來看。「姊，怎麼這個顏色，好吃嗎？」

「廢話，煮熟的和生的會一樣顏色嗎？妳嚐嚐看好吃嗎？」陳蕾說道。

阿薇瞪了陳蕾一眼，拿起一顆山杏，覺著燙手，忙吹了吹才放進嘴裡。「咦，不那麼酸了，甜甜的。」

陳蕾得意地說：「可不是，妳姊我想出來的會失敗嗎？」

阿薇一笑，心想沒有浪費白糖就好，看著一小鍋的山杏說：「這些咱們也吃不完，給兩邊的鄰居和大伯、三叔家送一些去吧。」

陳蕾點頭。「嗯，明天我們再去採，我打算煮熟了，妳跟我拿到鎮上去賣。」

「賣得出去嗎？」阿薇疑惑地問。

陳蕾撓撓頭。「應該能吧，到時候拿個小碗，一文錢一碗。」

「行呢，那還得採些葉子裝。」

姊妹倆就這麼商量好了，阿薇去送煮熟的山杏時，陳蕾特意叮囑道，若是問這個怎麼做的，就說是在鎮上的小商販那買到了白糖，就用來煮些山杏。

陳蕾讓阿薇這麼說，是怕有人會問起是怎麼做的，畢竟有賺錢的法子，大家也都想賺，可這時代又沒有白糖，陳蕾更不想賣白糖，只能先讓阿薇這麼說了。一來沒有白糖他們也做不成，想買白糖陳蕾可以說沒再見到。山杏本來就季短，陳蕾無非就是煮來解饞，讓阿薇賣也不過是讓她給自己賺些零用錢罷了。

說來小作坊升級之後，商鋪和作坊開啟需求模式的價格，可說是天差地別。商鋪開啟需求模式只要十兩銀子，陳蕾咬了咬牙便把商鋪開啟了，但小作坊卻說什麼也沒開啟，太貴了，手邊還沒那麼多錢來開，只能心癢難耐地等待有錢以後再開了。

商鋪開啟之後，陳蕾偷偷地把家裡的油、鹽、醬、醋全都換掉，最近做飯阿芙和小松都說好吃多了，阿薇只以為陳蕾做飯做了一段時間，長了手藝，也沒多想。

對小吃貨屬性的陳蕾來說，小作坊真是不錯的系統，對此她很滿足。

到了第二天，姊妹倆又揹著籮筐，早早地去採山杏，採了三個時辰後，姊妹兩人就回來了，阿薇負責整理山杏，陳蕾則是去村裡的屠戶家買了塊肉，說好要給阿芙包肉包子，哪裡捨得讓小傢伙失望。

買好肉，陳蕾開始剁餡，邊剁邊想著要是小作坊能幫她把豬肉變成餡，該有多好。

「開啟需求模式，便可以直接從作坊中買到各種肉餡。」

陳蕾翻白眼，依以往的經驗看來，小作坊的東西價錢都高得很，買肉餡還不如自己去買塊肉回來剁一剁。

「小作坊出品保證無害、乾淨、品質好，還可以買到牛肉餡和羊肉餡。」小作坊助理誘惑地說。

陳蕾眼睛一亮，牛肉！羊肉！不禁嚥了下口水，這個時代牛是勞動力之一，因此酒樓買牛肉都會限量，更別說普通人家想吃牛肉了，就是買得到也捨不得花那個錢。羊肉則屬於更高級的肉類，都是上貢朝廷居多，或是只有一些大戶人家能吃到，普通百姓很難買到。可能因為小時候吃不太到肉，長大後，陳蕾對肉一直有著執念，百吃不厭。

咦，既然小作坊能加工肉餡，那豈不是在商鋪裡就可以買到牛肉和羊肉？

「買不到，妳已使用需求一次糖精了，十天後才可再使用需求一次。」

陳蕾有些失落。算了，大不了十天後再買牛肉吃，嚥著口水，她繼續認真地剁餡。

切好的菜餡和肉餡，再加上作坊裡的調味料一起攪拌，這餡拌起來特別香。

阿芙聞到香味過來，眨了眨眼。「阿姊，好香呀，別忘了多放點鹽，太淡了不好吃。」

小傢伙還真是忘不了冬天的凍餃子呢！陳蕾寵溺地拍了下阿芙的小腦袋。「知道了。」

等包子蒸好後，阿芙立刻就拿著小碗屁顛屁顛地跑過來。「阿姊，給我包子。」

陳蕾看這小小的人兒舉著小碗，眨著水濛濛的眼睛，煞是可愛，給她挾了個包子後，說道：「慢點吃，別燙著了，吃的時候要吹吹。」

阿芙點點頭，說：「嗯，我讓哥哥給我吹。」

陳蕾一笑，看到坐在院子裡的小松，不禁一愣。小松自從上學堂一段時間後，便不再像年前那般出去野了，整個人身上的氣質也沈穩了不少，不知是因為家境的原故，使得他小小年紀就如此早熟，還是因為唸書而變成熟了，但這樣的變化，讓陳蕾不知是好是壞。

說來古代的糧食比現代的糧食好吃得多，那種嚼幾口就能吃出甜味的雜糧，是在現代時怎麼嚼也嚼不出來的。

麵皮是純天然的白麵摻一些苞米，做出來的包子皮帶著一股香甜的味道，野菜還留有一點點的苦味，和肉香味混合後，奇妙地挑逗著味蕾。阿芙的食量明顯多了不少，看她還想吃，陳蕾卻不讓了，怕她吃撐了晚上難受。

好在阿芙是個乖巧的，聽了阿姊的話便不再吃了，眨了眨眼睛，一溜煙地跑回屋去，不一會兒又拿了個小盆出來。

「阿姊給我裝幾個進去，留著明早吃。」

陳蕾和阿薇聽了，都笑了。「放心吶，明早肯定有妳吃的。」阿薇哄她道。

阿芙聽了二姊的話之後，噘起嘴。明明沒剩幾個包子了，騙小孩！

「阿芙，鍋裡還有不少，我沒全端上來，夠明早吃呢。」

阿芙聽大姊這麼說，滿意地點點頭，才又把手裡的盆拿了回去。

端午的前一天，鎮上有集市，陳蕾和阿薇一早起來就準備好東西，給還迷迷糊糊沒睡醒的阿芙穿衣服，然後兩人揹著籮筐、抱著阿芙去了大伯娘那，把阿芙放在阿蓉屋裡，讓她繼續睡，姊妹倆和大伯娘便一起去村口坐車，要去鎮上。

到了集市，陳蕾和大伯娘還有事要辦，陳蕾便把阿薇交託給王嬸，陳蕾對王嬸極為信任，臨走前還叮囑阿薇道，賣不出去就先讓人免費嚐嚐，總會賣得出去的，阿薇聽了點點頭，不耐煩地把陳蕾攆走了。

大伯娘和陳蕾先去了首飾店，店小二看兩人的穿著便知道是過來打飾品的，也沒介紹店裡的飾品，直接問是打鐲子還是頭釵。

得知是來打鐲子的，小二收了鐲子，拿出幾個樣品問要打哪種？大伯娘看著都不錯，便問陳蕾看中了哪個，陳蕾看了兩眼，認為這些鐲子的紋理著實普通，不過好在做工精緻，便挑了一對龍鳳呈祥的圖樣來應景。

趁著大伯娘和小二講價錢的時候，陳蕾到另一個櫃檯上看了看飾品，一眼就發現櫃檯上的一支白脂玉釵，她不禁拿起來仔細觀看。這玉釵通體瑩白剔透，釵頭是朵牡丹花，難得的是花中還點綴著一點粉紅，讓整朵花都生動起來，釵頭的墜子是銀絲鑲嵌的翡翠綠葉，整支玉釵很是精緻美觀。

「喲，姑娘好眼光，妳拿的這支玉釵，我們店裡總共就兩支，前段時間被買走了一支，這支也被人訂下來了。」店小二見陳蕾拿起玉釵看，生怕她弄壞了賠不起，趕忙說道。

「小哥兒，這要多少錢呀？」陳蕾沒理會小二的話外話。

「可不便宜，三十兩銀子呢。」小二說道，想來他一輩子說不定也買不起這一支玉釵。

大伯娘一聽不禁咋舌。「阿蕾快放回去，喲，這麼個小東西就這般矜貴。」

陳蕾皺了皺鼻子，把玉釵放回去，想到趙明軒那天給她的飾品裡，也有一支這樣的玉釵，雖不是最精緻的，但價格想必也差不了多少。唉，可真是捨得花錢。

陳蕾垂頭沈思，趙明軒以前真的只是個小兵嗎？能買得起那麼一大包飾品的人，怎麼會只是個小兵？陳蕾不禁好奇起趙明軒過去的事來。

鐲子要過段時間才能取，大伯娘也不急，等下次來鎮上再取便是。兩人又去了布店，買好了布疋、絲線和彩線後，便準備回去。

陳蕾望著在下一條街上的香品軒，心想今天是無法過去了，無奈地嘆口氣，明天還有集市，到時候再去看看石頭糖賣得怎樣吧！

來到阿薇攤子上的時候，阿薇正在給幾個小孩舀山杏，等收了錢後，陳蕾才問道：「賣得怎麼樣？」

「一開始聽說山杏一文錢兩碗還有人買，聽見煮熟的山杏一文錢一碗就不買了，我就給他們嚐了兩顆，這才賣了出去。」阿薇說，這會兒已賣了不少，臉上樂呵呵的。

大伯娘找了個地方坐下來，把自己之前放的籮筐拿出來，裡頭有一些蘑菇乾和雞蛋，擺好後才說：「妳這丫頭可真會琢磨，一顆山杏也能讓妳想出賺錢的法子。」

「她大伯娘妳可不知道，這生山杏一擺出來就有不少人過來買呢，妳說咱們村人都不愛吃的，到了鎮上，倒有人喜歡吃了。」王嬸也在一邊搭話。

「哎喲，照我說這鎮上沒有山、沒有田的，久久買一次野果子也新鮮，還是阿蕾腦子好使，我都恨不得現在就回家去採一些拿過來賣咧！」村裡的一個媳婦說。

陳蕾和阿薇互相對望了一眼，陳蕾笑著搖搖頭，她們這不花成本賺錢的法子，自然會有人眼紅，那媳婦的話裡酸意不是多濃，就隨了她說去唄，又不會少一塊肉。

陳家大伯娘和王嬸笑了笑，又趕忙吆喝著賣起東西來，那小媳婦也不覺得尷尬，也跟著吆喝起來。

本以為帶來的山杏不一定都能賣完，卻不想過節前小孩手裡都有點錢，一胡同裡過來一個小孩買了一碗，一會兒就帶了一群小孩一起過來買，阿薇樂得眼睛都快睜不開了。

到了下午，也有不少大人過來買山杏，生山杏陳蕾是拿大碗盛的，四碗也差不多一斤，才賣兩文錢，說貴不貴，不少人願意買；而嚐了熟山杏的，覺得好吃，又想著比糖角子還便宜，也會買上一、兩碗拿回家打牙祭。

就這麼到了下午，山杏賣得差不多了，看得大伯娘都有些眼紅了，盯著阿薇鼓鼓的荷包說：「這一下午也賣了不少錢呀！」

阿薇偷偷地掂量一下荷包，算算也有一百文錢，對陳蕾笑道：「姊，能買不少彩線呢。」

陳蕾點點頭。「可不是，買了彩線再打絡子，又能賺不少錢。」

阿薇眼睛發亮，整張小臉都紅潤潤的。「今晚再煮點，明天接著賣。」

陳蕾笑了，本來打算剩下的蒸熟，晾果乾留著冬天吃，看阿薇賣得高興也不嫌累，心想等過陣子再採一些便是。

第十八章

待回到村裡後，接了阿芙回家，阿薇趕忙去整理剩下來的山杏。陳蕾則準備炒兩道菜，把剩下的包子用油煎一下，又不是賺不到錢，對吃的方面陳蕾從來不會虧待了自己。

晚飯後煮上山杏，陳蕾和阿薇又把泡好的粽葉、糯米和棗子拿出來，趁著天還沒黑，兩人趕忙包起粽子，等山杏煮好了，又要開始煮粽子，姊妹倆這才覺得有些累了。

粽子要煮許久，又不易消化，阿芙坐在廚房裡還等著吃粽子的時候，陳蕾哄她說：「阿芙先睡覺怎麼樣？粽子熟了，阿姊就叫妳起來吃。」

陳蕾在阿芙心中一直是個有誠信的，阿芙聽了點頭，就回屋睡覺了，還不忘提醒著阿薇。「二姊，一會兒粽子熟了叫我啊！」

阿薇愣了一下，知道小傢伙是被騙了，偷笑道：「嗯，睡吧。」

待哄完阿芙睡著，阿薇看著胖了一圈的阿芙，眼睛有些發熱。爹娘你們看，弟弟、妹妹們都沒有吃到苦，家裡的日子一天比一天還好呢。

阿芙晚上睡得早，第二天陳蕾和阿薇起來的時候，她也醒了，眨眨眼看著大姊和二姊，迷濛了一會兒才叫道：「阿姊，妳騙人，說好的粽子熟了就叫我的。」

陳蕾無辜地看著阿芙說：「阿姊有叫，可是妳睡得和小豬一樣，怎麼都叫不醒。」

阿芙噘著嘴。騙小孩，阿芙只要聞到香味就會醒，怎麼可能叫不起來。

陳蕾和阿薇看著她委屈的小樣子，笑了起來。陳蕾拿了一對彩環出來，在阿芙眼前晃了晃。「阿芙喜不喜歡？」

看到好看的彩環，阿芙一下子開心起來，陳蕾給她戴上後，又拿彩線編了條繩子綁在阿芙的腳踝上，阿芙看著開心得不得了，好像自己一下子漂亮了許多。

這次到鎮上，還真有不少人也賣起山杏來，估計是回家趁天還沒黑去採的。阿薇看有家也在賣煮熟的山杏，擔憂道：「姊，妳看那家也把杏子煮熟了，盛的碗還比咱們大。」

陳蕾老神在在地說：「沒事，今天賣得出去就賣，賣不出去就拉倒，大不了咱們回去分了吃。」

昨天陳蕾和阿薇已賣出點名氣來，也知道山杏季短，村裡的人過來賣也就這兩天，所以有不少客人過來買，陳蕾和阿薇剛擺攤沒多久，就賣出不少。

也賣熟山杏的另一家攤子，看到人都去了陳蕾那，有些急，趕忙叫道：「好吃的山杏，蜂蜜煮山杏，不甜不要錢嘍。」

有人聽她這麼吆喝，都好奇地過去看，再看她拿的碗比陳蕾的大上不少，就有不少人去她家買，打聽到價錢一樣後，更是想買這家的了。

阿薇看著人群都去了那家，有些急地說道：「姊，人都跑那去了，要不我們也換個大碗吧。」

陳蕾搖搖頭。「不用，先這樣賣。」

阿薇無奈，只能委屈地看著對面。

陳蕾眼睛轉了轉，那家說是用了蜂蜜，倒是有些腦子，知道用蜂蜜水來煮山杏。但這時代蜂蜜能賣上不少錢，陳蕾聽到她說蜂蜜煮山杏，就知道肯定不會捨得放太多蜂蜜，價錢可是擺在那呢！再說蜂蜜放多了，雖甜但吃的時候拿在手上黏糊糊的，多髒啊，鎮上的人對形象還是比較在意的。

陳蕾對自己的糖精可是有信心的，那家的味道絕對不會有自己家的好吃。

果然應了陳蕾心中的想法，有些人看到東西一樣就直接買回家，可有的人卻抱持著懷疑的態度，畢竟一文錢這麼一大碗，怎麼也覺得可疑，所以非要先嚐嚐再買。

「喲，妳家這山杏咋這麼酸，沒個甜味的，還蜂蜜山杏？比對面那家差遠了。」有個婦人嚐完後大聲地嚷嚷。

一聽婦人這麼說，不少人也拿了顆山杏吃起來。

「哎喲，這不是騙人嗎？沒個甜味的，大約就沒捨得放蜂蜜，這還不如買生的回家自己煮，誰花錢買妳這個。」

大家都感覺被騙了，有些不悅，又紛紛回到陳蕾這，也有的問能不能先嚐嚐，阿薇和陳蕾都笑著點頭，這麼一嚐就有了鮮明的對比，剛才那個說對面沒甜味的婦人大聲說道：「哎喲，這家好吃著咧，別看這分量少，可那甜味足得很，這便是一分錢一分貨呢！姑娘，給我來兩碗。」

阿薇的心情被這婦人說得都好了，笑著答應。「好咧。」

有人買，就有人跟風，也有人懶得嚐了，直接舀上幾碗帶走。陳蕾這邊賣得紅火，可卻讓對面的眼紅得很，看陳蕾的眼神也不大對勁。陳蕾皺了皺眉，心想旁邊都是自己村裡的人，倒也不怕，那人愛怎麼看就怎麼看唄。

等一波人潮買完後，又來了場好戲，剛才沒嚐過就買的人，回家一吃味道不對，覺得上當了，立即來要退錢。

「妳這不是騙人嗎？一點甜味都沒有，給我退錢。」

「哎喲，大哥，我這可是用蜂蜜水煮的，怎麼會沒甜味，你該不會是買了別人家的，卻到我這來訛錢吧。」賣蜂蜜山杏的人說。

「哎喲，那家攤子怎麼惹上了小霸王。」王嬸晦氣地說。

陳蕾不解地看著王嬸。

「快，收拾收拾，我們去別的地方。」

陳蕾看村裡人都開始收拾東西，也趕忙跟著收拾。阿薇不解，但看著大家的臉色像是躲瘟神似的，也慌了起來，趕忙幫著陳蕾收拾。

話說回來，賣蜂蜜山杏的婦人話落後，就看那男人冷笑一聲，什麼也沒說就走了，婦人覺得莫名其妙，吐了口唾沫。「晦氣。」

陳蕾和村裡人又找了另一塊地方擺攤，雖然偏僻了點，但好在集市人多，也是有人問價的，陳蕾讓客人先試嚐，也容易賣得出去。

剛賣完兩碗，就看不少人竄過來，街上的人都是一臉驚嚇的模樣，有人議論紛紛道：「那婦人怎麼會去惹了那小霸王，攤子被砸就算了，估計也要被一頓好打。」

阿薇豎起耳朵，聽見他們的談話，好奇地問王嬸。「王嬸，他們說的是誰啊？」

王嬸四處看了看，小聲嘀咕道：「那男的就是有名的小霸王，一個心情不好就找人來打上一頓不說，惹到他的人，以後能不能在這擺攤都難說了。」

陳蕾聽了一樂，沒想到這個時代也是有流氓的。

「妳這山杏怎麼賣？」

陳蕾聽著阿薇和王嬸的談話正樂著呢，聽到有人問價，抬頭一看。喲！小霸王。

當阿薇和王嬸抬頭看到是小霸王時，臉色都是一變，小霸王略帶嘲諷地看向她們。

阿薇被嚇得有些懵，便是她性子再強，年紀卻還小呢，剛才聽王嬸說的話，早已覺得小霸王就是個惡霸，心裡惴惴不安，生怕自家攤子被砸。

小霸王姓洛名一鳴，他爹是鎮裡的商行行長，這整個鎮上的店鋪，都要給他幾分顏面，何況是這些集市裡擺攤的。洛家能有這勢力，也是因為上面有人，小霸王平時心情不好隨便砸攤子，那都不算什麼的。

陳蕾好奇地看了兩眼小霸王，剛才見他背影挺壯實，心想年紀應該不小，可現在這麼一看，這小霸王濃眉大眼，皮膚甚好，分明是個十八、十九歲的青年吶！陳蕾不是很怕他，自家的山杏又不是那種水貨，讓這位小霸王白吃點也沒什麼，反正又不常來擺攤。

陳蕾拿起碗，舀了一碗後伸手遞給小霸王，說：「這位爺，你先嚐嚐好不好吃。」

小霸王拿了顆山杏放到嘴裡。「嗯，跟昨天吃的一個味道，不過妳家這碗也太小了。」

阿薇皺起眉頭來，那家嫌不甜、她家嫌碗小，這不存心找碴的嗎？

洛一鳴瞥了阿薇一眼。「妳們剛才可是在說我來著？」

「哎喲，這位爺，我們哪裡敢說你呀，不過是坐在這沒事閒聊而已。」王嬸怕惹事，忙慌張地解釋道。

阿薇緊抿嘴，強作鎮定地看著洛一鳴。

洛一鳴細看了阿薇一眼，眼裡閃過一絲疑慮。

陳蕾見小霸王微瞇雙眸，盯著阿薇直看，她心裡驚了一下，這小霸王不會強搶民女吧？古代可最不缺這種戲碼了，趕忙上前擋住阿薇，笑道：「爺是買這山杏還是不買？」

洛一鳴看了陳蕾一眼，眼裡有一絲玩味。「拿上兩碗吧。」

待用葉子裝好後，洛一鳴拿了山杏，從身上拿出一錠碎銀子扔給了阿薇，譏諷道：「小丫頭是越活越回去了。」

阿薇愣愣地看著洛一鳴的背影，滿臉不解。

陳蕾看著洛一鳴邁著瀟灑的步子離去，轉頭看向阿薇。「他認識妳？」

阿薇搖搖頭，一臉的迷茫，王嬸卻是鬆口氣，可把這小霸王送走了。「哎喲，許是他認錯人，也多虧認錯了，不然咱們今天可別想擺攤子了。」

姊妹兩人面面相覷，而另一頭的洛一鳴不禁咋舌，他自小記性就是極好，第一眼看阿薇就覺得眼熟，後來再仔細一看，就認出了阿薇。說來這小丫頭的模樣沒變，性子卻不如小時候了。

阿薇小的時候，爹娘帶她來過鎮上，那時洛一鳴就有了街頭小霸王的風範，統領著一群小孩。當初一大幫小孩瘋耍著，也不記得是誰碰到了阿薇的姊姊，洛一鳴到現在還記得阿薇小時候那罵人的模樣，白嫩水靈的瓜子臉凶巴巴瞪著他們，一點也不懼怕他們的人多，那氣勢……嘖嘖，還以為她長大了會是個母老虎，不想轉了性子。

唉，洛一鳴不禁搖頭，也不知是感嘆還是可惜了。

因為小霸王的出現，反倒讓陳蕾和阿薇多賺了些錢。

陳蕾覺得自己最近似乎長高了一點，裙子都短了一截，再看阿薇也差不多是這個樣子，想著家裡的孩子都還在長個子，衣服還是要重新做一些。姊妹倆商量下，決定去買幾疋布回家做衣服，再順便買些彩線。

等回到村裡，阿薇拿著大包、小包的東西很開心，一點也沒受過驚嚇的樣子。這次阿薇也算是自己掙了錢，能買布料給弟弟、妹妹做衣服，她覺得小有成就感。

回到家就開始折騰阿芙，量阿芙的小胳膊、小短腿，看得陳蕾直笑。

他們家的日子過得越來越好了。當陳蕾把屏風繡好後，家裡的雞已經能下蛋了，菜園裡的青菜也長了不少，都可以吃一批嫩的了。

這對陳蕾來說，可是滿足了口慾，感覺這種日子也不缺什麼了。美中不足的是，小作坊的商鋪雖然能買到牛肉和羊肉，陳蕾卻不敢拿出來吃，那口感實在是和豬肉差太多，她沒法解釋，因此被饞得不行。

繡了這麼久的屏風，總算能拿到繡鋪去賣，繡鋪的老闆娘看到陳蕾過來時，還問道：「ㄚ頭，妳這屏風繡完了沒？來了幾次竟都是賣絡子，絡子能掙幾個錢。」

陳蕾也不說什麼，從籮筐裡拿出捲好的屏風，遞給雙眼冒光的老闆娘。許是心境不同，陳蕾現在的手藝又精進不少，對此頗是自得。

老闆娘打開屏風後，驚嘆連連。「沒想到用這絲線繡出來的跟真的一樣，這絕對能賣個好價錢。」

陳蕾沒急著說什麼，等老闆娘欣賞完，把屏風捲好後，只見老闆娘招了招手，她便湊過耳朵，聽老闆娘說話。

「我跟妳說，妳之前賣我的那幅屏風，就有不少大戶人家想買，估計妳這幅屏風，少說也得這個數。」老闆娘伸出手指，比了個數。

三百兩？陳蕾一愣。「能賣出這麼高的價錢？」

老闆娘瞪了陳蕾一眼，分明嫌棄陳蕾眼界小。「南邊的雙面繡都送進了京城，好的進了宮裡，那選剩下的便賞給了官家。咱們鋪子裡突然出了雙面繡，那些大戶人家的下人眼睛精著呢，一早就盯上我這，還打聽是誰繡的，我沒說，就怕妳被為難了。」

陳蕾有些錯愕，她勢單力薄，若是真被大戶人家盯上討要雙面繡的繡法，大約是保不住。陳蕾看著老闆娘十分感激，想來這老闆娘也是個不簡單的。

老闆娘被陳蕾的眼神看得有些心虛，咳了一聲，說道：「別這麼看我，我家那口子沒事便去南邊收點東西回來賣，還真掙了些錢，我對外都是說他有來路，好不容易才能買上一幅。」

陳蕾點點頭，看來雙面繡的事要瞞得緊一些了，回去也要跟大伯和三叔說說。

第十九章

「姑娘，大娘跟妳打個商量，我給妳這個數，妳把屏風給我，我賣出多少就當我賺的，如何？」老闆娘在陳蕾耳邊嘀咕著，又比了個數。

陳蕾看著哭笑不得。「老闆娘妳再多給上十兩，妳這個數實在是太諷刺人了。」

老闆娘一笑，拍桌子道：「成，妳要銀票還是銀子？」

當陳蕾拿著二百五十兩銀票的時候，手不禁抖了下，她也算是小有家產的人了。說來這雙面繡老闆娘定會賺上不少，可人家也幫她擋了不少災禍，世上沒有白吃的午餐，老闆娘這麼藏著她，她反倒放心，不禁讚嘆不愧是商人，就是會辦事。

賣完屏風陳蕾又去了香品軒送奶糖和石頭糖。說來石頭糖雖然新鮮，卻終究是個打牙祭的，有了奶糖在先，這石頭糖也賣不出多高價錢，付掌櫃雖是提了價錢，陳蕾也只收跟奶糖一樣的進價，這樣一來，一個月來，兩種糖合起來就賺個十幾兩銀子。

就在陳蕾前腳剛出繡鋪，後腳就有個婦人進繡鋪，衝著老闆娘問道：「大姊，剛才那丫頭可是過來賣絡子的？」

「妳怎知道？認識？」說來老闆娘聰明就聰明在不問陳蕾是哪個村的，她知道的不多反倒能讓小丫頭安心，她也看得出這丫頭是個會算計的呢！

「我們村的，是個可憐的，爹娘年前都沒了，一個姑娘要養三個孩子不說，跟她訂親的還是個從過軍的。」那婦人略是同情地說。

老闆娘聽了不禁有些動容，怪不得從沒見那孩子帶著大人過來。「喲，她爹娘可是個沒福的。」

「大姊，這話怎麼說？」

「那姑娘的絡子不僅打得好看，刺繡手藝也不錯，在我這可賺了不少錢，不說別的，養弟弟、妹妹那是夠了。」

婦人聽了不禁倒吸一口氣。「可真是天無絕人之路。」

等陳蕾回到自個兒村的牛車上時，就有不少眼光看過來，陳蕾起初有些不解，看了看王嬸，有些疑惑。

「她們是聽妳刺繡賺了錢，都好奇地多看兩眼。」

陳蕾聽得心頭一緊，又想著繡鋪老闆娘應當不會說出去，一時有些忐忑。好在一路上幾個婦人妳說一句、我誇一句的，沒有說到半點關於雙面繡的事，陳蕾想她們也只知道自己刺繡能賺些錢，其他的並不知情，不禁放下心來。

到了村口，陳蕾剛下車，就看到阿薇跑了過來。「姊，妳快跟我去村長那，有人說小松偷東西，還打了人。」

陳蕾心頭一顫，今天是怎麼了，一驚接著一驚的。小松那孩子她還是看得準的，絕不是個手腳不乾淨的孩子，她急忙拉著阿薇去了村長處。

村人都是愛熱鬧的，這一車的人聽見阿薇的話，也趕忙跟著過去看熱鬧了。

陳蕾到了村長家，就看小松站在角落裡低著頭，因屋子暗，也看不出他的神色，旁邊還站了幾個和他差不多大的孩子，應該是學堂裡的學生。

村長和老夫子坐在炕上臉色陰沈，屋裡還有不少人，村長看陳蕾進來了，便說：「阿蕾來了，學堂裡的學生說小松偷大家的紙，妳怎麼看？」

陳蕾皺眉。「可是有證據？」

這時一個男孩站了出來，頗自信地說：「村裡就數妳家最窮，這紙不是偷大家的還是妳幫他買的嗎？」

陳蕾聽得氣笑了。「這麼說，你沒看到我弟弟偷紙了？只是你認為我家窮買不起紙？」

那小男孩仰起頭，一副得理不饒人的樣子。「哼，我們一開始就覺得自個兒的紙張數不對，每天都會私下數數，後來發現每天都會少上一、兩張，妳家又沒錢，小松還總能拿出紙來，不是他偷的還會是誰？」

陳蕾看著他這理所當然的論斷，瞬間怒了，不願與一個小孩多說，轉身問道：「夫子和村長可也是這樣認為的？」

學堂的夫子嘆口氣。「這紙暫且不說，可小松把學堂的一位學生打傷了，人已經送回家治療了，這銀錢方面……」

「這錢我們自然會賠，可在賠錢之前我要討個說法，這紙憑什麼就說是我弟弟偷的？你們說我家買不起就買不起了？我賺了錢還要大聲地往外嚷嚷？真是可笑了。」陳蕾冷笑一聲，然後盯著村長。

村長皺著眉頭。「阿蕾妳也別激動，村裡現在都知道妳家的情況，這紙也是貴著呢！孩子們丟了自然會懷疑，也沒說一定就是小松偷的。」

陳蕾點點頭，說：「我明白了。」說完轉過身，看著跟她一起回來的幾人，衝著她們說道：「各位嬸嬸、嫂子，可願替我作證？我爹娘雖然不在了，可我們姊弟幾人絕不是那偷雞摸狗之人，我爹娘在村裡多少年了，可見過我們一家有這習慣的？」

跟著陳蕾過來的幾人早就想說話了，看陳蕾求助於她們，立刻忍不住道：「誰說阿蕾家窮的，人家刺繡的手藝在鎮上可是賺了大錢。」

「就是，那鋪子的老闆娘是我堂姊，人家說陳蕾的手藝養活弟妹不是問題，可見這話也是有餘地的，咱們村裡一年能見幾個子兒？再說有吃、有喝的也用不上幾個子兒，人家陳老大和陳老三也幫阿蕾家種地，阿蕾供她弟弟唸書，那是足夠了的。」

「可不是，人家老陳家三兄弟可都是本分人，什麼人什麼根的，人家孩子可是個好的呢！」

陳蕾聽她們替自己說話，不禁感激，好在村裡人樸實，不是那種落井下石的小人。

剛才還自信滿滿說小松是小偷的男孩，此時臉色通紅，頗有些不服，還想爭辯，卻被人群中突然冒出來的婦人摀住了嘴，對著村長笑道：「村長，這孩子不懂事，他說的話不能信。」

那小孩聽自己娘這麼說滿臉不服，掙扎開來後，馬上說道：「娘，定是小松偷的，不然他怎麼把我哥打成那樣，分明是惱羞成怒。」

那婦人眼睛一瞪，心裡恨急，生怕孩子再亂說，惹得人家反咬一口，沒準兒連給孩子治傷的錢都要不回來。

這時小松抬起頭，眼裡滿是倔強地看著大家說：「我沒有偷紙，分明是大黑子誣衊我，還罵我爹娘，我才沒忍住地打了他。」

屋裡眾人頓時看那母子倆的眼神都不好了，見小松一臉的問心無愧，心也都偏向小松。這孩子畢竟是他們看著長大，個性也老實聽話，開始以為是家裡窮沒忍得住，才犯傻偷了紙，現在大家都知道阿蕾能賺錢，也不覺得小松會去做那偷偷摸摸的事了。

「我說柱子家的，不是妳家大黑子偷了紙還冤枉人家小松吧。」人群裡有個男的意有所指地說。

村人都知道趙柱子沒事便去鎮上偷錢，他家的錢大半都是偷來的，要說什麼人就有什麼種，這大黑子大概就是個做賊喊捉賊的，倒是比他爹還聰明點。

那人一說完，眾人便恍然大悟，不禁小聲嘀咕著，一時屋裡熱鬧起來，那對母子瞬間臉色通紅。

「你們胡說，我哥才不是偷雞摸狗的人。」

「哎喲，那你來說說，你和你哥上學的錢是哪來的？」一個婆子在那打趣道，分明是看熱鬧不嫌事大。

那小孩聽了眼睛一紅，作勢要撲上去咬人，好在被他娘抓住了，那婆子一看對著大夥說道：「看看，這可是惱羞成怒了。」

眾人一下子笑了起來，誰家都不喜歡小偷，現在可都一個勁兒地嘲諷著。

村長看著屋裡亂成一團，臉色不大好地說：「都吵什麼吵！」這才靜了下來。

村長對小松說：「好孩子，是大家錯怪你了，你別記恨，啊！」

陳蕾聽村長的話不禁皺眉，從小松被懷疑到現在不知道受了多少委屈，心裡留下多少陰影呢！她不悅道：「村長，我家小松被誣陷受了不少委屈，就這麼完了？」

村長臉色一紅，好在他膚色黑看不出來。「阿蕾妳想怎樣？都是一個村的，也不能得理不饒人，再說小松也把人家孩子傷得不輕，這治傷錢可不能不給。」

「好，大黑子含血噴人，我們打回來了，可是二黑子剛才口口聲聲的誣衊我們家，不該給我們道個歉？」陳蕾咄咄逼人地說，神色不容拒絕。

村長張了張嘴，嘆口氣，對柱子媳婦兒說：「柱子家的，讓二黑子給小松道個歉。」

柱子媳婦兒也不想把事情鬧大，她還指望著陳蕾賠錢呢！便說道：「二黑子，給你小松哥道個歉。」

那二黑子頭一歪。「哼，不要。」

小松緊抿嘴，一雙小手不禁緊握成拳。陳蕾看著二黑子冷笑道：「他若是不道歉，這治傷的錢我們家是一分都不會出，不信妳試試看，就是再打一架我也奉陪，便是打個頭破血流我也賠得起。」

那柱子媳婦兒聽了陳蕾的話，有些不悅，抬眼對上陳蕾深邃寒冷的眼神，不禁有些怕了；又想著這丫頭連自家舅母都敢打，更別說是自己了，忙用手肘頂了下小兒子，罵道：「還不給人家道個歉！」

那男孩看著老娘臉色嚴厲起來，不禁惴惴不安地看了小松一眼，說道：「對不起。」

小松撇開頭，這才出了口惡氣。

陳蕾輕聲一笑。敢說姑奶奶沒錢，姑奶奶我就用錢壓死你！

不再理會那母子倆，陳蕾轉身對夫子說：「夫子，你也看到了，我家小松斷不是那種偷雞摸狗之人，這孩子老實容易被欺負，還望夫子以後多多指教一二。」

夫子在心中翻白眼，都把人打成那樣了還老實。「咳，這事老夫會嚴查，給小松一個交代。」

夫子這話就是說要嚴查偷紙一事了，陳蕾鬆口氣，若是偷紙一事不查清，難免以後不會再次扯到小松身上，若是小松走上仕途，說不定會留下污點。

陳蕾這才滿意地說：「大黑子治病的錢我家會出，夫子和村長放心便是。」

村長和夫子點點頭，陳蕾又轉身說：「不過我也不是傻子，若是想多要錢就請大夫過來跟我要吧！」

古人向來注重醫道，尤其大夫注重的便是名聲，若是今日幫著惡人訛錢，一傳出去，他日誰還敢找這種黑心大夫看病，想來只要是不傻，也不會為了一點銀錢而自毀聲譽。

這事解決了，熱鬧也該散了，陳蕾懶得再理這些人，領著小松和阿薇回家，到家門口時，陳蕾拍了小松的肩膀說：「小松，以後誰再敢誣賴你，有理說理，說不清就打，那種罵爹娘的不用多說，撲上去就是打，別打死就成，大姊我就是要賠光家當也願意。」兜裡有二百六十兩，哦，不，是二百八十兩又六百文錢的陳蕾，很有土豪氣魄地說，忍不住想大聲吶喊「姊現在有錢呀」！

小松的臉色瞬間變得古怪，阿薇則是忍不住偷笑。

而此時正喝著茶水、潤潤嗓子的村長，一不小心被嗆到了；夫子的手則是抖呀抖的，抖個不停。

經過這件事後，村人又有閒話可以嚼舌根了。

村子裡到處都在說陳家姑娘是個能賺錢的，誰家娶了，可就賺了。

「你說這阿蕾靠著刺繡，到底賺了多少錢？」

「喲，應該是不少，你看陳老大家的，天天說她家姑娘打絡子賺了不少錢，幾個月下來也有個一兩銀子呢。」

陳家大伯娘之所以說出來，是為了阿蓉以後找親事能提高門檻，阿薇和阿蓉打絡子一年算下來，也能賺個五、六兩銀子，別看就這麼幾兩銀子，在這村裡可是筆大數目。

「喲，這陳家的姑娘現在可矜貴了，我看阿蕾怎麼也能賺個十兩銀子。」

「嘿，你個沒見識的，那繡品可比絡子掙的錢多，我看這一年也能賺個十五兩吧。」

「喲，能賺這麼多，那可真是了不得，陳老二家幾個孩子可享福了。」

唉，只能說村裡的人實在是太樸實了～～

第二十章

天氣越來越熱，在陳蕾和阿芙坐成一排，拿著小扇子搧風的時候，阿蓉跑了過來，看著一大一小不禁笑出來。「大姊，姑姑帶著小月回來了，我爹讓我叫你們過去呢。」

陳蕾搧扇子的動作一頓，穿來這麼久，還真是一次都沒見過小姑呢！她對阿蓉說：「好，我進屋去叫阿薇。」

進了屋，看阿薇還在打絡子，便說：「小姑回來了，在大伯那呢，過去看看吧。」

阿薇手一抖，身體也變得僵硬起來。

陳蕾很快就反應過來，阿薇是想起爹的事，嘆口氣道：「爹當初就是為了小姑才去的，妳如今心裡怪小姑，爹在天上看見說不定要難過了。」

阿薇垂頭不語，陳蕾無奈說：「算了，妳心裡過不去那關的話，我就說妳身體不舒服，妳就別去了吧。」

陳蕾說完，準備要走的時候被阿薇叫住了，她回頭看向阿薇。

「我跟妳一起去。」阿薇小聲地說。

陳蕾看她臉色不好，心裡有些擔心，也有深深的無奈，說來原主爹娘畢竟不是自己的父母，她從來沒感受過父母的疼愛，也沒機會去學會如何愛父母，所以她即便是敬重爹娘，可也不會像阿薇這樣對小姑懷有怨懟，這個連見都沒見過的小姑對她來說，最多不過是個熟悉的陌生人罷了。

姊弟四人進了陳家大伯家，就感覺到氣氛不對，陳蕾看著坐在炕上的女子，應該就是小姑了。小姑年近三十，眉宇間卻有了皺紋，可見是沒少皺眉，她的日子應該也過得不好，好在小姑皮膚白皙，樣貌也不差，那些皺紋反倒添了幾分柔弱。

陳蕾打探陳家姑姑的時候，陳家姑姑正好也看過來，看見陳蕾明顯一愣。在她的印象中，阿蕾的性子一直害羞得很，見了她都是低頭不敢望過來。「好久沒看到二哥家的幾個孩子，如今見了，倒是一個個越發好看了。」

陳蕾笑了笑，卻不知該如何接話，正好陳家三嬸和三叔過來，蓮花也跟了過來。

「三哥和三嫂來了？喲，這就是三嫂的姪女吧，長得可真漂亮，咦，怎麼沒看到阿樺？」

三嬸一笑。「小孩子出去玩了。」

陳家姑姑聽了點點頭，坐在她身邊的小月十分乖巧，羞答答的不怎麼敢抬頭看人。「小月怎麼不跟舅舅、舅母打招呼？還有妳幾位姊姊，妳以後還要靠她們照顧妳呢！」

陳蕾、阿薇和三叔一家都是一愣，看小月的手揪著袖子，怎麼也不敢抬頭說話。

陳家姑姑嘆口氣，眼睛瞬間紅起來。「哥，嫂子，你們不用這樣看我，確實是你們想的那樣，方家把我休了。」

屋裡眾人臉色一變，陳蕾這才注意到大伯和大伯娘一直陰沈著一張臉不說話，估計是剛才就知道了。

「啥，他方家憑什麼休了妳，當初他們家娶人時是怎麼說的，不讓妳受委屈；可妳看看妳嫁過去的這幾年，哪天不是在替他們家做牛做馬的，現在說休就休了，是欺負老陳家沒人是吧！」三叔的眼睛瞪得老大，雙眼通紅地吼道。

陳家姑姑看著自家三哥生氣的樣子，忍不住撇開頭，聲音哽咽。「嫁進方家這麼多年，小產了幾回，好不容易又懷上一個，還是沒有保住，後來又被診出不能再有孕了，方家……他們……」

陳家三嬸看小姑已經泣不成聲，不禁皺眉，今年這家裡是怎麼了，事情一樁接著一樁的。「妹子，妳把小月帶了回來，難不成他們方家……」

陳家姑姑聽這一問，氣得站起來，拉起小月的袖子，好在小月才七歲沒有男女大防，只見瘦弱的胳膊上竟是密密麻麻、青紫的掐痕。

眾人不禁倒吸一口氣，陳家姑姑彷彿崩潰了一般，恨極地哭道：「方家那老婆子自從知道我不能再生後，就不斷使喚我，我因理虧也就忍了，一整天忙著也顧不上小月，這還是後來發現孩子不對勁，趁著那老婆子不在，我問孩子，孩子一開始還不敢說，要不是那天我死活都要給孩子洗澡，還不知道我的閨女……這也是她親孫女呀！她是怎麼狠下心掐的？」

眾人啞然無語，陳家姑姑又接著說：「我這輩子只能有這麼一個女兒了，小月是我的命呀，哥哥、嫂子你們也是看小月長大的，小月什麼性子你們不是不知道，可你們看這孩子現在都成什麼樣了。」

一屋子的人看向小月，只見小姑娘依舊低著頭，縮著身子，站在那看著自家娘親，手還緊緊拽著娘親的衣服，看得屋裡人無不心酸。小月原本的性子跟阿蓉差不多，活潑得很。

「我找那老婆子說理，還沒說什麼呢，她就當著我的面打起孩子來，我忙上前拉開，她就坐地上哭鬧起來，孩子她爹正好回來，那老婆子挑撥兩句，孩子她爹就……不說他，就算不休了我，這日子也是不能過了。」姑姑抱著小月痛哭起來。

家裡的長輩都在一旁愁眉苦臉。

陳蕾嘆口氣，在現代過得不好還可以離婚，可古代，只要妳犯了七出，婆家定是給一封休書，絕不和離。畢竟和離就是雙方都有問題，可是休妻，婆家是一點事都沒有的，而被休回家的，以後的日子可難過了。

陳蕾一開始還看著屋中母女很是可憐，突然感覺有人拽著自己的衣裙，忙看過去，阿芙朝陳蕾使了個眼色，陳蕾順著阿芙的目光看向阿薇，一下子驚訝起來。此時阿薇滿眼怒火，又摻雜幾絲嘲諷，面容看起來都有了幾分猙獰。

要說屋子裡最不關心陳家姑姑一事的，便是蓮花了，蓮花此時也注意到陳蕾這邊的動靜，看到阿薇這樣她嚇了一跳，脫口而出道：「阿薇妳這是怎麼了？」

幾位長輩聽蓮花叫道，忙關心地望過去，便看到阿薇的表情，不禁心驚，又是不解。

陳家姑姑心夠苦的了，被休了後，回來更是敏感幾分，一下子就看出阿薇眼裡那一絲幸災樂禍，不禁憤怒。「妳這孩子這麼看著我做什麼？妳怎麼能……」

已經掩藏不住自己內心情緒的阿薇，索性什麼也不管了。「我怎麼了？怎麼就不能這樣看妳，小姑妳以為妳現在很可憐？我告訴妳，我們姊弟四人才是真的可憐。我爹為什麼死了？就是為了給妳弄鹿胎膏，去山上打獵而死的！我爹娘沒了的時候，小姑妳可有回來看他們一眼？現在被休了，便知道要回來了，妳說我該怎麼看妳？」

屋裡眾人聽著阿薇撕心裂肺地喊著，頓時驚愣！

阿薇說完就跑了出去，阿芙急得直跳腳，蓮花忙關心道：「我出去看看她。」

皺了下眉頭，陳蕾本想跟著出去，被阿蓉看到，忙說道：「大姊妳別擔心，我也跟著蓮花姊去看看。」

陳蕾點點頭，摸了摸阿芙的頭，讓她別急。

陳家姑姑震驚了好久才反應過來，眼裡連最後那所剩不多的神采也沒了，愣愣地問著陳蕾。「阿蕾，阿薇說的可是真的？我二哥他……」

陳蕾點頭無奈說道：「確實如此，我家雖說不富裕，冬天卻也夠吃的了，家裡又不都是嘴饞的，我娘哪裡捨得我爹大冬天的去山裡打獵，再說，村人一般也不進山裡打獵。」

陳家姑姑聽了陳蕾的話，一下子坐到地上，當時她小產後身子就一直不正常，二哥、二嫂沒了她本想要回來，可是方家怕晦氣，說什麼也不讓她回來，她……「二哥，你這是何苦啊，你這是讓妹子拿命都抵不了呀……」她崩潰地哭喊著。

在大伯家待了半個時辰，也沒有什麼結論，長輩們完全不知該說什麼。

陳家姑姑已經這樣了，還真能拿命去還了她二哥的情？她還有孩子，怎麼可能撇下不管，最後只能傷心地流著淚。

陳蕾感覺實在是壓抑極了，也就找了個理由回家。

出了大伯家，路過一個巷口，便看到趙明軒站在那裡，陳蕾看著他眼裡有著擔心，心中一暖，領著阿芙走了過去，道：「可是剛才看到阿薇了？」

趙明軒點點頭，詢問道：「出了什麼事？」

陳蕾搖搖頭，覺得這事連說出來都累心。

「叔叔抱。」阿芙衝著趙明軒說，她早就累了，又不敢吵姊姊，這下子可不能錯過眼前的苦力。

趙明軒聽著阿芙叫叔叔，不禁皺眉，可看著小不點仰著腦袋水汪汪的眼睛滿是期望，心裡一軟，順勢抱了起來，點了阿芙的鼻子一下。

陳家姑姑回來沒幾天，被休一事便傳開了，大伯娘這幾天的臉色都是陰沈的，陳家姑姑也算是陳家姑娘，多少會影響到他們陳家姑娘以後的親事。

事情已經發生了，日子還是要過，阿薇對姑姑徹底以冷臉待之；姑姑也來過不少回，但都是一臉愁容的回去，陳蕾也幫不上什麼忙。

不過姑姑來了幾回，陳蕾就察覺出有些不對勁，一開始姑姑還會說些歉意的話，後來慢慢地就有想來家中照顧他們姊弟幾人的意思。

不管姑姑是真心還假意，對陳蕾來說，她完全不需要姑姑的照顧，自己現在把弟弟、妹妹們養得白淨水靈的，著實不需要姑姑的這分心意。

「阿姊、阿姊。」

陳蕾正在神遊的時候，便聽到阿芙的呼喚，忙順著聲音跑過去。

看阿芙蹲在她的香瓜前面，雙眼發亮地指著地上的秧子說：「阿姊，這就是香瓜嗎？」

陳蕾走近一看，小秧苗已經結出雞蛋般大的果子了，她對阿芙笑道：「嗯，再等幾個月就可以吃了，這期間阿芙不可以摸哦，摸了就不長了。」

阿芙抬頭望著陳蕾，眨了眨眼，認真地點點頭。「嗯，阿芙不摸，也看著不讓別人摸。」

陳蕾笑了笑，拍了拍阿芙的腦袋，說來這塊地是特地為了阿芙翻出來種香瓜的，自從種上香瓜後，小傢伙隔三差五就要過來瞧瞧自己的香瓜長得怎麼樣。

陳蕾起身望了望遠處的山頭，山裡也應該結出不少野果子了，時間過得還真快。

當陳蕾坐在自己房裡的炕上，把家裡的銀票、銀子和銅錢都算了一下，也攢了快五百兩，她不打算再繡雙面繡了，沒事編個新花樣、打打絡子，再繡個小物件便是，先賣奶糖和石頭糖，入了冬再作以後的打算。

陳蕾剛把錢都收好，阿薇便走了進來，冷著一張臉。「大姊，姑姑可是有要來咱們家的打算？」

陳蕾一愣，連阿薇都看出來了，看來自己這傻再裝也裝不多久了。「妳放心，這事不能成的。」

「萬一大伯和三叔都有這個意思呢？」阿薇問道。

陳蕾略有不解。「怎會這麼說？」

「妳別總把我當小孩，有些話我也是聽得出意思的，蓮花姊跟我透露過三叔和三嬸那邊的意思，後來我又去阿蓉那邊打聽了下，大伯和大伯娘也是有這個意思。」阿薇說完，臉色更加冷了。

陳蕾皺了眉，倒是忘了大伯和三叔那了，仔細一想，陳家姑姑帶著女兒在大伯那住，確實不方便，難免大伯和三叔不會動起這個心思，一定是想著他們家都是小孩子，姑姑過來住既方便，還能照顧他們。

陳蕾輕笑一聲。「說來，妳當初這麼一鬧倒是對的。」

第二十一章

阿薇不解地看著陳蕾。「妳當初不鬧那一番，估計大伯和三叔會直接把姑姑送到我們這了。」

阿薇低頭細想，也反應過來，陳蕾的手指有節奏地敲著腿，嘆口氣。「怕是過不了多久，大伯和三叔便會開口。」

「都鬧成這樣了，還能往咱家推？」

「妳鬧一回能擋住一時，卻也能成為他們的藉口。」一家子人太生分了，反倒容易讓村人看笑話。姑姑被休已經很讓人說閒話了，若是每次到陳蕾家，回去時都一臉愁容……「再說他們沒準兒也會想著姑姑來了可以照顧咱們，時間久了，妳便也不會再記恨她了。」

阿薇咬著嘴唇，眼裡滿是不能忍受的神色。「大不了我再鬧上一番便是。」

陳蕾眼神清亮地看著阿薇，慢慢說道：「她畢竟是姑姑，妳三番五次地鬧，村人會怎麼看妳？還有……姑姑她，怕也是禁不住妳這麼鬧了。」

陳蕾觀察了一段時間，在村人不斷地閒話和異樣的目光中，陳家姑姑已經是疲憊不已了，估計她在大伯家也不好過。被休回家，就已經足夠摧毀人了，還帶著孩子，若是真的再拿什麼事情刺激姑姑，姑姑怕是也不想活了；如果阿薇再鬧一場，姑姑因此想不開輕生，那阿薇的罪過可就大了，這輩子能不能嫁出去都是個問題。

「那就由著她住過來？不是我心狠，可是每次看到姑姑，我沒辦法不想起爹娘是因為她……」

陳蕾望著窗戶，想了一下。「咱們重新蓋一間房，蓋個青磚綠瓦、有大院子的。」

阿薇一愣，現在是在說姑姑的事，大姊提房子幹麼呢？

眼看也快到秋收了，陳蕾忙穿上鞋子，跑去大伯家。阿薇看著風風火火離開的陳蕾，糾結著臉，繼續鬱悶著。

進了大伯家，陳蕾就看見大伯娘臉色陰沈地在院子裡做飯，她無奈地搖搖頭，自從陳家姑姑回來住，大伯娘的臉色就沒好過。

「大伯娘，這麼早就做飯了？」

「人這麼多，不早點做飯不行啊！」大伯娘沒好氣地說道，正好走出來的陳家姑姑臉色一僵，當沒聽見，又退了回去。

陳蕾吐了吐舌頭，大伯家的大哥、二哥只有在忙農活的時候，才會趕回來，平時都是在鎮上找活幹的，算上姑姑母女兩人，每頓飯也就是五張嘴，在村裡說多不多，說少不少。

「大伯娘，妳過來，我跟妳商量件事。」

這幾天心情一直很煩躁，大伯娘對陳蕾也沒什麼好臉色，氣怒地說：「幹啥？妳直接說就是了，別拐彎子。」

陳蕾也不計較大伯娘的臉色不好，剛穿越過來的時候可能還對大伯娘有點不滿，可時間久了，陳蕾倒跟大伯娘親了一些。陳蕾搬了兩張小凳子，放在院子裡的棗樹下，對大伯娘招手道：「大伯娘過來。」

大伯娘嘴裡嘀嘀咕咕地走了過來，坐下道：「啥事？」

「大伯娘，我想在趙二哥家隔壁，也買一塊跟他家差不多大的地蓋房子。」陳蕾歪著頭說道。

大伯娘聽完一愣。「這事直接找妳大伯就是了，跟我在這偷偷摸摸的說啥呢！」大伯娘說完，還覺得陳蕾是在逗她呢！「不對，妳又買塊地幹啥？要房子的話，直接把妳家房子修葺一下不就得了。」

「我想給我弟蓋間磚房嘛！」陳蕾一直都有這個打算，若是她以後才給小松蓋房子、娶媳婦，難免不會有人說這房子是趙家的，所以陳蕾打算在出嫁前便把房子蓋好，家裡就小松一個男孩子，這房子自然是小松的。

大伯娘仔細一琢磨。「那妳家原來的房子？」

陳蕾衝著大伯娘使了個眼色，看向屋裡。「這房子自是要賣的，大伯娘給我找個買家，這錢慢慢還也是不打緊的，左右也不值幾個錢，賣了的錢以後也是給阿薇當嫁妝。」

大伯娘眼睛一亮。「大伯娘沒白疼妳。」

陳蕾搖了搖頭，心想大伯娘何時疼過自己了？「不過這之前，大伯娘妳忍忍，要真是去了我家，阿薇那邊……她那性子一時半刻還緩不過來。」

此時大伯娘心裡已經一片透亮，這事說好後，小姑在自己家也待不久，只要出去了，平時接濟、接濟她們母女倆和要養她們母女倆，完全是兩碼子事。有了主意，大伯娘心裡也敞亮了，保證道：「這個妳放心，有大伯娘在，錯不了的。」

陳蕾笑一笑，這樣對大家都好。此事落定，陳蕾又望向遠處思索著。「大伯娘，三嬸可有給蓮花姊說親的意思？」自從陳家姑姑來了後，阿薇和蓮花似乎又走得更近了。

大伯娘一撇嘴，跟陳蕾小聲說道：「前兒個妳三嬸還跟我提了這事呢！可那孩子現在守孝中，還不能明面上找人家，妳三嬸就私底下打聽著，不過依我看……」

陳蕾不解地看著大伯娘，大伯娘朝四周看了看，確定沒人後，小聲道：「妳三嬸也真是的，私底下找也就別跟那孩子說這事，讓那孩子知道，好一頓哭，折騰了好一會兒，妳三嬸便也停了這心思，想著等出了孝再說；不過我看呀，她八成是沒看上妳三嬸找的人家。」

陳蕾若有所思了一會兒。「這也是個麻煩事。」

大伯娘贊同。可不是，那蓮花一看就是個眼高的主，可偏偏沒那個命，想找好的也得人家看得上眼呀！看了看陳蕾，大伯娘才反應過來，自己怎麼跟孩子說這事，不禁感嘆，陳蕾真的長大了。「行了，妳操什麼心，趕緊回去做飯去。」

陳家大伯娘辦事就是索利，中午說完，下午陳家大伯就過來領著陳蕾去村長那，立好了地契，又量好地，大伯便跟陳蕾商量著要蓋成啥樣，定了與趙明軒家一樣的，陳蕾拿出二十兩銀子後就不管了。

陳蕾年底就要出嫁，直到房子蓋好後，陳蕾都沒怎麼出面過，全靠大伯和三叔找人，大伯娘和三嬸子幫忙做飯，當房子蓋好後，村人又開始閒談起來。

「你說這阿蕾可是賺了多少錢，你上次說有十五兩，我看不止。」

「就是，怎麼說也得二十五兩。」

「就說你們沒見識，這都過去多久了，人家不幹活？不再賺錢了？」

果然是一群樸實又單純的村民啊～～

新房子很快便蓋好了，但陳蕾姊弟幾人沒搬過去，這房子要守到年底，趁這期間，陳蕾也可以開始置辦一些家具，還有陪嫁的幾樣大件嫁妝。

如今菜地裡的菜都能吃了，姊弟幾人終於擺脫了只有白菜、蘿蔔吃的循環，連阿芙的香瓜都已經長到半個巴掌大了，喜得阿芙這個小不點都捨不得摘下來，要不是怕香瓜長老了不好吃，小丫頭絕對還捨不得吃呢。

摘了一盆的香瓜，陳蕾先洗兩個，用拳頭一砸，香瓜就裂了一道縫，順著裂縫一掰成了兩半，一股香甜的瓜味撲鼻而來，再把瓜裡的瓤和籽都挖乾淨，就可以吃了。

阿芙仰著頭，終於等陳蕾弄好，伸出小手接住一半的香瓜，開心地吃起來，看著阿芙那吃相，陳蕾就知道這個香瓜肯定是好吃的。

陳蕾又弄開一個，給屋裡的阿薇和阿蓉送過去。一進屋，姊妹倆看陳蕾端著香瓜過來，都停下了手中的活。
阿蓉從來就不把自己當外人，接過香瓜，咬了一口。「哎喲，好甜。」
阿薇看阿蓉吃得香甜，不禁嚥了下口水，也接過一半吃了起來。
陳蕾這才出去把剩下的一半拿起來吃，香瓜汁多味甜，清脆爽口，一點也不像現代買的香瓜，吃了嗓子會不舒服。吃了半個後，陳蕾還意猶未盡，可摸著肚子，卻是吃不下了。
望著一盆子的香瓜，自家姊弟又吃不了多少，放久了怕壞，菜地裡過幾天還能摘一輪，陳蕾決定挑出一些送人，還能賣個人情。
裝好了幾個進屋，對阿蓉說道：「阿蓉，一會兒回去，把這包香瓜也拿回去，給大伯和大伯娘嚐嚐。」
「唉。」阿蓉也沒跟陳蕾客氣，索利地接下了，而後突然又想起什麼，說道：「大姊，妳家蓋房子一直忙，今年都還沒採過幾次蘑菇呢！這都入秋了，再不採就過季了。」
「哎喲，就是，得趕緊採些蘑菇晾乾，還能去鎮上賣，鎮上的人可是稀罕這個。」阿薇也突然想起來說道。
「成，等下了雨後，我們一起去採蘑菇。」陳蕾倒不是想賣蘑菇，採些回來曬成乾也可以留著冬天吃，現在也該著手準備過冬的蔬菜了，她莫名地有些興奮。
一場秋雨過後，姊妹三人去了山腳下的林子裡，這裡沒大蟲，不用怕，村裡有不少姑娘結伴過來採蘑菇，認識的便打上兩句招呼，林子裡頗熱鬧。

陳蕾其實不大認識蘑菇，小時候哪有機會採蘑菇，大了更是連山都見不著，除了香菇、金針菇她認識，其他的，就是給她一朵毒蘑菇，她都能吃了。

山腳下的林子有片松樹林，陳蕾還特意仔細地看了兩眼，可惜樹上的松樹沒有松子，陳蕾有些失望。

阿薇看出陳蕾的心思，說道：「山腳下的松樹很少會結子的，便是結了也早就被採走了，哪裡輪得到咱們，不過聽說山裡的松樹有子，可沒人敢進去。」

陳蕾望向山裡頭，靠山吃山，山裡頭好東西多得是，可古代的山多半都是原始狀態，什麼東西都有，村裡有好些人進去了就出不來。

陳蕾深感無奈，想當初先人們挨餓受凍的時候，啥不敢吃，林子裡的凶獸見了人都要跑。唉，陳蕾嚥了口口水，突然好想吃肉。

趙陳村的山腳下多半是松樹，這裡都是松樹蘑菇，陳蕾有樣學樣跟著採，不認識的也不敢瞎採，這毒蘑菇還真不是鬧著玩的。

蘑菇大多是一圈一圈地長，有時候找上一會兒都不一定能找到，可一旦發現了蘑菇，就是一圈蘑菇，讓人採得興高采烈的。

採了不少後，阿蓉有些累了，便嚷著找個地方坐一會兒，阿薇瞪了她一眼，沒繼續採，姊妹三人找了塊石頭坐下。

陳蕾無聊地看著周圍的草叢，看到一小圈的白色蘑菇時，眼睛一亮，蹲過去採了一顆，白蘑菇長得十分可愛，矮胖的小傘狀，根部矮小粗胖。這蘑菇她認識，叫作白蘑，超市也有賣，切片後炒肉片好吃得很，香滑有彈性，無論是味道還是口感都挺不錯。

「姊，這是雷悶子，不能吃，快別採了，怪費工夫的。」阿薇說道。

陳蕾聽了後，莫名地替白蘑感到委屈。「怎麼不能吃了，這個蘑菇炒肉片好吃著呢，就算個小，炒肉醬也很好吃。」

阿薇斜眼看著自家姊姊。「妳吃過？」

陳蕾頓時無語。這麼好吃的蘑菇被起了個爛名字就算了，還說它不能吃，這該是多麼地侮辱它。陳蕾手裡捧著剛採的白蘑，雖然沒有現代超市裡賣的那麼大，但是這蘑菇味卻比超市裡的濃上兩倍呀！回去炒肉醬絕對好吃。

阿薇見陳蕾目不轉睛地看著手裡的蘑菇，有些哭笑不得。「姊，這蘑菇真不能吃，沒看誰家採過，妳別看它長得特別不同，沒準兒是個有毒的，這蘑菇越是長得好看，越不能吃。」

陳蕾盯著白蘑，看它那小傘頭白潤又光滑，不禁在心中抱怨道，誰讓你長得好看，看人家都不吃你了！

「我先採些回去，放心，這個能吃的。」陳蕾拍著胸脯保證道。

阿蓉和阿薇對視一眼，面面相覷，阿薇懶得管她，要採就採吧。

不過就那麼一片草地裡有白蘑，陳蕾採回來都不夠炒一盤菜，惹得阿薇和阿蓉一頓好笑。陳蕾暗自嘀咕，好歹能炒個肉醬吃。

到了中午，天氣熱了起來，姊妹們採得也差不多便回去了，天一熱就不好找蘑菇了，籮筐都滿了一大半，若是再採，她們也揹不動。

在下山回家的路上，姊妹們三人正好碰到從另一個路口走下來的趙明軒，看他身上有不少雜草和灰塵，姊妹三人互相看了看，猜想趙明軒是進山了。

阿蓉戳了戳阿薇，使了個眼色，姊妹倆心意相通地往前走開了六、七步。

陳蕾摸摸鼻子，因為她們的舉動有點害羞。「咳，你進山了？」

趙明軒很少看到陳蕾害羞的模樣，看她那小耳朵微微發紅，粉嫩得可愛，忍不住想摸著玩玩。

「嗯，入秋了，下些套子，套點野物。」

趙明軒本就閒不住，沒事就上山打獵，打到大的就直接在山裡剝皮，野味腥味重，在古代又沒有好的調味料可以處理，一般沒人願意吃，再加上也賣不了多少銀子，趙明軒心情好的時候就帶點肉回去吃，不然就直接拿著皮回家，完全不知道他家媳婦兒剛才對著山上林子裡的野物猛流口水。

陳蕾不禁有些擔憂。「聽說山裡頭有大猛獸，不少村民進去了就，我爹就是……」人類在大自然中顯得更加渺小。

趙明軒看著小丫頭眼裡毫不掩飾的擔憂，心裡一暖，本想拍拍她的頭，可一想手上沾過血，便止住了動作，安慰道：「放心，打仗那會兒比這大的林子我們都走過，那時碰到幾隻猛獸，我一人就能撂倒一隻，便是打不過，逃跑的本事我還是有的。」

陳蕾皺著眉頭，其實她這個人最怕的就是兩個人互相喜歡後，其中一個人突然有一天就這麼沒了，這個世上又剩下自己，那樣的殘酷，她最是沒法去面對的，還不如分手來得好，最起碼那個人還在。就像是原主的娘也跟著去了，陳蕾並沒多唾棄原主她娘的行為，不同的人心裡承受壓力的能力也不同。

陳蕾有些悶悶的，趙明軒看出陳蕾是真的擔心，以為她是想起了自己的爹，怕他也……

「放心，那片山裡大隻的野獸都被我打沒了，剩下的都是小的，安全得很。」

陳蕾轉身抱住了趙明軒，頭抵在他的胸前，悶悶道：「嗯，要是再碰到打不過的就要跑啊，可不能硬撐著，你不是一個人了，我也不想再一個人了。」

不知何時，你在我心裡變得那般重要了，這幸福的感覺真是該死的美好！

陳蕾抵著那堅硬的胸膛，晃著腦袋想道。

女孩子投懷送抱，對趙明軒來說，也不是沒發生過，卻是頭一次讓他感到心神顫動，全身的血液都沸騰了起來，由衷的喜悅早就把他一身的煞氣沖散掉，那一股幸福甜蜜的情緒，他也是頭次體會到。

就算到老，趙明軒也忘不掉今天的場景，還有那句直擊心窩的話，每個字……每個語調……他都會銘記在心。那個姑娘說，你不是一個人了，我也不想再一個人了。

陳蕾的舉動讓阿薇和阿芙不禁目瞪口呆，兩人的第一個反應便是左右看看有沒有外人在，等確認沒人看到後，不禁鬆了口氣。阿蓉推了推阿薇，阿薇則頗是糾結，可是為了自家姊姊的名聲，還是不自在地咳嗽了一聲。

陳蕾聽到阿薇的咳嗽聲，這才反應過來，急忙放開趙明軒。她這時才注意到趙明軒後面揹著的麻袋，似乎有活物在動。

「咦，你後面揹的是什麼？」

趙明軒打開來給她看。「在山上找到了一窩。」

陳蕾看到麻袋裡的小動物眼睛一亮，滿是稀罕地說：「呀，這兔子好小。」

話剛說完，阿蓉就跑了過來。「給我看看、給我看看。」

當阿蓉看到一窩子毛茸茸的小白兔時，一下子尖叫起來，渾身莫名地興奮。「阿薇妳快過來看，這兔子好可愛。」

阿薇慢慢地挪了過來，看到兔子的時候眼睛明顯亮了一下，顯然也喜歡。

發現這窩兔子，陳蕾哪會放過，再說趙明軒就是要帶回來給她的。

就這樣，家裡多了四隻小白兔，另外兩隻被阿蓉抱走了。當阿芙看到兔子的時候，高興得又蹦又跳的，對她來說，可是又多了新玩伴。

第二十二章

村裡家家都會做大醬，陳蕾家去年還剩下不少。陳蕾其實並不太愛吃大醬，不過有些菜加上大醬的味道，的確是不錯。

為了洗刷白蘑的冤屈，中午陳蕾就把白蘑切塊，再剁了些肉末，用大醬翻炒一下，香味立即飄散出來，阿芙聞到香味不禁跑了過來。「阿姊妳在做什麼呀？這麼香。」

陳蕾捏了捏她的鼻子說道：「一會兒妳就知道了，不過吃這個之前，可要先問過妳二姊讓不讓妳吃。」

阿芙歪著腦袋不大明白。

有了錢後，陳蕾就買了不少大米，平時麵食、雜糧照樣吃，隔三差五的吃頓米飯，還是不摻豆子的。對此阿薇頗有微詞，後來便漸漸地放棄了，左右也不總是這麼吃。

當蘑菇肉醬端上桌，阿芙馬上嚥了口口水，小松也好奇地看著，剛想嚐一筷子，就被阿薇拉住了。「你別，這蘑菇是雷悶子，咱們吃都沒吃過，大姊偏不信這個邪，讓她先吃。」

陳蕾剛把一盤水煮青菜端上桌，就聽阿薇這麼跟小松說，不禁好笑。「對啊，就這麼一碗，誰都別跟我搶啊！」

阿薇沒好氣地瞪了陳蕾一眼，小松看著那肉塊直眼饞，更別說阿芙了。

陳蕾用勺子舀了一勺放在米飯裡拌著吃，醬香味瞬間蔓延在口中，剛煮好的米飯熱騰騰的，跟肉醬融合在一起，更能激發味覺。蘑菇塊咬起來又滑又有彈性，陳蕾一邊呼氣一邊咀嚼，讓阿芙饞得抿著小嘴，都快哭出來。

阿薇此時是真的沒話說了，揪著眉很是糾結，小松哪還管阿薇，也忙舀了一勺在米飯裡拌了拌，吃了一口後眼睛發亮地說：「唔，好吃。」

阿芙噘著嘴都不吃飯了，看著阿姊和哥哥眼淚汪汪的，陳蕾看了好笑，對阿薇說：「放心吧，沒事的，我在鎮上看過有人家賣。」

阿薇瞪了陳蕾一眼，沒好氣地說：「那不早說。」然後給阿芙舀了一勺，拌好飯說：「小口吃，別燙到了。」

一家四口幾乎靠著蘑菇肉醬拌飯，便吃飽了，青菜幾乎沒動，洗碗的時候，陳蕾還不禁感嘆，白蘑長在草叢中不夠多，都不夠炒盤菜。

入秋後，菜開始一輪一輪的接著長，陳蕾家後院已經有不少菜老了，發現後，陳蕾趕忙拉著阿薇摘菜。

豆角、茄子、黃瓜這些東西就摘了一輪，阿薇看著一地的菜，不禁埋怨道：「就說不要種這麼多菜，妳不聽，這些菜怎麼辦？拿去鎮上賣？」

「那能賣多少錢，鎮上又不是沒有賣菜的。」陳蕾現在對阿薇這小管家婆是越來越嫌棄了，以後嫁出去誰受得了呢！

「那怎麼辦？」阿薇有些著急了，天熱這菜可放不了幾天。
陳蕾瞥了她一眼。「去拿兩把剪子，咱倆剪豆角玩。」
阿薇聽了，一臉怒氣快要爆發。
陳蕾咳了一聲，趕緊說：「這東西晾成乾，冬天過水一下，就能炒菜吃。」
阿薇聽了後才半信半疑地剪起豆角，在阿薇剪豆角絲的時候，陳蕾便生爐火燒水，趁著燒水的工夫，把茄子處理好，洗淨後放到蒸籠裡蒸上。
阿薇默默地剪著豆角，已是不想理會，就由著陳蕾折騰了。
在蒸茄子的時候，陳蕾又把黃瓜洗好切成小段的條狀，待所有的黃瓜都切成條後，把切好的黃瓜放進大盆裡撒好鹽，開始瘋狂攪拌模式，拌好便放著出水。
陳蕾看了下，茄子也蒸熟了，把茄子放在一個大盆裡放涼，又讓阿薇把放涼的茄子切一切，然後自己開始剝蒜、切蒜末，又去後院採了不少的香菜回來，開始醃製蒜茄。
陳蕾愛吃蒜茄，自然要多做些，打算等下一輪茄子快老的時候還這麼做。她和阿薇一起醃製蒜茄，當把所有的茄子都處理好封進罈子裡，陳蕾不禁吐口氣，真是累得夠嗆。
黃瓜用鹽醃了一天後，脫出不少水，陳蕾要阿薇把後院裡的尖椒摘下來切塊，自己則把醬油和醋調好比例，又加了些酒，這時候的酒都是用五穀雜糧釀成的，味道特別香。陳蕾把調好的醬汁放到鍋中開始煮，又把半罐子的白糖都倒進去，阿薇看得直心疼，卻也知道阻止不了自家大姊。

當白糖融化後，陳蕾把醬汁放涼，再將蒜塊、薑塊和辣椒塊放到黃瓜裡，又一次的攪拌，待調好的醬汁涼得差不多，就可以將醬汁倒入黃瓜裡，姊妹兩人再把黃瓜封入罈子裡後，酸甜微辣又可口的小黃瓜就醃製完成，冬天再也不用擔心沒有鹹菜吃了。

越是秋後，陳蕾越是傷心自己不會製冰，如果會弄冰的話，好多蔬菜就可以冷凍起來，冬天吃多好呀！比如凍豆角，冬天的時候用來燉排骨，是真的好吃，可惜陳蕾一不是廚子，二不是理科生，在古代她對吃食的執著上，最多也只能這般變化了。

再等幾個月，又可以把蘿蔔切條，像黃瓜那般醃製，白菜其實也是可以醃製的，但陳蕾更重視酸菜的醃製，畢竟酸菜可以燉菜、炒菜、包餃子，可說是冬天必備。

此時的陳蕾滿腦子都是儲備冬貨，實在是去年吃蘿蔔和白菜吃怕了。

當把家裡的蔬菜都折騰完後，陳蕾坐在院子裡，對著遠方的山頭發呆，阿薇看著她這樣子，好奇問道：「怎麼了？」

陳蕾其實是想進山裡看看有什麼果子可採的，有些果子切片後曬成乾，就是不錯的零嘴兒，還有些可以做成果脯吃。

想著想著，陳蕾便感覺自己有些坐不住了，也沒回阿薇的話，跑回屋裡找小松，湊在他耳邊小聲嘀咕著。小松皺著鼻子，頗是為難地點點頭，心想阿姊也太不含蓄了。

當小松晚上從趙明軒那學武回來後，眼神便有些飄忽，默默地過去把阿薇拉進屋裡。

陳蕾不禁好笑，搬著小凳子來到牆腳邊，爬牆過去。

趙明軒在院子裡等著自己的媳婦爬牆，當看到陳蕾笑嘻嘻的面容時，整個人的氣息都柔和了不少。「找我有什麼事？」

陳蕾撓撓頭，問道：「山裡有果子沒？」

趙明軒想了想，點點頭，回問道：「想去？」

陳蕾眼睛一亮，用力地點頭。「嗯。」

趙明軒一樂。「行，明天我帶妳去，不過得跟緊了，可不許糊塗。」

陳蕾有些不好意思，她確實有這糊塗的毛病。「知道了。」

清晨起來後，跟阿薇交代一聲，陳蕾便跟趙明軒進山裡去了。因為帶著陳蕾，趙明軒特意帶了弓箭，又給了陳蕾一把刀，讓她防身用的。陳蕾好奇地把玩著刀，看那刀鋒就知很銳利，不禁用手摸了下，嚇了趙明軒一跳，忙抓住陳蕾的手，嚴肅地說：「不許用手隨便碰，這刀鋒利得很，劃到便是個口子。」

陳蕾看著趙明軒凶凶的面容，不禁一愣。「唔，不摸就是了。」

趙明軒看著陳蕾把刀放好，不禁皺眉，頗是擔憂，可別防身不成反倒把自己給傷了！

陳蕾哪管這些，笑嘻嘻的跟著趙明軒進了山。

秋天果然是收穫的季節，山裡的葉子已經微微發黃，透過來的陽光照出一地的斑駁。

林子濕氣重，到了一個空曠的地方，趙明軒停了下來，讓陳蕾找塊石頭坐著歇一會兒，他在一邊打起拳來。

陳蕾看著有些半濕的鞋子，對趙明軒的體貼不禁覺得溫暖，無奈地嘆口氣，若不是怕影響到陳家姑娘的名聲，她也不用早早起來在這傻坐著了。

陳蕾看著趙明軒耍拳耍得虎虎生風，又開始好奇起趙明軒的過去。

陳蕾又不想多問，若是一個一身本事的人，年紀輕輕的就回鄉，這裡面的事定不簡單，陳蕾怕觸了他的傷心處。

不管眼前的人過去怎麼樣，以後是屬於自己的就好，不是嗎？

待太陽高高昇起後，林子裡的濕氣明顯少了許多，趙明軒這才帶著陳蕾進山。山裡並不像陳蕾想像的那般凶險，大多是一些小動物，看見人過來都跑了，陳蕾看得新奇不已。

路上看見一堆蒜葉，陳蕾眼睛一亮，趙明軒看著陳蕾的表情不禁好笑。

摘了一片蒜葉放進嘴裡嚼了嚼，可惜地搖搖頭，趙明軒問道：「怎麼了？」

「這蒜葉老了，炒菜不好吃，若是新鮮的可以當菜吃，不過這土裡的蒜可是好東西，咱倆一起拔一些，回去我來醃糖醋蒜，到時候分給你一些。」

趙明軒莞爾一笑。「我不幫妳拔，就不分給我了？」

陳蕾一愣，臉一下子紅起來，因為糖醋蒜醃好後，他們也再不到兩個月就會成親了。

「咳，不說這個，咱倆快點拔。」陳蕾頗不自在地說完，就對著一片野蒜使勁。

望著陳蕾的背影，趙明軒眼裡露出了些許的疑惑，片刻後，無奈一笑，幫自家媳婦兒拔起蒜來。

蒜都被拔了出來，陳蕾開心地拿著趙明軒給她的那把刀割蒜頭，蒜葉老了不能吃，自然不用揹回去。

陳蕾一邊割蒜頭，一邊誇著趙明軒的刀鋒利。

趙明軒無奈搖頭，看著那雙細嫩的小手皺眉，嘆口氣加快了手中的速度。

有了趙明軒的幫忙，蒜頭很快地被割下來，裝好後，陳蕾頗高興，能泡一罈子呢。

兩人再往山裡走，就看到一棵樹，陳蕾瞇著眼睛細看了下，發現樹上毛茸茸的東西好像是栗子，她不認識，疑惑地問：「趙二哥，這是不是栗子樹？」

趙明軒看了看陳蕾，又抬頭看了下樹上的果子，點點頭。「應該是了，不過看樣子還能再長一陣，過陣子我幫妳採吧。」

陳蕾點頭，山裡果然是有果樹的，但凡小野果子，長的樹都不高，在陳蕾興高采烈發現一棵山丁子樹的時候，開心地就跑過去了。

陳蕾看著紅彤彤、珍珠大小的山丁子，嘴裡直冒口水，這個季節山丁子已是熟透了，吃起來跟果醬似的，酸酸甜甜，陳蕾忍不住摘了一顆直接吃，小時候最愛吃的就是這個了。

「山裡的東西不能瞎吃，萬一吃壞了肚子怎麼辦？」趙明軒不贊同地說。

陳蕾滿不在乎地說道：「放心，這果子我認識，沒毒的，你嚐嚐。」

趙明軒是認識這果子的，小時候自己偷偷往山上跑時沒少吃過。趙明軒看著吃得開心的陳蕾，不經意地問道：「妳認識的東西還不少。」

陳蕾傻笑地說：「也不是很多，就知道那幾樣罷了。」
趙明軒點頭，揉了揉陳蕾的頭，兩人又採了不少山丁子後，便歇下來吃乾糧。
陳蕾好奇地問趙明軒都打過什麼獵物，趙明軒一一道來，當陳蕾知道他打的獵物都是剝皮後扔掉，抱怨道：「那麼多野味怎麼能扔了不吃呢。」
趙明軒摸了摸鼻子。「野味的腥味重，肉也硬，賣不了幾個錢，拿回來我也不愛吃，妳想吃？」
在現代想吃野味都得花大錢，在古代怎麼就不值錢了？村人一年都吃不了幾次肉，哪會處理野味，就那麼生煮出來，一股的酸臭味，誰吃得下去。
陳蕾噘了下口水，趙明軒看著她的饞樣笑了出來。「妳會做？」
她眨了眨眼睛，心想不過是肉，有什麼會做不會做的，陳蕾點了點頭。「就算吃不了還可以做肉乾。」
趙明軒聽了，愣了一下，看陳蕾四處打量著，趙明軒不禁叫道：「阿蕾。」
陳蕾轉頭疑惑地看著他，趙明軒看著她清澈明亮的眼眸，想問的話突然又噘了回去。
「我記得前面還有種果子，吃完了帶妳過去。」
陳蕾點點頭。「好呀。」
趙明軒眼裡閃過一抹猶疑。
待兩人吃完乾糧後，趙明軒又帶著陳蕾來到一片果樹林。陳蕾看著紅黃的果子，似乎是沙果，眼睛閃亮亮的，沙果可以晾成果乾，留著冬天吃，她小時候也沒少吃。

趙明軒看著陳蕾，看出她雖然是望著果子，心思卻飄遠了，他感到胸口有點悶，這樣的陳蕾讓他看不透，莫名地有些焦躁。

當兩人的籮筐都裝滿了，趙明軒對陳蕾說道：「行了，都採這麼多了，也該回去了。」

陳蕾笑嘻嘻地點頭。「嗯，走吧。」

趙明軒走在前面帶路，陳蕾看著趙明軒的背影嘆口氣，眉頭微微地皺起。就算是她的神經再粗，也早就反應過來了，她知道趙明軒想問什麼，只是她心慌慌的，不知該不該說。

第二十三章

一路無話，兩人快走下山的時候，陳蕾拽住了趙明軒的胳膊。

趙明軒心頭一顫，回頭看著陳蕾。

陳蕾撓撓頭，說道：「嗯，我們找個地方歇會兒吧。」

趙明軒眼裡閃過一絲失落，還是笑著點頭，兩人找了塊石頭坐下來。

「那個，你聽過移花接木沒，要不借屍還魂？」陳蕾撓著頭尷尬地說，心跳得極快，從她眼裡可以看出她是極為緊張的。

趙明軒聽後，眼裡閃過驚訝，片刻後便釋然了。難怪，他就想一個足不出戶的丫頭，怎麼會知道這般多。

其實在陳蕾說要醃糖醋蒜的時候，趙明軒就起疑了。陳蕾能騙過村裡的人，可騙不過趙明軒，他闖蕩這麼多年，便是不知油鹽醬醋，也知道糖的珍貴，在陳蕾說醃糖醋蒜的時候，那毫不在意的神色，趙明軒便察覺出自家的小媳婦兒不一般了。

細想下來，陳蕾和他相處這般久，卻與村裡的姑娘毫不相符。

趙明軒曾試探了幾回，疑心也越發地重，不夠瞭解自己心愛的人，或是有諸多事情是自己無法掌控的，這著實會讓人焦躁。

陳蕾看向趙明軒，不管他再怎麼隱藏心緒，但是愛情這東西，總是奇妙地讓你瞞不住所有的心情，因為有時候你根本掌控不了。

陳蕾以前也想過若是在古代嫁了人，定會像所有小說裡的女主角一樣，隱瞞自己的秘密直到天荒地老；可是遇到了趙明軒，從相識到互相喜歡，陳蕾就發現隨著相處的時間越久，有些東西不是說瞞就能瞞得住，若是嫁給他以後才被他發現，還不如成親前說清楚。

若是他不能接受，陳蕾也相信趙明軒不會害她，他不是那種人；只不過……陳蕾發現自己對他的感情越來越深了，她是真的希望，他能夠接受最真實的自己。

在看到趙明軒臉上並沒有接受不了的神色，陳蕾安心了幾分，又把自己的真實身分說了出來，並簡單地說了下在現代她怎麼死的，說到這裡，明顯地看到趙明軒的身體一顫，陳蕾心中一暖，她果然沒看錯人。

又斷斷續續說了一些現代的事，趙明軒聲音喑啞，卻很有磁性地說：「那在那個時代，妳過得好嗎？」

聽了這話，陳蕾眼睛一紅，眼淚一下便落了下來。怎麼會好呢？

趙明軒看陳蕾一下子哭了出來，彷彿受了很大的委屈一般，心瞬間抽痛起來，忍不住把她抱在懷裡。「沒事了，以後有我。」

陳蕾的下巴靠在趙明軒的肩膀上，邊哭邊點著頭，悶聲道：「嗯。」

趙明軒有些後悔探究這小丫頭的秘密了，看她哭他心疼不已，卻又不知所措，只能抱著她，讓她有依靠。

陳蕾的性格一直不錯，可這並不代表她心裡不苦，有些話她說不了，只能憋在心裡，那種孤獨讓人心寒。最近夜裡時常作惡夢，她夢到自己又回到現代，身邊沒有親人，沒有愛她的人，那種得到了又失去的感覺，即便是醒來也還心有餘悸。

待陳蕾心緒平靜下來後，頭枕在趙明軒的肩上，慢慢地說道：「我兩歲的時候被扔在孤兒院，哦，我們那裡的孤兒院就是收留沒有父母的孩子的地方。」

趙明軒默默地聽著，手慢慢地握成了拳。

好不容易能有個談心的人，陳蕾發洩似地都說了出來。好奇心害死貓，趙明軒此時即便是再心痛，也只能承受，更何況他現在是心甘情願地受著。

「估計他們應該是知道我是個啞巴，所以不要我了。」

趙明軒心痛極了。

「其實也沒什麼，不要就不要了，孤兒院的婆婆對我也很好，那幫小孩也打不過我。」

趙明軒的心都軟了。

「嗯，大了沒錢唸書就去打工，後來喜歡上刺繡，就認了師父，好在皇天不負有心人，我拜了個不錯的師父，可是師姊們卻不喜歡我，私底下都說我是啞巴。師父可憐我，會偏心我多一些，可是她們卻不知道，師父可憐我卻更喜歡她們，因為那些徒弟才能將師父的手藝發揚光大，而一個啞巴徒弟，不過只能得到憐憫罷了。」陳蕾淡然地說著。

趙明軒此時的臉色已經黑了。

「我從來沒有朋友，一來她們看不懂手語，二來跟我說話的時候，還要等我費勁地寫字，不說浪費時間，便是周圍異樣的眼光也是夠了的。」

趙明軒已經心疼到極點。

陳蕾晃了晃小腳丫。「不過一個人也挺好，因為是啞巴都沒男人敢要我。」陳蕾壞笑地說，抬頭看著趙明軒。

人心百轉千折，陳蕾其實本來還有點懷疑趙明軒的真心，但眼看著虐他也虐得差不多了，她心裡那些氣惱也散了，一下子樂了出來，眼睛微腫，卻遮不住光彩。

抬起手撫摸著趙明軒硬朗英俊的面頰。「還好遇到了你，換作是別人，我還真不一定看得上眼咧。」陳蕾莞爾地說。

趙明軒看著陳蕾明亮的笑顏，心頭的烏雲已然消散，手上一用力便輕鬆地把陳蕾抱在腿上，薄唇自然地覆蓋在粉嫩的唇瓣上。

陳蕾瞬間腦子一片空白，望著趙明軒的臉龐，不禁閉上了眼，心中甜蜜跳躍的節奏慢慢放大。

香甜柔軟的氣息讓趙明軒險些把持不住，思想束縛下他放開了陳蕾，緊緊地抱住懷中的姑娘。不急，再等也沒幾個月了，以後定不會讓她再受委屈。

陳蕾的嘴角怎麼也抑不下，抱著趙明軒的腰，耳朵貼在他的胸前，傾聽他的心跳，心裡甜蜜極了。

陳蕾仔細想了想還是覺得也該把小作坊的事說了，已經說了這麼多事，也不差這一件，況且那天他都看到了。她重新組織好能讓趙明軒聽得懂的字句，才告訴他小作坊的事。

待趙明軒聽完，覺得匪夷所思，雖然不是很明白，但也知道了個大概，抱著陳蕾的手更緊了幾分，這小丫頭也太好騙了！「這事以後別說出去。」

陳蕾眼睛彎成月牙狀。「嗯，阿薇他們也不知道。」

趙明軒點了點頭，放心不少，姊妹雖有血緣，也不能夠全然信任。

陳蕾突然想起什麼，問道：「說來我還比你大上幾歲呢！」趙明軒如今才二十一歲，因長年在外歷練是以心性較為成熟。

聽了陳蕾的話，趙明軒笑了出來，捏了一下陳蕾的鼻子，打趣道：「是嗎？我看那幾年妳是白活了。」

陳蕾立即怒瞪著趙明軒。「快叫聲姊姊來聽聽。」

趙明軒不理陳蕾，把她整個人按入懷中，摸著她烏黑柔順的頭髮，說：「乖，別鬧。」

陳蕾撇了撇嘴，好奇地問出已經想問很久的問題。「說說你的過去好嗎？」

趙明軒身體一僵，隨後嘆口氣。「察覺出來了嗎？」

陳蕾點點頭說道：「雖然我不能猜出全部，可你看上去不像是個小兵。」

趙明軒無奈一笑，思緒飄遠，聲音暗啞地說：「我娘沒了後，我日子過得有多辛苦，妳應該也知道。」

陳蕾悶悶地點頭，一想到年幼瘦小的趙明軒一個人進山裡找吃的，她的心就澀澀的。

「後來實在忍不住了，便去從軍。一開始不過是個小士卒，靠著一股狠勁才在戰場上活下來。」

陳蕾抱在趙明軒腰上的手用力了一些，趙明軒輕輕拍著她的背。

「後來得了鎮國小將軍的青睞收我到門下，又拜了他為師，他父親是鎮國將軍，可是朝廷裡最威風的將軍，我師父更是青出於藍。」

陳蕾抬頭繼續聽著，趙明軒聲音沙啞。「後來軍營裡來了個比我大上兩歲的小子，那小子生得細皮嫩肉，遭受兄弟們不少譏笑，打了幾次仗之後，才像個男人，本事挺不錯，就這樣大家成了兄弟。師父門下總共四名弟子，我排最小，那小子排老二，拜師後，我們便也叫他二哥。」

陳蕾輕皺眉頭，一般空降兵可都是非富即貴的主。

正如陳蕾所料，趙明軒接下來便說：「大家都知道他身分不低，卻不想……我們的二哥竟然是當朝五皇子。」

陳蕾的表情開始微妙起來。

「隨著他的身分暴露，便捲入了皇位之爭，接下幾年，打仗中總是免不了有些意外，便是刺客也是一波接著一波，兄弟四個受傷都成了家常便飯，可沒人有怨言。」

陳蕾靠在趙明軒的胸前，只能抱著他安慰。

「皇位之爭向來殘酷，打從鎮國府收了五皇子便等於要助他奪位，師父教得我們一身的本事，個個都是打仗的好手，戰功越立越多，眼看著五皇子羽翼漸豐，那些人終於坐不住了，一紙通國敵書，便把鎮國府所立的功勞盡數掩沒。」

陳蕾聽出了趙明軒語氣裡的憤怒，抱緊趙明軒的腰說道：「算了，我們不去想了。」

趙明軒回過神，也抱緊了陳蕾，輕笑一聲。「現在好多了，他雖然沒保住鎮國府，卻終究保住了我們兄弟幾人的命，只是師父……」

「我不知該怎麼說，逝者已矣，我們在想起他們的時候，也該心情好好的。你看，你若是太難過，他們在天上也不能安心的。」

趙明軒笑出聲。「這是什麼歪理。」

陳蕾眼神清澈地看著他，說：「能說出道理來就是正理。」

趙明軒神色柔和，寵溺地看著陳蕾。

陳蕾笑了笑，湊上前輕吻了趙明軒一下，撒嬌地說：「那麼不管以後怎樣，我們都只在這個小村子裡過小日子好不好？」

趙明軒很快就明白陳蕾話中的涵義，從師父那事後，他就知道這天下從來不須他們守著，自拒絕了五皇子回鄉後，趙明軒便沒打算再回去過。

「放心，我從來都知道我想要的是什麼。」

陳蕾看著趙明軒熾熱的眼神，不禁臉紅了起來，這才發現坐在人家身上好久了，趕忙起身準備回去。

到了林子口，趙明軒讓陳蕾先回去，他會跟在後面看著她，陳蕾微笑著答應，邁著輕快的腳步離去了。

趙明軒看著那瘦小的身影，嘆口氣，時間怎過得這般快。

陳蕾回到家後就心神恍惚，阿薇看著陳蕾的眼睛，懷疑她是不是哭過，又看她總是發呆，生怕她是被趙明軒欺負了。

糾結了好久才決定把陳蕾拉到角落裡，問道：「姊，是不是那趙二哥欺負妳了？妳跟我說，便是拚了命我也要他不好過。」

陳蕾看著阿薇凶巴巴的樣子，笑道：「妳跟我這麼久了，怎麼脾氣還是這般倔強，以後可怎麼給妳找婆家。」

阿薇看著陳蕾若有所思的樣子，立即紅了臉，惱羞地跺著腳，說道：「再也不管妳了。」然後就跑了。

陳蕾無奈地笑了笑，皺起眉頭，其實她是真擔憂阿薇的將來，這丫頭是個能幹的，偏偏嘴不甜，性子不討好，真不知以後在婆家會不會受氣。

陳蕾把採來的山丁子做成餡，烙成餡餅。

熟透的山丁子本就酸甜好吃，烙成餅子後，整張餅子嚼起來酸酸甜甜又有勁道，吃上兩、三張都不是問題。

出去一天，陳蕾也累了，將那些蒜扔在院子裡便不管了，姊弟吃了幾個沙果後，也都開始洗漱，準備上炕睡覺。

本來有些睏倦的陳蕾到了炕上，卻翻來覆去地睡不著，腦裡總是閃過和趙明軒親吻的畫面，臉又慢慢地紅了起來，心裡亂跳，睡意全無，眨著兩隻亮晶晶的眼睛頗是精神。

到了秋收，家家戶戶忙碌了起來。

陳家卻碰上了件喜事，自從生了陳樺後，三嬸便沒再懷孕過，突然在前幾天暈了過去，叫來大夫一看，原來是有喜了。

這可是喜事，三叔和三嬸也不過三十出頭，只不過長年累月的幹活，三叔還好點，三嬸卻顯老了，三嬸好歹生過一次，再生一胎也不怕。

這樣一來，三叔下地幹活就有些擔心三嬸，陳蕾和阿薇決定快點弄完自家的地，再去幫三叔家。

幾天下來，陳蕾就瘦了一圈，看得趙明軒心疼得不行，眉頭皺得死緊，沒好氣道：「妳慢慢弄，不行的話明天我幫妳三叔去。」

陳蕾扶著牆壁說道：「算了，你還不是我家人呢。」

趙明軒差點想說他們就是妳家人了？他沒說出來，他清楚，陳蕾心裡是希望有親人的，看著那清瘦的小臉頗是無力。「別累壞了。」

陳蕾點點頭，她心裡有數，不會拿身體開玩笑。

自家忙完後陳蕾和阿薇又過去幫三叔，大伯娘拉著陳蕾絮絮叨叨地說道：「妳說，那蓮花天天在家不出來幹活，就這麼白養著她不成？」

陳蕾也糾結，跟大伯娘說道：「大伯沒有問問三叔，怎麼回事？」

大伯娘臉一沈。「妳三叔跟妳大伯說了，讓蓮花在家照顧妳三嬸，這都懷三月了，又不是頭胎，早就坐穩了，要她個沒經驗的小丫頭照顧什麼，我看阿薇跟蓮花相處得不錯，妳看看，要不讓阿薇去給蓮花提個醒？」

大伯娘跟陳蕾在一邊嘀咕著，陳家姑姑在遠處看著心裡有些不好受，又想著許是自己多心了，忙拿著鐮刀割起麥子來。

陳蕾點點頭算是答應了，心裡卻覺得蓮花不是不知道這個理，她分明就是不想出來，對此只能嘆口氣，想著讓三嬸快點給蓮花找個婆家嫁掉算了，又想起蓮花以前似乎是打過趙明軒的主意，臉色跟吃了隻蒼蠅似的。

邊幹活的時候陳蕾也邊向陳家三叔套話，陳家三叔傻笑著，讓陳蕾別操心這個，陳蕾無言以對。

當金黃的麥子和玉米都收割好後，村人又開始輪流借著石碾壓麥子脫粒，那會兒也沒什麼男女大防的概念，家家拿著收穫的糧食鋪在麥場上，臉上都喜氣洋洋的。

脫粒後便是脫殼，脫下的殼可以做麥麩子，摻點玉米雜糧就可以餵豬，村裡人家後半年都餵這個。

待小麥磨成粉後，又要弄苞米，這會兒苞米也曬乾了，家家戶戶蹲在院裡搓苞米粒，陳蕾不怎麼會，手沒幾下就腫了，碰東西都疼得抽氣，阿薇看了心疼。「妳快別弄了，把手弄糙就不好刺繡了，去剝黃豆吧。」

陳蕾無法，嘆口氣，剝黃豆去了。

家裡留下的是旱田，一畝只能收個一石左右的糧食，換算下來差不多是一百二十斤，去了農稅，一畝下來得不過百斤，種的全是苞米，苞米磨成粉和苞米粒，秤起來有三百五十斤，黃豆本來就沒多種，有個幾十斤，做些大醬發些豆芽除外，陳蕾還真沒想過黃豆該怎麼吃。

良田就好多了，去了農稅還能收個兩石左右，算是大伯娘和三叔家的分成，陳蕾家今年的糧食差不多夠吃了。

陳蕾和阿薇割麥子還能快一點，可是後期工序就跟不上了，沒有趙明軒家的牛幫忙她倆要弄上好久，等自家的都弄完，大伯一家人多、力量大的也早弄完，又一起過去幫陳家三叔。

不說三叔家勞動力少了一個，便是三嬸沒有身孕，也是幹不了多重的活，好在家家都有個小石磨，也不用像脫麥粒那樣需要用村裡的大石碾，三叔只要脫粒後就可以在家磨麵。

要去三叔家時，阿芙吵著想過來看三嬸，陳蕾怕她撞到了三嬸不同意，架不住阿芙賣萌便帶著來了。

到了三叔家，陳蕾就聞到藥味，看蓮花在院子的廚房煎藥便問道：「三叔，怎麼煎藥呢？」

大伯娘正好從屋裡出來，接過蓮花遞來的中藥，衝著陳蕾說道：「姑娘家的好奇啥，幫妳三叔幹活就是了。」

陳蕾吐了吐舌頭，蓮花眼神一暗，在暗處並沒讓人發現。

後來大伯娘私底下跟陳蕾說，三嬸這胎有些不穩，特意去弄了安胎藥來喝，陳蕾聽後不禁擔憂，大伯娘卻不以為然，說沒什麼，都快四個月了注意點不會有大礙。

幫三叔幹活的那幾天三嬸都在喝安胎藥，阿芙嫌著藥難聞，便沒再過去，找她阿蓉姊玩去了。

天氣漸涼，趙明軒又領陳蕾上了一次山，採回不少栗子和野果子，果子曬成乾，栗子放到窖裡，醃製的小鹹菜也放到倉庫的陰涼處，菜地裡的豆角已經發黃了，陳蕾看著差不多便把豆角也全摘完，留下豆子煮熟搗成餡拌糖做豆包餡，成熟的豆角豆子也容易儲存，等進了冬就可以大批的包豆包吃。

望著村裡光禿禿的柳樹時，陳蕾愣了會兒神，歲月不饒人呀，這麼快一年就要過去了，望著自家陳蕾眼裡滿是知足。

第二十四章

待入了冬後，家家戶戶都關起門來過日子，今天陳蕾眼皮一直跳，還跟阿薇嘀咕著。

阿薇還好奇地問是哪隻眼睛跳，阿蓉就跑了過來，臉色蒼白地說。「陳蕾姊，我娘讓妳去三嬸那，她先去了。」

陳蕾一愣，眼皮跳得更厲害了。「怎麼了？」

阿蓉心神不定的，有些害怕地說道：「三嬸出事了，我也不清楚，阿樺過來叫我娘的時候話都說不全了。」

陳蕾一驚，趕忙穿上襖子衝出屋，阿薇也要跟著過去，卻被阿蓉拽住，阿薇著急地看著阿蓉，只見阿蓉有些心慌地說：「我娘說不許咱倆去。」

待陳蕾趕到三叔家的時候看著當時的場景一下子就懵了，滿眼的不敢置信。

此時三叔家是亂成一團糟，陳蕾看著蓮花衣衫不整地坐在地上，大伯拿著棍子一臉鐵黑地往死裡打三叔，裡屋傳來三嬸撕心裂肺的哭喊聲，陳蕾整個人都懵了。

陳家大伯娘端著一盆子的血水出來，看到陳蕾過來了，眼睛通紅地說道：「阿蕾還愣著幹麼，趕緊去燒開水。」

陳蕾看著那盆血水腿都軟了，卻強撐著去廚房生火燒水，三嬸的痛呼聲斷斷續續地傳來，陳家大伯的叫罵聲和三叔被棍子打的悶哼聲沒有停過，陳蕾心驚，三叔不會……

事情雖然不清楚，但誰都不是傻子，屋裡那般場景定是差不了，聽著三嬸的叫喊聲，陳蕾眼睛都紅了，當大伯娘一盆盆的血水換下來後，渾身是汗。

大伯娘好不容易鬆了口氣，對陳蕾說道：「陳蕾去妳王嬸那，就說大伯娘讓妳要幾副膏藥帖子。」

陳蕾一愣，隨後急道：「不找大夫過來看看嗎？」

大伯娘一咬牙，憤怒地望著屋裡說道：「家醜不可外揚，妳三嬸不肯，先貼上膏藥，等處理了那小浪蹄子，再找大夫過來給妳三嬸看。」

陳蕾張了張口，無語，有時候人就是為了那麼點尊嚴而不顧一切，陳蕾紅著眼趕忙去王嬸家。

當陳蕾說是要膏藥的時候，王嬸子就明白是怎麼回事，她是村裡的接生婆，會治些女人方面的病，不但給陳蕾拿了膏藥，還拿了幾副藥，告訴她怎麼煎煮後才讓陳蕾回去。

天又飄起了小雪，一股寒意讓陳蕾心情低沈，等回到三嬸家後，陳蕾趕忙把膏藥放在爐子上暖暖才給大伯娘，又忙著煎藥。

沒一會兒大伯娘就衝了出來。「這是多麼黑心啊！」

陳蕾忙進屋看什麼情況，大伯娘此時氣得不輕，上去給了蓮花一巴掌後，又對陳蕾說道：「陳蕾，去村裡的雜貨鋪買窗紙去，妳三嬸屋裡的窗戶漏了風，這麼下去非得生病不可。」

自從秋後三嬸身子就一直不好，家裡的家務大半都是蓮花在幹，因為這個大伯一家對蓮花改觀了不少，說這丫頭也是個能幹的。

陳蕾望著大屋的窗戶分明是貼了窗紙的，不敢置信地看著蓮花，這大冷的天偏偏就只有三嬸的屋裡漏風，若是平時還好，可一個身子一直不大好的孕婦會怎樣？三嬸的身子怕也是受了涼才一直不好吧，顯然窗子漏風不是偶然的！

「還愣著做什麼，快去呀！」大伯娘和三嬸雖然平時總磕絆，可正經地相處了十來年，怎麼會沒有感情，陳家並不是那種窩裡鬥的人，相反，大伯娘在外人面前很護短，現在看著屋裡的妯娌半死不活的樣子，心裡氣急，脾氣也暴躁了不少。

這時蹲在角落裡的三叔站起來說道：「我去。」然後就飛快地跑了。

大伯也打累了，整個臉陰沈地坐在一個旮旯裡，看著十分地恐怖。

大伯娘看著陳家三叔出去了，屋裡的也痛得昏睡過去，目光如刀子般地看著蓮花，問道：「妳打算怎麼辦？」

蓮花突然仰起頭也不再裝可憐了，反問道：「我和三郎也不是第一次了，該做的都沒少做，妳說該怎麼辦？」

陳蕾被那一聲三郎叫得汗毛直豎，眼睛瞪得老大，怎麼也不敢相信蓮花說的話。

大伯娘暴跳如雷。「妳怎麼好意思說出這樣的話，要不要臉了，那裡面是妳親姑姑，她是頂著多大的壓力才把妳帶回來的。」

蓮花輕笑一聲。「不過是為了把我賣個好價錢。」

大伯娘臉色瞬間綠了。「妳還有沒有良心了？妳那點聘禮錢才值個多少？」

蓮花又接著嘲諷道：「說這些也沒用，她如今老了，身體又不中用，活著是拖累三郎，我這也是替她分憂。」

陳家大伯娘差點把牙咬碎，她最是氣恨戲本裡的小妾，看蓮花這般毫不認錯的姿態，抓起蓮花的頭髮，就是一頓耳刮子，嘴裡還罵道：「叫妳個不知羞的。」

陳家的基因的確不錯，不說陳蕾這一輩個個都俊俏水靈，便是已經四十多歲的大伯也比村裡人好看些，陳家三叔正值中年，樣貌算是俊朗。

蓮花一直為自己親事謀算，起初她看上了趙明軒，覺得自己年輕貌美，只要多接觸兩人成親也不是不可能，趙明軒年紀也不小，娶她也算是不錯的了。

人算不如天算，中間硬生生的插進來一個陳蕾，同是沒爹娘的孩子，陳蕾比起自己好得不是一星半點兒，本來心中就悲戚不已，又發現姑姑在給自己找婆家，找的不是那種家境不好的，便是鰥夫，她哪裡肯。

三嬸自從懷了孕，兩口子就分房睡，蓮花便把自己睡的房間讓出來去陪自家姑姑，這樣一來與陳家三叔的接觸就多了，發現陳家三叔對自家姑姑百般疼愛，不禁心生羨慕，後來越看姑父越覺得他樣貌英俊，又成熟，便生出了別樣的心思。

秋後陳家三嬸胎象不穩，喝了安胎藥晚上睡覺便沈了許多，蓮花看陳家三叔幹活一天累得不行，她心疼不已，更是溫柔體貼；陳家三叔也慢慢地察覺出來，知道不妥就躲著蓮花一些，自家那口子身子不好，也不好說這個，雖然躲著心裡卻有一絲得意。

蓮花長得本來就年輕貌美，又有那麼一股的柔弱嬌媚，很容易讓人心生憐惜，所以陳家三叔沒多反感蓮花，只做好自己的本分，這讓蓮花更覺得他是個可依靠之人。

後來她也發現姑姑喝了安胎藥，睡得深，晚上從沒醒過，便在夜深的時候摸進了三叔的屋裡，美人投懷送抱，陳家三叔到底沒有把持住，那晚便要了蓮花。

待要後悔也晚了，蓮花哭著說自己出去如廁，迷迷糊糊地習慣回到自己屋裡，陳家三叔心裡知道是怎麼回事，卻反駁不出來。

年輕貌美的蓮花渾身是誘惑，一回生、二回熟，陳家三叔越來越把持不住，蓮花也越加不滿現狀，白天餵了姑姑喝完藥，就拉著陳家三叔不放，兩人在屋裡膩著，沒一會兒就把持不住，阿樺出去玩正好回來，就聽蓮花姊姊屋裡有動靜，以為蓮花姊出事了便掀開簾子一看，隨後一聲刺耳的尖叫嚇醒了陳家三嬸。

陳家三嬸聽著兒子的叫聲，鞋子都沒穿就跑過去，隨後的事便一發不可收拾。

蓮花的臉很快地就被大伯娘打得紅腫起來，陳家三叔買完紙急著跑回來，速度也快，回來便看到嫂子在打蓮花，忙上前把大伯娘推開，護在蓮花身前，一時臉色尷尬不已。

大伯娘不敢置信地看著陳家三叔，她剛嫁進那會兒陳家三叔還不大，她也沒少照顧，早把三叔當成親弟弟看待，所以一直不滿三嬸，多少有點婆婆看兒媳的意味，自己因為蓮花而被三叔推開，大伯娘有點不能接受。

陳蕾眼快，忙扶住大伯娘沒讓她摔倒，陳家大伯一下子跳了起來，拿著棍子就衝了過來，恨鐵不成鋼地說：「你怎麼的，還想護著這丫頭不成。」

三叔臉色尷尬，卻硬著頭皮說道：「哥，我和蓮花已經什麼都做過了。」

蓮花聽了陳家三叔的話一下子流了眼淚，抱著陳家三叔說道：「三郎，有你這句話，我便是被打死也甘願了。」

陳家大伯娘被氣得一個仰倒，大伯手都抖成了篩子。

陳蕾嘴裡發苦，可她是小輩，這事沒有發言權，本來都不該在場，可陳家唯一大點的姑娘就是她了，能幫幫大伯娘，這時陳蕾才想起姑姑怎麼沒過來。

陳家三叔悶頭不吭聲，立場卻很明顯。

打也打了、罵也罵了，還能怎麼辦？大伯放下棍子，說道：「咱們村裡人可不興納妾，便是納了，可她是什麼身分？你媳婦兒還在屋裡躺著呢，你可有心？」

陳家三叔臉色瞬間恍惚，這時蓮花卻說道：「三郎，我不在乎名分，左右我是命苦的，他們都說我嫁不出去，如今我已不是……她若是不想看到我，我躲著便是；三郎，你忘了，咱們說過生幾個漂亮可愛的孩子，便是生了，寄在她名下我也無怨言的。」

陳蕾一個踉蹌，只感覺不是自己瘋了，便是蓮花瘋了，她到底在想什麼呢？

陳家三叔神情一下子堅定起來，轉身把蓮花抱了起來，便回另間屋子。陳蕾和大伯一家還能聽到，三叔對蓮花說道：「放心，這事我頂著，妳休息會兒。」

陳蕾和大伯一家臉色全都沈了下來，陳家三叔這是表態了，陳蕾望著三嬸躺著的屋子，眼睛發澀，三叔怎麼會這麼糊塗。

該說的都說了，該做的也都做了，陳家大伯畢竟不可能為了主持公道，真的就傷了兄弟情分，雖是生氣，卻也無可奈何。

陳蕾還沒出嫁，不能進三嬸的屋，她把窗戶糊好，順便問了大伯娘姑姑怎麼沒來。

大伯娘嘆口氣。「造孽哦，阿樺嚇壞了，妳姑姑正照顧他呢，這邊亂糟糟的，他又小哪能就讓他這麼回來，我打算讓阿樺在我那住上一段時間。」

陳蕾吐了口氣。「大伯娘，要不讓阿樺去我那住吧，他還有小松作伴，妳家人本來就多，太麻煩了。」

大伯娘想了想。「也成。」

陳蕾走後，陳家三嬸也醒了過來，大伯娘只能勸她想開一些，陳家三嬸睜著眼睛看房頂，後來乾澀地問道：「他可說要怎麼辦？」

大伯娘被問得無話可說，抓著三嬸的手只能勸她想開一些。

待大伯娘臨走的時候罵了陳家三叔糊塗，讓他進去看看他媳婦兒便頭也不回地離開了。

屋子一下子就靜了下來，陳家三叔在地上蹲了會兒才進裡屋看三嬸，看到陳家三嬸蠟黃的面容立即愧疚起來，坐在炕邊也不知該說什麼。

孩子沒了，丈夫的背叛讓陳家三嬸憤恨不已，她躺著動不了，眼神猙獰地看著陳家三叔，問道：「你打算怎麼辦？」

陳家三叔看著這樣的三嬸，眼裡有些迷茫，喃喃地說道：「妳想怎樣？」

三嬸聽後更加失望了，尖叫道：「你想留著她做小？」

陳家三叔悶了一會兒，說道：「不然呢？今天那已不是第一次了。」

陳家三嬸一下子崩潰了，心裡暗罵著兩人，又笑自己傻。「陳老三，你可對得起我？」

陳家三叔卻反問道：「自從妳嫁進來我對妳怎樣？今天我也問妳，這些年妳對我呢？妳那腰是為我陳家傷到的嗎？不是，是為了妳娘家累到的，我幫妳瞞著。」

三嬸不說話了，陳家三叔又說道：「自從妳做我媳婦兒那天起，我也想著這輩子不讓妳委屈，可兩人過日子不是該有商有量的嗎？帶蓮花回家妳可問過我？還有，逼著阿蕾教蓮花雙面繡，妳可問過我？」

三嬸一下子哭喊道：「你是在怨我？」

三叔沈默了一會兒，然後嘆口氣。「這事是我不厚道，可蓮花命苦，如今已經不是完身，除了賣了還有什麼出路，妳不是可憐她嗎？妳說該怎麼辦？」

陳家三叔這麼說完，屋裡頓時沈寂下來，陳家三叔雖疼媳婦兒卻也不是什麼怨言都無的，發生這樣的事，陳家三嬸不是沒有責任，在古代封閉的朝代裡之所以有大防，不是沒有道理的，妹妹嫁給姊夫的例子從來不缺，便是皇宮裡都有多少姑姪女都是妃子的。

有著蓮花的上杆子，陳家三叔又不是心穩的人，會發生這樣的事是遲早的，又是可以三妻四妾的古代，便是村裡人不興納妾，可真有個如花一般嬌嫩的身子靠過來，有幾個會拒絕？

在蓮花說要為陳家三叔生孩子後，三叔就決定留下她，只有一個兒子他不是沒有遺憾。

陳蕾回了家後，阿薇就問發生了什麼，糟心的陳蕾本來不想跟阿薇說，可今天她也看出來了，三叔的意思是要把蓮花留著，阿薇跟蓮花又好，這般荒唐的事還是早告訴她為好。

阿薇嘴巴都能塞顆雞蛋了，眼睛通紅地說道：「蓮花姊怎麼能這樣。」

陳蕾皺著眉頭，她細想了一下，蓮花終究是未經世事的，眼光難免膚淺，三叔又長得不難看，再加上成熟，難免不會吸引蓮花，三叔這人又是出了名的聽媳婦兒的……

陳蕾嘆口氣，三嬸這次真真是引狼入室。

第二十五章

夜深後，陳家大伯娘在炕上對大伯嘀咕道：「真就把蓮花留下來了？」

大伯嘆口氣。「不留下來還能咋？都已經那樣了，妳能給她找婆家？還是把她賣了，讓老三恨咱們。」

大伯娘氣道：「那就這麼讓那小浪蹄子進陳家了？」

「妳還沒看出來嗎？老三是動心了，他什麼脾氣妳不知道。」大伯無奈地說道。

陳家三叔說來脾氣是倔的，真的做了什麼事，打定主意誰也說不動，要不也不能這麼多年，陳家奶奶、爺爺、大伯娘不滿意三嬸，他卻從沒挑過陳家三嬸的不是。

大伯娘唏噓不已，無奈道：「有這麼個人在礙眼得很。」

「哼，妳礙眼啥，又不是一個屋子裡過日子，睜隻眼、閉隻眼也就過去了，再說老三家就阿樺一個孩子也不像話。」

大伯娘不吱聲了，翻了幾個身才睡著。

三叔和蓮花搬到明面上來，兩人也就不再偷偷摸摸的，陳家三嬸身上一股血腥味不說，又滿臉怨恨的，陳家三叔理所當然的和蓮花住到了一間屋。

蓮花自那天起也不再裝作孝順去照顧陳家三嬸，陳家三叔白天便會照顧三嬸，三嬸無論怎麼罵、怎麼哭喊，他都忍著，晚上照樣去蓮花屋裡睡，對三嬸來說自己男人晚上不在身邊無非是個天大的打擊。

蓮花年輕未經事，生澀嬌羞得很，可陳家三叔年輕時沒玩過的現在卻圖個新鮮，蓮花雖嬌羞卻也聰明，猶抱琵琶半遮面，漸漸的膽子大了起來，兩人猶如乾柴烈火，美人在懷，嬌喘連連，陳家三叔被刺激得更是一發不可收拾，兩人越來不知收斂，就這麼一間小屋子，夜深人靜時，隔壁的聲音格外清晰，陳家三嬸每天被這麼折磨下來，性子越來越扭曲了。

當陳家三嬸能起身時，第一個就是撲到蓮花身上作勢打她，被陳家三叔攔了下來，三嬸一直這麼鬧著，三叔也累了，後來便對三嬸說道：「妳若是接受不了，便和離吧。」

三嬸一下子軟了下來，片刻後尖叫道：「你休想，我不會給她讓位置的。」

蓮花也不吭聲，正面上從沒挑釁過三嬸，可晚上浪得越加厲害，她從不在三叔面前提陳家三嬸，這般毫無愧疚的樣子讓陳家三叔自在，晚上更不願意離開了。

兩相比較下陳家三嬸輸得徹徹底底。

阿樺現在在陳蕾家住著，他年紀比小松小，說懂又不懂，說不懂還知道點，懵懵懂懂的，也讓陳蕾不知道他在想什麼，看著他沒什麼太大的情緒波動，便吩咐小松好好照顧阿樺，只能嘆息。

阿薇前兒個去了三嬸家，剛進屋就碰到蓮花，覺得蓮花整個人的氣質都變了，好看了不少，活脫像一個狐狸精，本不想理會她，卻不想被她攔住，柔弱地在那解釋她的情非得已。

她以為阿薇會像以往憐憫她，可性子倔強的阿薇不是她，哪裡會信，她現在跟了三叔，阿薇不好罵她，甩了她的手去看三嬸。

可誰也沒想到，三嬸見了阿薇臉色猙獰，發了一通火把阿薇趕了出去。

自此阿薇也受了不小打擊沒再去過三嬸家，陳蕾唏噓一場，也不願去三叔那了。

生活便是這樣，陳蕾再怎麼替三嬸不平，也幫不上忙，在這封建一夫多妻的社會沒有誰會特別譴責陳家三叔，連大伯都默認了，三叔更加毫無顧忌。

陳蕾沒事想想都會後怕，若是有天趙明軒厭煩她了，或是禁不住誘惑怎麼辦？

趙明軒早就察覺出陳蕾不對勁，一直問她也不說，陳蕾覺得家醜不可外揚，這事不光彩，但是禁不住趙明軒總是套話，最後把事說了。

趙明軒聽後也是一臉厭惡的樣子。

陳蕾就打趣道：「我說，你以後不會也學我三叔納妾吧？」

趙明軒輕笑一聲。「放心，等我老了妳還年輕著呢，等妳老了，年輕的也看不上我了。」

陳蕾聽了不滿意，有些氣悶，趙明軒拍了拍她的小腦袋。「別瞎想，這輩子我只要妳一個。」

陳蕾突然心情明朗起來，她相信只要好好經營兩人之間的感情，那樣的事是不會發生，他們倆是同類人更懂得珍惜。

後來陳蕾又想到，三叔家今天這般局面，三嬸也並不是沒有責任，當初帶蓮花回來她就該提防。

陳家三嬸在村子裡人緣一直是頂好的，聽說孩子沒了，不少人帶著紅糖雞蛋過來看望。三嬸無論是在身體上還是精神上都飽受折磨，整個人瘦了一圈，臉色蠟黃沒有一點精神，村裡婦人看了都不禁愕然。

眾人以為她是沒了孩子才這樣，勸她放開心，三嬸心裡是個要強的，親姪女做出這般丟人事，她就是死都說不出口，人家勸著她卻不知，她心裡在滴血，這麼下來，便讓三嬸更加難受了。

陳家三叔看著陳家三嬸這樣免不了心疼，蓮花看在眼裡、恨在心裡。

過了段日子，陳蕾想著三嬸的氣應該也消了，便打算去看望陳家三嬸，本來還叫上阿薇，阿薇眼神躲閃，她年紀畢竟小，上次被三嬸嚇著了，這會兒還有些怕，陳蕾無法便自己去了，這麼一來，也不敢帶上阿芙了。

陳蕾特意燉了雞湯，放在石罐裡保溫，一進屋就聽到蓮花在裡屋跟陳家三叔有說有笑的，陳蕾不免悲涼。

那邊也是聽到了動靜，三叔走出來，看見陳蕾有些不自然，訕訕地笑道：「阿蕾過來了。」

蓮花隨後也出來，眼裡波光瀲灩，明豔豔的，可見過得極為舒心，陳蕾心裡鄙視，對三叔冷言道：「我過來看看三嬸。」

三叔略尷尬。「那進去吧。」

「三叔你忙你的吧，不用管我。」陳蕾說完去廚房拿了碗和勺子，提著石罐進屋了。

三叔面上難堪，也想跟著進屋，卻被蓮花拉住了，三叔回頭看著蓮花，心頭湧上一股澀意。

陳蕾走進三嬸屋裡就聞到一股怪味，再看炕上的三嬸臉色蠟黃，老了許多，陳蕾眼睛酸脹，輕聲叫道：「三嬸？」

陳家三嬸睜開眼，茫然地看著陳蕾，緩了許久才說道：「阿蕾過來了，來，坐。」

陳蕾隱忍著心疼坐到炕邊的凳子上，給三嬸倒上雞湯，準備餵她喝些。

三嬸就一直看著陳蕾，待雞湯送到嘴邊時，三嬸一下子哭了出來，好是委屈，抓著陳蕾的手哭得一陣淒涼。

陳蕾心酸得流著淚。「三嬸妳別哭，都會好的、都會過去的。」

三嬸眼裡盡是絕望，這時陳家三叔聞聲跑過來，看到娘兒倆哭在一塊兒，啞然無語，悶頭蹲在門邊。

待三嬸哭得昏睡過去，陳蕾望著蹲在門邊的三叔，說道：「三叔，你再這樣下去是要逼死三嬸啊，你看看三嬸都什麼樣了？」

蓮花走進來說道：「阿蕾，妳是想逼死我嗎？」說完眼睛就紅了，好是委屈。

陳蕾突然冷笑了起來。「妳當初做得出來，就該想到會有什麼後果。」
「阿蕾妳別說了，這不是妳該管的事。」陳家三叔突然說道。
陳蕾一窒，冷笑道：「三叔，你就這麼糊塗下去，別忘了你還有阿樺，他現在還住在我家呢，是不是該把他送回來，看看他爹和他姊都在幹什麼？」
陳家三叔身子一僵，臉色脹紅，陳蕾緊抿嘴角，提著石罐準備離開。
快要出屋門時，被蓮花衝上來拽住，陳蕾清冷地看著她。
「妳若是想好好地嫁出去，就別管閒事。」
陳蕾聽後冷笑一聲。「妳當真是一點臉面都不要了。」
蓮花理了理頭髮，看著陳蕾毫不在乎地說道：「別跟我說這個，都已經這樣了我還有退路嗎？倒是妳，可要想好了，出嫁前有這麼一樁事，到了婆家可要被笑死的。」
蓮花說完就轉身離開，陳蕾微瞇著眼睛冷冷地看著她，有多久沒人威脅過她了，呵。
當陳蕾再一次趴在牆頭上的時候，嘟著嘴滿臉不悅，趙明軒稀奇地看著陳蕾，問道：「這是怎麼了，嘴上都能掛油瓶了。」
「被人欺負了。」陳蕾不悅地說道，可眼裡那掩不住的算計讓趙明軒樂了。
「說吧，怎麼回事。」
陳蕾嘻嘻一笑，把今天的事說了一遍，趙明軒聽後就皺眉，他最是看不過這種背信棄義的，現在欺負到他媳婦兒頭上來，說什麼也不會就這麼甘休。

之前陳蕾關起門過自己的日子不去管三叔，可是現在卻有了剷除蓮花的心思了，不說三嬸這麼被她折磨下去還能活不活得成，便是阿薇和阿芙以後找人家，有她這麼膈應著，也是不大不小的事。

「欸，你可是能弄到迷藥？」

陳蕾接連幾天都去三叔家給三嬸送雞湯補身子，三嬸的情緒也慢慢穩定下來。

陳蕾來的時候，三叔也不過來了，屋裡就她們娘兒倆。

這天陳蕾照舊過來送雞湯給三嬸喝，三嬸心疼地說道：「都說了，妳過來陪陪我就好，別再做這雞湯了，這得殺了多少隻雞。」

陳蕾看三嬸都知道心疼雞了，笑道：「可不是，家裡就那麼幾隻雞全給三嬸喝了，就不知道三嬸給不給我雞錢。」

三嬸聽了虛弱一笑。「阿蕾，妳去櫃子裡把那錢匣子拿過來。」

陳蕾搖搖頭，按住三嬸的手，突然神色嚴肅，小聲說道：「三嬸，若是我要妳把家裡所有的錢都拿出來，可捨得？」

三嬸面色疑惑，陳蕾又說道：「放心，這些錢我會給阿樺留著。」

幾日後。

陳蕾站在窗外看著鵝毛大雪突然問道：「阿薇，今天夜裡雪會停嗎？」

阿薇看了下天，不確定地說道：「這雪大，一時半刻不會停。」

陳蕾垂眸沈思著。

當夜深人靜的時候，陳蕾偷偷地穿好衣服，看了眼大屋裡阿薇和阿芙睡得正香才開門出屋。

來到路口看到一輛馬車，陳蕾走了過去，望著車旁壯實的身影，說道：「可辦成了？」

趙明軒點頭，說道。「已經在裡頭了。」

陳蕾眼睛一亮，上了馬車。「走，出發。」

趙明軒一笑，等陳蕾進馬車坐好後，才駕車離去。

蓮花悠悠轉醒，睜開眼迷茫看著四周，嚇得直發抖，陳蕾把她嘴裡塞的抹布拿了下來。

「你是誰？你要幹什麼？」

夜裡車內漆黑一片，蓮花剛醒來壓根兒看不清人，陳蕾冷笑一聲。「幹什麼？妳一會兒就知道了。」

蓮花驚恐萬分，不敢置信。「陳蕾，妳要做什麼？」

蓮花想掙扎，可她手腳被捆得嚴實，壓根兒掙脫不了，陳蕾抓起她的下巴，輕鬆地說道：「這麼喜歡爬床，得找個地方讓妳發揮本事。」

蓮花吃痛，大喊道：「妳敢？妳三叔不會放著我不管的！」

陳蕾輕笑一聲。「呵呵，還真是天真。」

蓮花聽得心裡發寒，軟聲道：「陳蕾，妳放過我，求妳了，我錯了，我再也不會威脅妳了，妳放我回去好不好？」

蓮花哭得梨花帶雨，滿嘴求饒，陳蕾冷笑。「早知如此何必當初，以後到了那地方好好表現，妳這模樣不錯，努力做個花魁，當然，我們是不會知道了，咱們鄉下人也不逛那地方。」

蓮花看陳蕾沒有心軟，直接翻臉罵道：「妳做這種缺德事，也不怕報應嗎？」

車內傳來啪的一聲，陳蕾甩甩右手，聲音低沈。「缺德？報應？妳怎麼不想想妳現在的下場就是報應呢？」

陳蕾說完堵住蓮花的嘴不再與她爭辯，蓮花不死心地嗚嗚著。

待黑濛濛的天有些亮光時，陳蕾和趙明軒才回到家，陳蕾被車搖得七葷八素的，悄悄地進屋後，脫衣服進被窩一下子就睡著了，還不忘一會兒要起來演戲的事。

待天亮，陳蕾早飯吃了兩口就去找大伯娘。

陳家大伯娘看陳蕾過來，笑著招呼道：「阿蕾怎麼過來了。」

陳蕾跟大伯打了聲招呼後，對大伯娘說道：「大伯娘，我昨晚心裡就惶惶的，我們去看看三嬸吧。」

陳家大伯娘一驚一乍地說道：「喲，這小臉兒白的，可是沒睡好？」

陳蕾點點頭，待和大伯娘出來後，大伯娘問道：「可是辦妥了？」

陳蕾點頭，說道：「放心吧，妥妥的。」

陳家大伯娘鬥志高昂。「還是妳這丫頭鬼靈精。」

待兩人來到三叔家門口，看到大門敞開著，大伯娘大嗓門地說道：「哎喲，這門怎麼開著呢。」

兩人接著進屋，就看屋子裡一團糟，大伯娘的大嗓門一叫把三叔給嚷嚷醒了，三叔看著旁邊空空蕩蕩，房裡櫃子大敞四開的，又聽著屋外大嫂喊著，心裡一驚，忙穿起衣服出來。

陳蕾看三叔出來，對大伯娘說道：「大伯娘快去看看三嬸。」

大伯娘一拍腿，大步流星地跑進屋，就看三嬸屋裡的櫃子亂成一團，櫃子被翻得衣服到處都是，還有落在地上的錢匣子已經被打開倒扣在地上，旁邊還有兩文錢，而三嬸躺在炕上一點醒的跡象都沒有。

陳蕾本來一夜沒怎麼睡，臉色有些蒼白，看著很像是受驚，而大伯娘睜大眼睛，也明顯是被嚇到了，忙爬上炕，搖著三嬸。

「她三嬸兒快醒醒。」

可無論怎麼搖三嬸也沒有醒的樣子，陳蕾心裡咯噔一聲，也趕緊爬上炕去叫，三嬸依舊沒醒來。

大伯娘皺著眉頭，心裡想著，咱這戲不過是演演，妳這昏迷不醒又不是重點，這咋還裝得沒完了？

三叔看著情景嚇懵了，整個人呆在那。

只聽啪的一聲，大伯娘打了三嬸一耳光，大伯娘還想著弟妹可能是想把戲演足了，那戲本不都是說苦肉計嗎，她也來這麼一招。

可三嬸沒有一絲的反應，陳蕾和大伯娘對視一眼，陳蕾的手不禁發抖，大伯娘心裡也是沒底，忙伸手探了探三嬸還有沒有氣。

陳蕾緊盯著大伯娘看，她真怕三嬸突然想不開把自己解決了，那可就……待大伯娘鬆口氣，陳蕾也明顯鬆口氣。

「老三你還瞅啥，趕緊去叫大夫呀，沒看你媳婦都叫不醒。」大伯娘急忙喊著。

陳家三叔這才反應過來，忙轉身出去找大夫。

待大夫過來看完後，說三嬸小產後身子一直沒調養好，又中了迷藥，身體受不住這才昏睡不醒，開了兩副藥後，還囑咐不能再受刺激，身子若是再不好好調養，怕是活不長久。

待送走大夫，大伯娘回屋就朝著蹲在牆邊的三叔說道：「瞧你們做的好事。」

「我今天一大早過來你家門就四敞大開的不說，那院子裡那麼大的腳印定是男的，還有那小點的不用說你應該也知道是誰，剛才我出去又看，那車輪的印子分明是從你家出來的。」

三叔低著頭握緊拳頭，一腔憤怒。

「你有沒有被下藥我是不知道，可是你媳婦差點被這迷藥害死，如今那小浪蹄子拿著錢跟人跑了，若是你媳婦兒也沒了，我看你咋辦。好好的日子不要，這下可好了，那大夫也不是傻子，這事不得傳得滿村都是。」

陳蕾心裡惴惴的，她沒想到三嬸的身子已經差到這般地步，為了把蓮花除掉差點把自己搭進去。

大伯娘心裡也不安，剛才那大夫特意囑咐三弟妹不能再受罪了，現在恨不得罵死三叔。

三叔抱著頭，身體微微顫抖，也不知道是被氣得還是悶著哭，大伯娘看事情也說得差不多了，又說道：「你還不快去抓藥。」

三叔這才趕忙起身，陳蕾看著三叔血紅的眼睛心裡嘆口氣，三叔你可別怪我，實在是你活該。

三叔剛走到門口又轉了回來，難以開口的樣子，大伯娘就明白了。趕忙拿了些銀錢給三叔，三叔拿了錢就往屋外跑。

陳蕾這才敢跟大伯娘說話。「大伯娘妳說怎麼會這樣。」

原本計劃的就是晚上待趙明軒把蓮花帶走後，三嬸也喝點迷藥的水，量不用多，夠達到效果就好。

「定是她蠢得喝多了。」大伯娘沒好氣地說道。

陳蕾皺皺鼻子，快快地說道：「不會是三嬸也不想活了吧！」

大伯娘瞪了陳蕾一眼。「妳三嬸那脾氣倔著呢，不看到阿樺娶妻生子她才不會想著死呢！」

陳蕾摸摸鼻子，吐了口氣，還好沒發生大事。
待三嬸喝了藥過了半個時辰才轉醒，陳蕾已經把屋子收拾好了，三嬸醒了後看著陳蕾茫然地說道：「這是怎麼了？」
陳蕾一愣，又說道：「三嬸，妳中了迷藥，身體沒受住昏睡不醒來著。」
大伯娘已經回去了，三嬸點點頭看了坐在牆角的三叔一眼。「你沒事吧？」

第二十六章

三叔眼睛一紅，一下子跪在地上，打了自己一耳光，說：「之前都是我糊塗、我混帳，以後再也不會讓妳受委屈了，妳把身子養好，咱們還要看阿樺娶妻生子呢。」

三嬸的眼淚一下子就掉了出來，哇哇大哭著，把這幾天所受的委屈全都發洩出來。

陳蕾識趣地退了出來，把屋子留給三叔和三嬸。離開三叔家時，陳蕾嘆口氣，這事看似是解決了，可是實質上三叔是因為蓮花跟人跑了才會後悔。

但事實卻不是蓮花跟人跑了，若是蓮花沒有跟人跑，三叔會有後悔的一天嗎？如果陳蕾是三嬸，事情即便是這麼解決了，她心裡還是會有疙瘩，因為精神上的背叛比肉體上的，還要讓人難以接受。

陳蕾踩著雪，腳底下傳來咯吱咯吱的踏雪聲。她深深嘆口氣，村裡的女人不靠男人活著，自己種地是何等艱難，這也導致男人便是做錯了，也覺得理所當然。

對於賣了蓮花一事，陳蕾從來沒後悔，別說去了那個地方還能不能出來，便是出來了也只能給人家做妾。

蓮花曾經做過的事她自己又不是不知道，估計瞞著都來不及，哪還敢再來招惹陳家？萬一一個沒弄好，被人家正室發現她做的這噁心事，還有哪個男人會要她。

沒過幾天這件事在村裡就傳開了，大家都說陳老三家領回的那閨女，不知道跟誰勾搭上了，把自己姑姑、姑父迷倒，拿著錢就跑了。眾人不禁一片唏噓，最後傳著傳著這事情就越來越真了，還有人在那嚷嚷，這別人家的孩子就是養不熟。

三叔經歷這件事，是徹底老實了下來，阿樺也送回家了，小松找他玩過兩次，也沒看出有什麼不對的，陳蕾也就放心了。

入冬前家裡的兩隻豬都賣了，本來準備殺一隻留著自家吃，可一殺豬必是要請親朋好友吃一頓殺豬菜的，不是陳蕾捨不得，是她一來守孝，二來備嫁，只能把養的兩隻豬都賣出去了。

養的雞也賣了大半，本來留著幾隻想著入冬可以吃，沒想到三嬸會遇到這樣糟心的事，之前給三嬸熬雞湯殺了三隻，現在倉房裡還剩下五隻，陳蕾想了想，又抓了三隻給三嬸養養身子。

三嬸這一事過後，大伯娘心情也好了不少，隔三差五地便過來盯著陳蕾繡的嫁衣好了沒，在男方下聘禮時，女方須回禮，一般人家只是把吃食當回禮送回去就可，陳蕾卻在回禮中加上了喜服。

回禮也是有這麼一說的，若是回喜服，就要從頭到腳、從裡到外都要備齊。陳蕾手藝好，也不怕麻煩，如今已經快把男方的喜服都弄好了。

她想成親那天他們身上穿的，都是出自她手中。

大伯娘看著陳蕾繡好的一套喜服直咋舌，在外面各種顯擺地說著陳蕾繡的嫁衣和喜服是多麼的好看，那趙家二小子是撿了多大的福氣回家，說得全村人看大伯娘的眼神都不太好，大伯娘才收斂一些。

都是村裡的姑娘，妳這麼誇妳家的姑娘，讓我們有姑娘的人家咋辦？幾位和大伯娘要好的村婦，不約而同地孤立起大伯娘來。

陳蕾的嫁妝全是大伯娘和大伯兩人幫忙弄的，如今也都準備得差不多了；不僅陳蕾的嫁妝，還有新房家裡的家具，也都是大伯找人上山砍樹，又和村裡的木匠一起打好。

這麼一弄下來，活像是陳老大家嫁閨女一樣。大伯娘有時候坐在屋裡，想著阿蕾就要嫁出去了，還會發一會兒愣，雖沒哭出來，可那心裡卻是真的不好受；再看到阿蓉，也知留不了幾年了，對阿蓉更是百般寵愛，讓阿蓉莫名其妙了好段時間。

當趙明軒家裡放起鞭炮時，村裡不少人紛紛過來湊熱鬧，大家看著趙明軒家抬出的五大抬貼紅紙的箱籠不禁都咋舌，氣氛好是熱鬧。

抬箱籠的都是趙氏家族裡的年輕小夥子，幾位本家長輩也都是要陪著送聘禮，看著這幾箱聘禮臉上也都覺得很有面子，個個都滿面紅光的。

村裡結婚講究五行，能湊出五箱聘禮是極為隆重的，不過大戶人家世族就不是這般說法了。

陳氏家族裡本家長輩自然也是要在陳蕾家坐鎮，陳蕾只須躲在屋子裡不出屋便是。

在陳蕾叫了不少三叔公、六嬸婆後，已經迷糊得不能再迷糊了，大伯娘主持裡外累得不行，看陳蕾啥都要她提醒，氣不打一處來，還說著這不過是一小部分呢，陳蕾睜大眼睛，誰能記得起來，這隔壁的隔壁的隔壁的村裡都能有親戚，她也是服了陳家的親戚之多了。

當聘禮在村裡轉了一圈快到陳家的時候，陳蕾就被關在屋裡，大伯帶著小松放好鞭炮才把趙家眾人迎進院裡。

村裡下聘是要在院裡敞開給村民都看看，此時陳家的小院裡站滿了人，大伯娘眼睛四處不停地瞅著，生怕誰手腳不乾淨趁她不注意拿走了什麼。

趙明軒聘禮裡有不少值錢的物件，才看到布疋、宣紙不少人就咋舌說趙家二小子出手闊綽。

後面看到禮燭、禮香、禮炮這些物件包裝都是精緻的，有些眼尖的看出是鎮上的鋪子裡買的，直嚷嚷著這個就要幾兩銀子，周圍人都開始心疼起錢來。

在看到石榴花金釵、金手鐲、還有對憨狀可掬的小金豬時，院裡村民都已經大聲地說鬧起來，還有不少人語氣裡撚酸地說陳家姑娘可真好福氣，顯然是眼紅了。

大喜日子誰會理這個，大伯娘已經是高興得嘴都合不上了，陳家大伯此時心裡也是敞亮了，想著趙明軒能這麼下血本就是表明沒看輕陳蕾，一時臉上也有了真心的笑容。

陳家大伯把男方送來的吃食全部當作回禮送回，這吃食裡大半都是表福氣的，這都是趙家的福氣，自然是要退回，只有把送來的一對雞留了隻母雞，等成親那天要小松抱回趙家。

當陳家拿出全套的喜服出來時，不少婦人因大伯娘快嘴心裡不以為然，正好趁這時候想開開眼界，若是沒大伯娘說的那麼好，都想著私下笑話她兩句。

可當眾人看到喜服時，那精緻靈活的針腳讓她們不服都不行，還有人聊起來，怪不得人家姑娘靠著刺繡能掙錢，這手藝哪裡像是她們能繡出來的，一時也都心服口服。

不少村裡人又開始說，人家這才般配，再看人家姑娘掙錢蓋的新房子，大家也不由分說地相信陳蕾是個能手，跟趙家二小子也算是門當戶對。

看完聘禮回禮後，陳家分發喜餅，下聘算是完成了。

婚禮日期早先也是說好的，下聘時男方在禮帖注明，再當著全村人說明哪天過來喝喜酒，就算成了。

等到人都散了，大伯娘和大伯都累得不行，回了家後，陳蕾和阿薇才發現阿芙坐在炕上面對著牆，小身子縮成一團還一抖一抖的，兩人對視一眼，忙爬上炕，看小傢伙哭得可憐兮兮的，眼睛腫得嚇人。

陳蕾臉色立即就不好了。「可是剛才被誰欺負了？怎不跟阿姊說？」

小傢伙聽到陳蕾的話一下子撲進陳蕾懷裡。「阿姊，妳是不是以後不在咱家住了？她們都說妳要離開家了，妳不要阿芙了嗎？」

陳蕾鬆了口氣，知道她沒被欺負就好，可懷裡的小東西哭得讓陳蕾的心難受起來，可以說家裡的弟弟、妹妹就數阿芙跟她最親，這麼嫁出去她也捨不下阿芙，陳蕾都想把阿芙帶在身邊，可是不方便，阿芙畢竟是陳家的姑娘。

「小丫頭哭啥？大姊就住在咱家隔壁，妳啥時候想見隨時都能見。」小松剛才回屋看大姊和二姊圍著阿芙，也忙上炕過來看看是怎麼回事。

阿芙哭得身體直抖。「真的？」

阿薇的眼睛也有些紅，說：「真的，騙妳幹什麼，大姊是嫁給隔壁的趙二哥。」

阿芙抿著嘴角。「可是以後都不能吃阿姊做的飯了。」

阿薇被氣笑了出來，點了一下阿芙額頭。「妳個沒出息的。」

阿芙一扭頭又撲進陳蕾懷裡，陳蕾一臉微笑地抱著阿芙，輕輕地拍著她安慰。

成親日子訂在年前，陳蕾本來還想陪著弟弟、妹妹們過年的，可趙明軒年歲不小，趙老三也想兒子趕快成親，過年的時候身邊有個伴，陳蕾也不捨得他孤零零地過年，到底還是同意了年前成親。

趙明軒給的聘禮陳家大伯作主讓陳蕾全都添進了嫁妝裡，陳家一分沒留，陳蕾也不在意這個，反正以後她不會讓弟弟、妹妹們吃苦，這點形式她不在意。

當陳家把嫁妝送到趙明軒家裡時，也是一片熱鬧，坐在屋裡的陳蕾都能聽到隔壁的吵鬧聲，不禁紅了臉。

村裡成親前一日晚上要擺桌酒席宴請親戚，一直到夜黑才停歇下來。

大伯娘早早地就過來住下，她算是兒女雙全，有福氣之人，明天給陳蕾梳妝的便是大伯娘，王嬸子會絞臉，明早也會趕來。

寅時中陳蕾就被大伯娘叫起來，燒好開水，陳蕾洗漱好後，大伯娘把頭髮都擦乾時，王嬸子也過來了，兩人說了一通喜氣話，陳蕾半睜著眼睛險些睡了過去。

大伯娘回頭看陳蕾還犯睏，掐了她一把，疼得陳蕾齜牙咧嘴的，待大伯娘拿著嶄新的梳子過來，陳蕾這才心跳加快起來，莫名的緊張與喜悅混合的情緒讓陳蕾不知如何形容。

「一梳梳到尾，二梳梳到白髮齊眉，三梳梳到兒孫滿地。」大伯娘梳完望著銅鏡裡的陳蕾，略感欣慰從小看到大的孩子一晃就嫁人了，眼睛一下子紅了起來。

「喲，這大喜的日子可要開開心心的，來，阿蕾，嬸子給妳絞臉，妳忍忍，也不咋疼。」王嬸子滿臉喜氣地說著。

陳蕾臉紅紅地點頭，乖乖地坐著讓王嬸子絞臉，也不知是一直緊張還是怎樣，並沒覺得有多疼，一會兒就好了。

「要我說妳家姑娘都是水靈靈的，絞臉也容易一些。」王嬸子誇讚道。

大伯娘哈哈地笑著，很是受用。

待梳妝完畢，王嬸子和大伯娘都好一頓看，陳蕾被看得直發毛，陳蕾自己照了照銅鏡，皺皺眉，心想是不是白了點。

當鞭炮聲響起時，院裡一陣熱鬧，陳家幾個小子帶著自己的哥兒們過來堵門，趙明軒在鎮上也有些哥兒們，再加上趙家的小子可是好不熱鬧。

趙明軒淡定地站在外面，從外頭往院裡投了不少紅包後，門外的哥兒們看好時機直接破門而入。

院裡不少人撿紅包去了，門也就這麼讓人家推開來，小松氣得直跳腳，趙明軒眼神一遞，小松立即老實地跑了。

陳蕾被大堂哥揹上轎後，大伯娘拉著陳蕾的手哭了起來，陳蕾不由得心酸，也哭了出來，媒婆看哭嫁算是完成了，便忙勸著，好話一句一句的往外說，差點沒讓陳蕾笑出來。

迎親隊伍在村裡繞了一圈才進趙家，沒辦法，兩家是鄰居，不繞一圈不像話。

在陳蕾迷迷糊糊地下轎，手裡被塞了紅綢時，她才不禁揚起嘴角，從今天起她也有屬於自己的家了。

在拜堂成親的時候，陳蕾看著身邊自己一手繡出來的紅色喜服，緊張亂跳了一上午的心突然安定下來。三拜完成後，陳蕾和趙明軒算是成親了，在揭開喜帕時趙明軒眼裡明顯流露出驚豔的神色。

有些小竊喜的陳蕾不禁笑了出來，眼眸清澈明亮，趙明軒寵溺又略有些無奈地看著她。

兩人坐在炕上，媒婆端了一碗餃子過來，給陳蕾吃了一口，帶笑地問：「生還是熟？」

陳蕾臉上一下子紅了起來，屋裡的婆子和小媳婦也哄笑起來。

「生。」陳蕾嬌羞地說，趙明軒看著陳蕾粉紅的小耳朵，不禁心裡飄飄然起來。

待趙明軒出去招待喜宴，屋裡的婆子和小媳婦也都熱絡了不少，這跟陳蕾說一句、那跟陳蕾說一句，全程下來，陳蕾早已不記得誰是誰了，倒是熱鬧得很。

這些人鬧了一陣也就紛紛喝喜酒去了，陳蕾這才開始打量屋裡，看著喜洋洋的婚房，灼灼燃燒的喜燭，陳蕾又羞又開心，低著頭開始神遊起來。

有個小丫頭端了碗麵進來，笑嘻嘻地說：「嫂子，我二哥讓我給妳端碗麵墊墊肚子。」

陳蕾一愣，看著眼前憨狀可掬的小丫頭一時才反應過來，趙老三媳婦兒還有個十歲的閨女來著。

「唔，麻煩了。」

「嘿，嫂子可別跟我客氣呀。」趙雲萱俏皮地說道。

陳蕾被折騰得早就餓了，也沒再客氣，香噴噴地吃了起來，趙雲萱歪著頭嘻笑地看著。

第二十七章

俗話說春宵一刻值千金，村裡人也沒太折騰新人，相互推拉著出了門。

趙明軒關好院門，凝神望著燈火通明的窗口，揚起嘴角，大步流星地走進屋裡。

人散去後，屋裡和院裡都靜悄悄的，讓陳蕾莫名地感到有些緊張，又聽到趙明軒開了門進來，不禁坐直了身子。

趙明軒一進屋便看到陳蕾繃著直直的身子，眼睛亂轉，一張小臉盡是窘迫的樣子，他的心裡甚是愉悅，小丫頭終於知道緊張了。

陳蕾愣愣地看著趙明軒走過來，感覺呼吸都有些急促起來，在對上趙明軒熾熱的目光時，臉一下子紅了起來。

趙明軒眼裡閃過一絲戲謔，貼著陳蕾的身邊坐了下來，故意讓呼吸聲清晰了一些。

陳蕾隱約聞到酒香味，窘迫地說：「是不是酒喝多了？沒事吧？」

說完並沒得到回應，側頭一看，便對上趙明軒專注而熾熱的目光，陳蕾不禁嚥了口口水。「我給你倒點水喝吧。」

陳蕾說完，作勢要起身去倒水，不想卻被趙明軒一下子攔腰抱了起來，一個翻身便被壓在炕上。

陳蕾驚叫一聲，嘴唇就被堵住了。

霸道的掠奪，酒香的氣息直接讓陳蕾的心跳加速，臉色也瞬間羞紅了起來。

就在趙明軒想進行下一步時，陳蕾忙撇開頭，吸了口氣，委屈地說道：「哎喲，我的背後，好疼啊！」

趙明軒這才想起來，炕上撒了一層桂圓、花生和紅棗來著，用一隻胳膊把陳蕾攬進懷裡，另一隻大手揮了揮，把礙事的東西掃開後，繼續做起剛才的事來。

陳蕾看著他一氣呵成的動作，直翻白眼，有些緊張地想掙扎一下，而此時已快沒理智的趙明軒哪裡還管她，按住那不老實的手後開始忙活起來。

紅燭搖曳，牆上的剪影慢慢融合，時而晃動、時而停歇，對於相愛的兩個人來說，今夜是人生中最美妙的一夜了。

陳蕾是被肚子發出的咕嚕聲給吵醒的，睜開眼望著有些陌生的房頂，她眨了眨眼才反應過來，她已經成親了！

轉頭一看，炕上只剩她一人，陳蕾臉色羞紅，想起昨夜被折騰到後來直接睡了過去，一覺到現在，不禁有些嬌羞與小小的氣憤，這人也太粗暴了。

陳蕾看著身上穿著內衣，似乎昨晚睡夢中趙明軒還給她擦洗身子來著，想到這，陳蕾臉色瞬間通紅，聽到有腳步聲走了過來，她趕緊拿被子摀住頭。

趙明軒走進來看著炕上，嗤笑了一聲。「躲在被子裡幹什麼？」上前拉開被子，看著陳蕾羞紅的面容如熟了的桃子似的，忍不住想上去咬一口，當然，他現在這麼做的話，恐怕自家媳婦兒會更加害羞。

「唔，外面冷，鑽進去暖和、暖和。」

趙明軒摸了摸炕，火炕早早就被他燒熱，捏了一下陳蕾的鼻頭，說道：「都是我媳婦了，還害羞什麼。」

陳蕾瞪了他一眼，想起身穿衣服，卻因一宿的折騰腰痠得不行，差點沒跌回去。

趙明軒看著她皺著眉頭，便托住了她的腰。「可是疼了？」

陳蕾本來剛褪的臉又紅了起來。「還不是你。」

趙明軒笑了出來。「昨晚應該幫妳的腰也搽一搽藥膏，沒準兒今天起來就不疼了。」

陳蕾有些呆呆地看了趙明軒兩眼，隨著他愜意的目光，陳蕾才反應過來，流氓！

早飯趙明軒已經做好，簡單的小米粥，還有些鹹菜，兩人匆匆地吃過後，便套好襖子，準備去趙老三家。

雖說趙老三媳婦趙李氏是繼室，但名分上到底是趙明軒的母親，今天敬茶還是有她的分。陳蕾想著這個現成的婆婆，也是傳說中的極品來著，不禁輕嘆口氣。

趙明軒一挑眉頭。「怎麼了？」

陳蕾搖搖頭。「沒什麼。」

「不用擔心，那人說什麼妳不要管，凡事有我在，她也不敢怎樣。」趙明軒安慰地說。

陳蕾一笑。「你倒是會看人臉色。」

兩家離得不是很遠，沒走多久就到了，剛進院就看到大嫂剛好從倉房裡出來，手裡拿著個盆，裝了些吃的。趙家大嫂看到小倆口，換上笑臉說：「二弟、二弟妹來啦。」

趙明軒點了點頭，陳蕾嬌羞地對著趙家大嫂笑了笑，說來，除了趙明軒，她跟趙家人著實是不熟，現在心裡有些尷尬。

進了屋後，大嫂就喊著老二兩口子過來了。

陳蕾跟著趙明軒進了趙家裡屋，趙家是老房子，看上去比陳家破得多，陳蕾心裡有些疑惑，趙家的人口不少，人又不懶，怎麼房子這麼破。

「喲，還真是前腳剛說、後腳就到了，我還想著你們怎麼還沒來呢。」趙老三媳婦兒趙李氏坐在炕上說。

陳蕾看了一眼，這個現成婆婆那副尖酸刻薄的面容沒有半分笑意，大概是覺得他們來得晚了。

再看趙老三，臉色也不怎麼好看，陳蕾估計這現成婆婆定是吹了枕邊風的。

這時趙家大哥也進了屋，趙家三弟和小妹早就在屋裡等著趙明軒和陳蕾。

「快，我已經把茶水備好了，二弟、二弟妹趕緊敬茶吧。」大嫂解圍地說。

趙李氏瞪了大兒媳婦一眼後，看著趙明軒冷冽的眼神，到底是不敢再說什麼，收斂了不少，坐在炕上等著陳蕾敬茶。

陳蕾也沒把趙李氏的話放在心上，正如趙明軒說的，她愛說什麼就隨她說去，反正也不會對她造成什麼影響，太跟她計較反而是氣到自己呢！

兩人各端一杯茶，遞給趙老三。

「爹，喝茶。」趙明軒生硬地說。

趙老三咳了一聲，接過茶來喝了一口，陳蕾接著遞過去。「爹，喝茶。」陳蕾還是有些羞澀地說。

趙老三點點頭，接過茶喝了一口後，從袖子裡拿出兩個紅包，遞給兩人，說：「咱們鄉下人不比那些個大戶人家，這點錢雖不多，卻也是一番心意，你們兩人以後可要好好過日子，記住凡事家和萬事興，不許跟家裡人玩那些個心眼，可是知道了？」

趙老三說到最後一句的時候，是看著陳蕾說的，最後問的也應該是陳蕾。

陳蕾也聽出來這個公公話裡的意思，心裡嘆氣，怪不得說嫁了人的媳婦，不比姑娘時那般快樂了，才第一天就被來個下馬威。

陳蕾笑著點頭說道：「爹說得是。」

趙老三點點頭，等著趙明軒和陳蕾給自家媳婦兒敬茶。

陳蕾端起茶杯的時候，趙明軒直接一手端著茶，一手拉著她說道：「走吧，我們去給我娘敬個茶。」

陳蕾一愣，這意思就是不給趙李氏敬茶了？陳蕾也沒多說什麼，打算跟趙明軒走就是了。

趙李氏卻不樂意了，站起來說：「老二你這是什麼意思？」

趙明軒反問道：「妳聽不出來？」

趙老三面上有些尷尬，說道：「等會兒再去敬你娘，現在先給你後母敬茶。」

趙明軒冷笑一聲。「我已是給了她面子的，別鬧到最後，大家都沒面子。」

趙老三臉色立即黑了起來，這哪是給面子？

趙明軒沒理會趙老三，轉身拉著陳蕾就走了，陳蕾背著眾人吐了吐舌頭，心裡卻爽快多了，誰叫那現成婆婆剛才給她公公吹枕邊風，要不然公公哪會她一敬茶就來下馬威。

跟趙明軒來到婆婆的牌位前，兩人齊齊地跪了下來，只聽趙明軒聲音低沈地說：「娘，我帶著我媳婦過來看妳了。」

陳蕾看著趙明軒的側臉，有些心酸，聲音也略有些沙啞。「娘，兒媳以後會好好照顧明軒的。」

兩人一起把茶水灑在地上後，四目相視，趙明軒一笑，說：「走吧。」

又回到主屋，趙老三正了正臉色，說：「你娘也敬好了，該給你後母敬個茶了。」

屋裡的桌上又備了兩杯茶，顯然是又新添的，陳蕾自是跟著趙明軒的意思走，看著趙明軒沒去端茶，她便也沒動。

看著兩口子沒一個要動的意思，趙老三和趙李氏的臉色都鐵青起來，趙李氏更是氣得發抖，表情猙獰地看著兩人。

趙老三厲聲地對陳蕾說道：「老二媳婦妳還不端茶給妳男人。」

陳蕾低垂著頭說：「剛才公公還說家和萬事興，依媳婦的理解來說，只要聽相公的話，這家也就和了。」陳蕾輕柔地說。

趙老三聽後，一下子火了，剛要開口訓斥，便對上趙明軒如寒井般深邃的目光，不禁心裡一寒，這才意識到老二一家不是他能管得了的，瞬間有些頹喪，卻也說道：「她畢竟也是你娘，今天不敬茶可是不孝。」

趙明軒嗤笑一聲，突然正色道：「趁著今兒個，咱們也先把一些話說明白了吧。」

「你想說啥？」

「打從我娘沒了後，我便沒再覺得我還有過娘，我小時候怎麼過的，你們知道，村裡的人也知道，現在要我叫她娘，恐怕全村人知道了都會笑話。」

趙老三被趙明軒這話堵得死死的。「你小時候……那是我的錯，不該埋怨……」

「不用解釋什麼了，我在外面幾次死裡逃生回來，不過是想安穩地過日子罷了，那些不該有的想法，勸你們最好不要有，不然丟了面子也別怪我，今天我也說得夠清楚了。」

「你這是啥意思？」

「意思就是，她想擺婆婆的譜，也得看夠不夠格！」趙明軒冷冷地說，譏諷地看著趙李氏。

趙李氏氣得渾身發抖，可一對上趙明軒的眼神，她就不敢撒潑了。

「二哥，你這話說得是不是過分了？」一直沒有說話的趙明心忍不住站起來說道。

趙明軒瞥了他一眼，說：「你一個小孩子，哪有你說話的分？等你能明辨是非了再過來說吧，若你娘不會教你，我來教教你。」

趙雲萱忙起身拉住了趙明心，對著趙明軒說：「二哥，你別跟他一般見識。」

這時代哥哥教導弟弟是天經地義的，趙明軒若是狠狠地打趙明心一頓，也沒有人敢說什麼。

趙明心本來就對自家二哥有些懼怕，若不是看自己老娘被氣到不行，也不會跳出來說話，聽了趙明軒的話後，他也有些膽怯了，正好妹妹拽著他，讓自己有個臺階下，坐回椅子時，隱隱地鬆了口氣。

「他不能說，我來說，你以後是不是連我這個爹都不想認了？」趙老三陰沈地問。

趙明軒注視趙老三許久，直把趙老三看得有些心虛起來，才說道：「當初對我不管不問，現在想起來要掌控我，是不是太晚了？」

「你、你這是不孝，大逆不道！」趙老三被說得心虛，有些惱羞成怒了。

「說多了也是繞來繞去，我今天的意思已經表達得很明確了。」說完又對陳蕾說道：「家裡就這麼幾個人，妳應該也都認得誰是誰了，以後總會接觸到的，也不急於這一時。」

陳蕾點點頭，便低垂著頭，跟著趙明軒離開了趙家。出了院門，陳蕾吐了口氣，輕鬆不少。

「以後她若是想為難妳，妳轉身走人就好，不必理會她。她慣是那種撒潑耍賴之人，她若是撒起潑來，妳什麼都不要說，走人便是。」趙明軒對自家媳婦說道。

「我懂。」這種撒潑的活一個人是演不起來的。其實陳蕾覺得這個現成婆婆還是好對付的，要不然今天也不會這麼輕鬆了。

看著身邊的男人，她心中一暖，趙明軒今天所做、所說的，不過是不想她以後受到委屈罷了。

——未完，待續，請看文創風455《收服小蠻妻》下

木槿

她委曲求全，只怕亂了大謀，
對起起落落的波折，她是古井無波，
孰料面對他的冷落，心底竟泛起酸意……

恩怨交織，情意纏綿

文創風 452.453

10/4 出版

《嬌妾不怕苦》

全套二冊

有道是血海深仇，不能不報，
蒙受不白之冤而家破人亡，流離失所的憐雁與弟弟潛生是無處鳴冤，
只能背負著污名狼狽逃難，什麼傲氣、嬌貴都得拋到一旁。
誰知，屋漏偏逢連夜雨，奔逃時又碰上不懷好意的牙婆子，
敢欺她姊弟倆無所依靠？那她就順水推舟，將自己送入侯府，
即便暫時為奴又如何？只要能屈能伸，她終有一日會脫了奴籍。
可身為侯府中最沒分量的灶下婢，她該如何達成所願？
把握住難得的機會，她終於惹了侯爺注意，
細心布局，一路從奴婢、通房、妾室向上爬，
她戴著溫柔婉約、安分守己的面具，卻是野心勃勃為弟弟謀前程。
然而讓那冷峻的侯爺寵著，她居然鬆懈得嬌氣起來，
面對他的情意雖心有虧欠，但她真不敢多想那些兒女情長，
可他、他怎麼就步步緊逼呢？

一染紅妝

古代的男人都那麼會記仇嗎？
不過是撞了他一下，犯得著追到她隔壁當鄰居，
還天天用眼神騷擾她，看得她心頭怦怦跳……

初心不負，細水長流

文創風 454.455

10/11 出版

《收服小蠻妻》

全套二冊

別人穿越，她也穿越，可陳蕾一穿過去就被打破了頭，
再看看這家徒四壁的光景、年紀尚幼的弟妹們，她的頭更疼了！
既來之，則安之，身為長姊的陳蕾決定上市集賺錢養家去，
但意外卻是一樁接一樁沒個消停，她在街頭不小心撞上了趙明軒，
奇的是，這人渾身硬得像一堵石牆，
可憐陳蕾舊傷未好，又添新痛，還得賠錢，真正是倒楣透了。
沒想到趙明軒得了便宜還賣乖，竟然就這樣纏著她不放！
不但在她家旁邊蓋了房子當惡鄰，還時不時就投來居心不良的眼神，
陳蕾低下頭看看自己，沒胸、沒腰、沒臀，身子骨都還沒發育完全，
敢情趙明軒就是個蘿莉控啊！
但她可不是沒見過世面的小姑娘，才不會被白白吃了去……

期間限定▶▶ 75折，加送 紅利金 (一本10元)，下次購書時可用

2016年9月出版

換得好賢妻

文創風 449～451

她有一個家，有一個對她很好的男人，
她不是一個人，她有家有愛。
前世她獨自一人都能打拚出一條路來，
這輩子是和家人在一起，還有什麼是戰勝不了的，
定也能經營出一份安安穩穩的幸福！

溫馨又溫柔的小確幸／暖和

季歌剛穿越，還沒來得及搞清狀況，就被父母匆匆忙忙地換了親。
嫁去的劉家，父母皆逝，沒有公婆持家，
原是長姊如母，如今劉家的長姊跟她家換親也嫁了人，
她這個新婦長嫂，自然得把劉家長姊的活全接手裡。
數著這一二三四……個小蘿蔔頭，望著家徒四壁的茅草屋，
嘆！真真是巧婦難為無米之炊。
但嫁都嫁了，夫婿又是個體貼、顧著她的，她咬牙也得撐起這個家，
憑著穿越前學得的廚藝，
家裡一餐餐飽了，銀子一點點攢下，小日子過得愈來愈好……
她有信心，總有一天定能發家致富！

風 文創
454

收服小蠻妻 上

國家圖書館出版品預行編目資料

收服小蠻妻 / 一染紅妝著. --
初版. -- 臺北市 : 狗屋, 2016.10
冊 ; 公分. --（文創風）
ISBN 978-986-328-643-1（上冊：平裝）. --

857.7 105015125

著作者 一染紅妝
編輯 江馥君
校對 沈毓萍 周貝桂
發行所 狗屋出版社有限公司
地址 台北市104中山區龍江路71巷15號1樓
電話 02-2776-5889～0
發行字號 局版台業字845號
法律顧問 蕭雄淋律師
總經銷 知遠文化事業有限公司
電話 02-2664-8800
初版 2016年10月
國際書碼 ISBN-13 978-986-328-643-1
原著書名 《田园小作坊》，由北京晉江原創網絡科技有限公司授權出版

定價250元
狗屋劃撥帳號：19001626
網址：love.doghouse.com.tw E-mail：love@doghouse.com.tw